Onmetelijke rijkdom

BEN OKRI

romans

De hongerende weg

Toverzangen

Een gevaarlijke liefde

verhalen

De rood bestoven stad

essays

Een vorm van vrijheid

Ben Okri

Onmetelijke rijkdom

Roman

Vertaald door Annelies Eulen

Van Gennep Amsterdam 1999

De vertaalster ontving voor deze vertaling een werkbeurs
van de Stichting Fonds voor de Letteren.
Oorspronkelijke titel en uitgave *Infinite Riches*,
Phoenix House, Londen 1998

Uitgeverij Van Gennep bv,
Nieuwezijds Voorburgwal 330, 1012 RW Amsterdam
Boekverzorging Hannie Pijnappels, Amsterdam
Illustratie omslag Allan McGowan
Foto auteur Chris van Houts
ISBN 90-5515-231-5 / NUGI 301

Deel drie van de cyclus
De hongerende weg

Voor mijn geliefde moeder
Grace Okri
1936-1996

Nu je dan vredig
Rust in de hemelen
Vergeef je zoon
Die geen afscheid kon nemen

De Dood was een tiran
Op het vruchtbare land
En jij schreef
Raadselen in mijn hand

Hoe meer ze proberen
Je te onderdrukken
Hoe fraaier wordt
De krans om je hoofd

En nu je dan
Bent als een spirituele duif
Verwijl nu voorgoed
In onze eeuwige liefde

Dankwoord

Mijn dank gaat uit naar Graham Greene, die ons in 1989, in de Oxford & Cambridge Club, een anekdote vertelde waarop ik het verhaal over de Regenkoningin heb gebaseerd.

Eveneens schatplichtig ben ik aan Harould Courlanders verzameling orale Afrikaanse verhalen, *The Crest and the Hide*, waardoor ik werd herinnerd aan een verhaal uit mijn kindertijd.

Ten slotte gaat mijn dank uit naar Rosemary Clunie.

‘Onmetelijke rijkdommen in een kleine kamer’

Christopher Marlowe

Inhoud

I

Boek 1

Boek 2

Boek 3

Boek 4

II

Boek 5

III

Boek 6

IV

Boek 7

V

Boek 8

I

Boek 1

I

De kleine kamer

'Wie weet nou met zekerheid waar het einde begint?' zei Pa, vlak voordat hij werd gearresteerd wegens de moord op de timmerman.

'De tijd groeit,' voegde hij eraan toe. 'En ons lijden groeit eveneens. Wanneer zal ons lijden vrucht gaan dragen? Eén grootse gedachte kan de toekomst van de wereld veranderen. Eén openbaring. Eén droom. Maar wie zal die droom dromen? En wie zal hem verwerkelijken?'

2

De luipaard

Terwijl de hele gemeenschap van de dode timmerman droomde, zat Pa in onze donkere kamer tot diep in de nacht te praten.

Ik luisterde naar hem, met angst in mijn hart, toen hij woorden sprak die de lucht in de kamer verhitten. Met vlammende ogen, min of meer in het wilde weg, zei hij: 'Sommige mensen die geboren zijn willen niet leven. Anderen die dood zijn willen niet sterven. Azaro, ben je wakker?'

De vraag verraste me.

'Ja,' antwoordde ik.

Hij ging verder, alsof ik niks had gezegd.

'Mijn zoon, soms blijken we in de dromen van de doden te leven. Wie kent de bestemming van een droom? In hoeveel werelden leven we terzelfder tijd? Wanneer we slapen ontwaken we dan in een andere wereld, in een andere tijd? Wanneer we slapen in die andere wereld ontwaken we dan hier, in deze wereld? Bestaat de geschiedenis uit de samenvallende dromen van talloze miljoenen mensen, zowel levenden als doden? Ben ik zojuist gestorven en leef ik nu in een andere zone? Slapen we de hele tijd? Wanneer we ontwaken,

ontwaken we dan op één niveau boven de diepe slaap van onze tijd? Ontwaken we wanneer we sterven? Mijn zoon, ik voel me alsof ik zojuist ben gestorven en toch heb ik me nooit wakkerder gevoeld.'

Hij zweeg weer. Zijn woorden joegen me schrik aan. Er moest hem iets ongelooflijks zijn overkomen in het bos toen hij de dode timmerman begroef. Het leek wel alsof hij was losgebroken uit een benauwde ruimte die zijn razende geest voorheen had ingesloten.

Toen, met een stem als van een slaapwandelaar, riep hij plotseling uit: 'Ik heb me nooit wakkerder gevoeld, maar toch zie ik een luipaard op me afkomen. Ben ik een luipaard? Is de luipaard mijn droom? Kijk!' zei hij, met een opgloeiende angst in zijn stem, 'de kamer wordt lichter!'

3
Verdwijning

Ik keek met grote ogen. Mijn hart stond stil. De kamer baadde in een zachtgroene gloed. De geur van kruidige aarde bedwelmde mijn zintuigen. De donkerte van het bos pakte zich samen in de hoeken van de kamer. En naast Pa, zich verdichtend alsof het groen bezield was, van binnenuit licht gaf, zich samentrekkend tot een onmiskenbare vorm, bevond zich de luipaard.

Hij was oud. Zijn ogen waren als blauwe edelstenen. En hij zat vredig aan Pa's voeten. De luipaard was fosforescerend, hij wierp geen schaduwen, alsof hij aan het einde van zijn dromen was gekomen.

Toen kwam er een vreemde gedachte bij me op.

'Ben je wakker, Pa?' vroeg ik.

Het licht van het grote dier flakkerde. Pa zweeg. Ik stelde de vraag nog een keer, luider. Ma draaide zich om op het bed. Even werd de kamer weer donker. Toen gloeide de groene schittering op, nam bezit van de ruimte. Ik kwam overeind van mijn mat. Terwijl ik naar Pa liep temperde het licht van de luipaard. Ik bleef staan en fluisterde hard in zijn oor.

'BEN JE WAKKER, PA?'

WAT?' schreeuwde hij, plotseling opspringend, de kamer in duisternis onderdompelend.

De luipaard was verdwenen. Ik hield me een ogenblik stil.

Toen, alsof hij in zijn slaap was ontwaakt, schoof Pa langs me heen, mompelend dat hij dingen voor de eerste keer zag. Hij liep de kamer uit. Even wist ik niet wat te doen. Toen ging ik hem achterna, rende naar de voorkant van het huis en keek naar links en naar rechts. Pa was nergens te bekennen. Ik ging naar de achterplaats, maar daar was hij evenmin. Ik holde weer naar de straat, liep de ene kant op, en toen de andere. Het was heel raar, en de gedachte boezemde me vrees in, maar het leek wel alsof Pa toen hij de deur uit stapte ook uit de werkelijkheid was gestapt. Ik ging terug naar de kamer en wachtte op hem. Tijdens het wachten bedacht ik dat Pa in zijn slaap had gepraat. Ik was weer in een van zijn dromen beland.

4
Rondcirkelend

Ik was rusteloos. Ik wachtte lange tijd in het donker. Ik lag op het bed. Toen verhief ik me uit mezelf en begon rond te cirkelen. Ik cirkelde in en uit de dromen van de gemeenschap. Ik cirkelde in de dromen van de geestenkinderen die telkens terugkeren naar dezelfde plek, in een poging de ketenen van de geschiedenis te verbreken. Ik cirkelde in de dromen van de dode timmerman die uitdijde in zijn doodskist tot zijn opzwellende lichaam het houten omhulsel openspleet.

Al rondcirkelend zag ik dat de dode timmerman zijn graf had verlaten zonder de zware steen boven hem te verschuiven. Zijn hele lichaam was bedekt met witte bloemen. Hij ging van hot naar her en wekte de geesten van de doden. Hij dwaalde van het ene slapershuis naar het andere. Hij rammelde aan hun daken. Hij probeerde hun levens binnen te dringen. Hij probeerde zich op een of andere wijze aan hen kenbaar te maken.

De dode timmerman klopte op de deuren van de mensen. Hij bonkte op hun ramen. Hij trok rare smoelen tegen de nietsziende gezichten van de dromers. Hij voerde lange gesprekken met ontvankelijke kinderen. Hij scharrelde rond in keukens waar hij met de potten en pannen smeet. Buiten, in de openlucht, gloeide hij in het duister. Algauw zweefde hij hemelwaarts maar bleef halverwege hangen, dreigend met pestilentie tot zijn moordenaars hun misdaad hadden bekend. Tot hij fatsoenlijk was begraven. Hij zette aan tot opstand in de alomvattende dromensfeer.

Ik bleef rondcirkelen. Ma draaide zich weer om op het bed. Ze droomde over een tijd, vele jaren in het verschiet, waarin haar door een man die cement verkocht een serenade werd gebracht. Haar droom veranderde. Ze was in het gezelschap van haar moeder, die al twintig jaar dood was en nu op een ander continent woonde, vlak bij de zilveren bergen. In de droom stond ze met haar moeder onder een Elysische lucht. Getweeën staarden ze naar de gezichten van de grote vrouwen die door de natuur in de rotsen waren uitgeslepen.

Toen zag ik iemand door onze straat strompelen, met een emmer op zijn hoofd. Het gezicht van de man was helemaal omwikkeld met een doek, met vrijlating van de ogen. Toen de wind tegen ons raam blies drong er een smerige stank de kamer binnen. Een herinnering aan onze ellendige omstandigheden waarin we altijd onmiddellijk moeten leven met de gevolgen van onze daden.

Na een poosje ging ik weer liggen en hervatte mijn gecirkel. Dertig kilometer verderop lagen de toekomstige heersers van de natie vredig te slapen. Ze droomden van macht. Ze droomden van bodemloze schatkisten om uit te stelen. Van huizen in elke beroemde stad. Van bijvrouwen in elke belangrijke stad. Van macht die hen vrijwaarde tegen de gevolgen van hun eigen daden waar wij al bij voorbaat onder te lijden hadden. En naderhand nog lange tijd onder te lijden zouden hebben.

Intussen schreeuwde de man met de emmer onsamenhangende scheldwoorden terwijl hij langs de huizen strompelde. De stank van zijn emmer veranderde onze dromen. Toen hij voorbij was hoorden we een luide schreeuw. Daarna was het stil.

Dertig kilometer verderop, in een rijker deel van de stad, op matrassen die zouden veranderen in vorstelijke bedden, haalden de toekomstige heersers van de natie rustig adem. Ze herbeleefden hun opkomst, hun overwinningen. Ze telden hun vijanden. Ze droomden op voorhand over hun heerschappij die de natie te gronde zou richten. Tribale dromen van overheersing, met een burgeroorlog als gevolg.

Dertig kilometer verderop droomde de Britse Gouverneur-Generaal, die liever niet op de foto wilde, van zijn koloniale bewind. In zijn droom vernietigde hij alle documenten. Hij verbrandde al het bewijs. Hij versnipperde de geschiedenis. Terwijl ik talmde in de droom van de Gouverneur-Generaal werd ik door een golf van donkerte meegevoerd naar een eiland aan de overzijde van de oceaan, waar vele van onze moeilijkheden begonnen en ik in een toekomstig leven zou ronddwalen op de wegen, waar ik zou lijden en een nieuw soort licht zou vinden.

Ik bevond me nog niet lang in die wereld toen er iemand bij ons aan de deur kwam, stinkend naar het onverdunde parfum van de bittere aloë uit de woestijn. Ik staakte mijn gecirkel. Ik daalde weer af in mijn lichaam, werd wakker en zag Pa. Hij had zich net gewassen en oogde proper. Hij stonk nu ook nog naar carbolzeep. Zijn voorhoofd was doorgroefd met rimpels. Zijn ogen puilden uit. Op de grote tafel brandde een kaars.

Pa zat zwijgend in zijn stoel, alsof hij niet van zijn plaats was gekomen. Hij rookte op zijn gemak. Hij keek niet naar me. Hij was diep in gedachten verzonken. Toen hij klaar was met roken doofde hij de kaars. Daarna kroop hij zonder een woord te zeggen bij Ma in bed en viel in een vaste slaap.

5

Het voorspel van de moeilijkheden

Pa lag nog te slapen toen we 's ochtends wakker werden. Zijn onwelriekendheid teisterde ons, de hele kamer was ervan doordrongen. De geur was zo verschrikkelijk dat Ma veel vroeger dan anders de straat op ging om te venten.

Ma was die ochtend gekleed als een zieneres, alsof ze de dag al bij voorbaat wilde reinigen. Ze droeg een witte blouse, witte kralen, een witte hoofddoek en een wikkeldoek met een vissenmotief. Ze maakte eten voor ons klaar en liet Pa's ontbijt afgedekt op de tafel staan. Ze at samen met mij, maar ze zei niets. Haar gezicht was betrokken, alsof haar geest zijn energie bewaarde voor de beproevingen die nog zouden komen.

Nadat we hadden gegeten pakte ze haar schalen met sinaasappels, muggenspiralen en zeep. Ze bad bij de deur en smeekte me niet te ver van huis te gaan. Ze liep naar buiten in het vroege zonlicht. Ik luisterde toen ze haar waren aanprees met een nieuwe, zangerige stem. Ze prees ze aan bij een volk dat te arm was om lampolie te kopen.

Ze liep de straat uit, de andere kant op dan de bar van

Madame Koto. Ze brak de harde korst van de slapende aarde met haar ouderwetse sandalen. Ze liep argeloos door de aanzwellende geruchtenstroom. Ze begon haar dag zoals ze hem zou beëindigen. Zoekend naar ongrijpbare dingen. Roepend naar mensen die niet luisterden. Ondergedompeld in het stof en het gemurmel van de weg.

Intussen was Pa diep verzonken in de laatste fatsoenlijke slaap die hij gedurende lange tijd zou genieten. Hij sliep vast en verzamelde zijn geheime krachten. Terwijl hij als een dood gewicht op het bed lag, stond onze deur wijdopen voor de moeilijkheden die ons een langdurig bezoek zouden komen brengen.

6

Dialoog met mijn dode vriend

Ma was weg en ik wachtte geduldig tot Pa wakker zou worden. Maar Pa snurkte luidruchtig. Ik werd moe van het wachten. Ik ging de straat op en werd geconfronteerd met de nieuwe tijdscyclus die 's nachts een aanvang had genomen en inmiddels een realiteit was.

Uit de bar van Madame Koto klonken luide kreten. Het leek wel alsof tal van vrouwen in trance waren geraakt en nu bezeten waren. Op straat wemelde het van de buren en nieuwe mensen met eigenaardige gezichten. Algauw kreeg ik in de gaten wat er gaande was. De mensen spraken over de oude luipaard waarvan ze in het bos een glimp hadden opgevangen. Hij ademde moeizaam en zijn gegrom klonk schor. De mensen waren met primitieve geweren en kapmessen op de luipaard gaan jagen, maar ze hadden hem niet gevonden. Op de terugweg waren ze op de reusachtige gestalte van Madame Koto gestuit, die raaskallend over de grond rolde.

Op dat moment ontdekten de wijkbewoners dat iemand een emmer met viezigheid voor haar bar had neergezet. Ik repte me erheen om zelf een kijkje te nemen. De omstanders dromden dicht opeen. Madame Koto scheen helemaal buiten zinnen. Ze wilde ons te lijf en uitte de verschrikkelijkste bedreigingen. Haar vrouwen stonden om haar heen, met zakdoeken tegen hun neus. En pal naast de nieuwe auto van Madame Koto, midden op haar voorerf, bevond zich de aanstootgevende emmer. Wij keken er angstig naar, in het besef dat ons onaangename vergeldingsmaatregelen te wachten stonden.

Madame Koto sprong onafgebroken op en neer. Tierend. Ze schreeuwde het uit van de pijn ten gevolge van haar zere voet en haar abnormale zwangerschap. Ze leek wel een doldraaide heks. Met norse stem beval ze haar mannen mensen te ronselen om de smeerboel voor haar bar op te ruimen. Ze leek wel haar eigen wraakgodin. Iedereen keek toe, denkend aan de dode timmerman. Denkend aan diens zoon, die door de chauffeur van Madame Koto was doodgereden.

Terwijl ik de krijsende Madame Koto aanschouwde, blies er een koele wind om me heen. Een verblindende lichtflits schoot door mijn brein. Toen werd mijn huid geëlektrificeerd door iets in mijn nabijheid. Ik draaide me om en zag dat het de geest van Ade was. De dode zoon van de dode timmerman. Mijn vriend. In zijn blauwe pak leek hij te blaken van gezondheid. Met een schalkse glimlach zei hij:

'Hoe is het met mijn vader?'

'Die is begraven,' antwoordde ik.

'Maar wie heeft hem vermoord?'

'Dat weet ik niet. Ik zag een politieke misdadiger.'

'Wie heeft die misdadiger opdracht gegeven?'

'Dat zou ik je niet kunnen zeggen.'

'Hoe is het met jouw vader?'

'Die slaapt.'

'Hoe weet je dat?'

'Omdat hij diep in slaap was toen ik bij hem wegging.'

'Je moeder zong toen ze bij jou wegging, maar op dit moment zingt ze niet.'

'Waarom niet?'

'Omdat ze weet dat er iets ergs gaande is.'

'Waar dan?'

'Dat vertel ik je wanneer mijn vader begraven is.'

'Dat is al gebeurd.'

'Hoe weet je dat?'

'Ik was erbij.'

'Waar dan?'

'In het bos.'

'Welk bos?'

'Dat daar.' Ik draaide me om en wees.

Maar toen ik keek merkte ik tot mijn verbazing dat het bos verdwenen was. Ik keerde me weer naar mijn vriend, die er inmiddels ook niet meer was. In plaats daarvan zag ik Madame Koto op me afkomen. Brullend begon ze me op mijn hoofd te slaan. Ik rende weg, viel en krabbelde weer overeind. Een man in de menigte pakte me vast en zei: 'Waarom praat jij in jezelf als je vader in moeilijkheden verkeert?'

'Wat?' vroeg ik, beduusd.

'Word 's wakker!' schreeuwde hij.

Met een schok geraakte ik in een nieuwe waakzaamheid. Alles gebeurde te snel. Ik holde naar huis. De wereld tolde. De weg bleef zich openen en sluiten. Stemmen fluisterden. Het bos was er opeens ook weer. Toen ik bij onze kamer kwam bevonden zich daar vijf politieagenten die, afgaande op geruchten verspreid door de Partij van de Armen, Pa kwamen arresteren voor de moord op de timmerman.

7

De arrestatie

Pa was kalm. Hij glimlachte niet eens om de dwaasheid van hun beschuldiging. Hij trok zijn laarzen aan met een waardigheid die hen op de zenuwen werkte. De politieagenten begonnen hem op te jagen en te beschimpen, waarop Pa zijn laarzen nog langzamer aantrok zodat zij hun zelfbeheersing verloren en hem stompten en schopten. Pa nam hen koeltjes op, met medelijden bijna. Ik sprong boven op een van de agenten, die mij op het bed smeet.

'Zit stil en geef je ogen de kost, krekel!' zei Pa tegen me, met stemverheffing.

Ik zat stil. Ik gaf mijn ogen de kost toen ze hem, met slechts één laars aan, naar buiten sleurden. Pa verzette zich niet, maar hij werkte ook niet mee. Ze moesten hem de straat op dragen, waar onze buren zich hadden verzameld en op boze toon wilden weten waarom de politie een deugdzame man arresteerde. Toen de agenten dreigden hen ook gevangen te nemen, viel iedereen echter stil.

We liepen allemaal achter de agenten aan toen ze Pa naar hun busje droegen. Voordat zij erin slaagden hem achterin te smijten, slaagde Pa erin een uitdagende kreet te slaken, die vergezeld ging van een raadselachtige mededeling: 'DE GERECHTIGHEID IS EEN ZWARTE GOD!' schreeuwde hij.

Ze sloegen de deur dicht voor zijn raaskallende stem en reden weg voordat wij erachter konden komen waar ze hem heen brachten.

8

De groeiende toorn van vrouwen

Ma kwam die avond thuis na een schamel beetje te hebben verkocht. Haar gezicht was opgezwollen van de bitterheid van de weg, haar voeten waren beblaard en haar ogen waren rood van het stof.

Toen ze hoorde dat Pa was gearresteerd voor de moord op de timmerman die hij zo moedig had begraven, ging ze onmiddellijk weer op pad. Ze zong een ogenschijnlijk vreugdevol lied dat in werkelijkheid was doorgroefd met woede. Ik liep haar achterna over straat, maar ze draaide zich om en schreeuwde me toe. Ze zei dat ik de kamer niet mocht verlaten en onze deur moest openlaten, zoals Pa had bevolen. Ze zei dat ik hun ogen en oren moest zijn. Onwillig keerde ik terug naar huis.

Met hun oren hoorde ik de hardnekkigheid van Ma's lied voor de weg die mensen naar hun onbekende bestemmingen brengt. Ik hoorde haar lied voor de geesten van de doden die waarheden kennen waar wij in ons verdriet en onze onnozelheid geen weet van hebben. En ik hoorde haar lied voor de machtige engelen van alle vrouwen, zusters van de gerechtigheid, dienaressen van het lot.

En met hun ogen volgde ik Ma langs de wegen die blijven groeien naarmate mensen veelvuldiger dromen van plaatsen om naartoe te gaan. Wegen die naar bruggen leiden. Bruggen die naar snelwegen leiden. Snelwegen gebouwd op drooggelegde rivieren waarvan de godinnen voortdurend in beroep gaan bij het hemelse gerecht omdat hun vroegere grondgebieden zijn geannexeerd.

Ma liep zonder te weten waar ze heen ging. Ze werd voortgedreven door woede, terwijl haar geest nu eens verdonkerde en dan weer oplichtte. Licht ontvlambare visioenen gloeiden in haar ogen. Ze stak een weg over, opgewonden in zichzelf pratend, en liep een rode ruimte binnen. Toen ze weer bij haar positieven kwam bleken er allemaal oorverdovend toeterende vrachtwagens om haar heen te staan. Een menigte vrouwen droeg haar naar de overkant van de weg, wuifde haar koelte toe en stelde haar talloze vragen. Zij zei slechts, vechtend tegen de golven van haar bewusteloosheid: 'Politiebureau!'

Toen een van de vrouwen zei te weten waar het politiebureau was, kwam Ma haar duizeligheid meteen te boven, sprong overeind en begon als een dolle in de aangewezen richting te lopen. De vrouwen volgden haar, drongen erop aan dat ze wat rustte, dat ze eerst helemaal herstelde, maar Ma stapte door. Haar onverklaarbare vastberadenheid fascineerde de vrouwen. Zonder te weten waarom vergezelden ze haar, alsof ze allemaal op dezelfde boze pelgrimstocht waren.

De vrouw die wist waar het politiebureau was ging voorop. Ma sprak niet tegen de vrouwen die haar vergezelden. Ze sprak tegen de weg en de lucht en de wind, klaagde over de niet aflatende onrechtvaardigheid van de wereld en zong flarden van opstandige dorpsliedjes. Door haar eigen geestkracht te prikkelen, prikkelde ze de vrouwen. En de vrouwen trokken op hun beurt zingend en roepend de aandacht van andere vrouwen die langs de drukke wegen bonen, geroosterde maïs en vruchten verkochten. Eeuwig nieuwsgierig, eeuwig geteisterd door de geschiedenis, voegden de vrouwen van de wegkant zich bij de aanzwellende massa andere vrouwen. Hun getalsterkte nam toe, hun toevloed kreeg richting door Ma's woede.

Ze stroomden over de wegen, hielden het verkeer op, liepen parkeerwachters onder de voet. Ze deinden langs de gerechtshoven waarvan de gebouwen de kleur van stof aannamen. Ze zwermden langs de banken, en langs nieuwsgierige schoolkinderen die kleine stukjes met hen meeliepen tot hun aandacht door iets anders werd getrokken.

En toen de vrouwen aankwamen bij het politiebureau dat voorheen een gekkenhuis was geweest, verwonderden ze zich bij de aanblik van een eenzame sergeant-majoor die achter de balie zijn overwerkbriefje zat in te vullen. De arme sergeant-majoor keek op en had geen enkel verweer tegen de angstaanjagend ogende menigte vrouwen die allemaal met overslaande stem de vrijlating eisten van echtgenoten, zonen, aangetrouwde familieleden, broers, vaders, ooms en de vermiste zonen van vriendinnen. De sergeant-majoor raakte in paniek en blies op zijn fluitje, in de veronderstelling dat het koloniale regime omver werd geworpen of dat er een nieuwe vrijheidsoorlog was ontbrand. Twee agenten in korte kakibroeken kwamen met hun wapenstokken aangerend, maar de vrouwen overmeesterden hen en stormden de krochten van het politiebureau binnen.

De cellen puilden uit van gezichten die veel weg hadden van bosbeelden en sculpturen met bloeddoorlopen ogen. Gezichten van mannen die onvermoeibaar tegen het koloniale bewind hadden gestreden. Gezichten van hongerlijders die zich op het slechte pad hadden begeven. Verwrongen gezichten van moordenaars die 's nachts niet meer droomden, niet meer sliepen, maar met wantrouwige ogen wakker bleven, wachtend op de terugkeer van de geesten van hen die ze hadden omgebracht. Magere gezichten van zakkenrollers uit het krekengebied diep in het binnenland, van geldverdubbelaars uit dorpen die op geen enkele landkaart stonden aangegeven, van gewapende overvallers die behoorden tot stammen met weinig leden, waarvan de talen tot uitsterven waren gedoemd. Meedogenloze gezichten van misdadigers die de straf van hun meesters ondergingen, wier levens werden verteerd door een zielsdiepe honger, een woede zonder taal, hun gezichten rauw als wonden die nooit meer willen helen. Gezichten die gloeiden van de vurige gedrevenheid van de laatsten van een uitstervend ras mannen, die de wereld de unieke stempel van hun zielsidentiteit niet wilden laten vergeten. Gezichten van halve en hele gekken. Gezichten van universiteitsprofessoren die, eenmaal uit hun idealistische dromen ontwaakt, bemerkten dat de beloften van de Onafhankelijkheid al op voorhand werden verloochend, en die vrijuit hadden gesproken met alle ondoordachtheid van mensen die onbekend zijn met de brakke wateren van de politiek.

De vrouwen zagen deze gezichten en herkenden stadsgenoten, verwanten, vrienden van oude vijanden, vaste klanten. En het politiebureau, met zijn overbevolkte cellen, met zijn stank van ongewassen lijven en krochten zonder licht, gaf zijn verzameling verdwenen namen prijs, vergeten helden, vooraanstaande figuren in anonieme holen. Onder hen bevond zich een professor die hardnekkig volhield dat hij een bakker was, en een geldverdubbelaar die zwoer dat hij van een koningshuis afstamde. De gevangenen zigzagden allemaal tussen hun uiteenvallende identiteiten door.

De vrouwen, aangevuurd door hun godin, vervaagster van de grenzen der gerechtigheid, vonden de sleutels van de cellen en smeten de krakende deuren open. Horden criminelen die niet meer droomden lieten ze los op de wegen, vervalsers die meenden dat ze aristocraten waren, dieven die nooit dank je wel zeiden, misdadigers zonder achting voor dankbaarheid. Gezichten stroomden uit cellen die net groot genoeg waren voor zeven rechtopstaande doodskisten, maar plaats hadden geboden aan zesendertig mannen. Geen van de gezichten werd echter herkend door Ma, en geen van de gezichten behoorde aan Pa.

Ma's simpele zoektocht had een enorme chaos ontketend. De vrouwen om haar heen zwolgen in de nieuwe reikwijdte van hun macht. Ze zongen en spraken vrijpostig. Maar Ma verliet het politiebureau en liep verder, op zoek naar het volgende. Opnieuw kwamen de vrouwen haar achterna.

Het verhaal van hun uitzinnigheid en hun roep om een officieuze gerechtigheid, bereikten de oren van de stad, de rechters, de kranten en de nacht.

Ze kwamen niet erg ver. Het duister bracht Ma uitputting, maar de andere vrouwen bracht het opwinding. Ma zeeg neer langs de kant van de weg, met bloedende voeten, schrijnende ogen, een brein dat aan- en uitging en gloeiende lichten in haar hoofd.

De vrouwen om haar heen, van wie sommigen behoorlijk gek waren en anderen snakten naar een confrontatie, bereidden hun volgende invasie voor, hun volgende aanval op de politieke structuur. Terwijl zij hun plannen beraamden sliep Ma met haar rug tegen een betonnen muur, omsloten door een babbelende weg. Ze droomde van alle gezichten in alle gevangenissen. Ze droomde dat de bevrijde gevangenen als dollemannen door de stad renden, voertuigen en regeringsgebouwen in brand staken en grootscheepse rellen uitlokten.

9

De gevangen tijger

En met de ogen van mijn ouders, in de eenzame kamer, zag ik Pa in een donkere, onbekende ruimte. Het was een ruimte waar ze moordenaars gevangenhielden, waar ze hen schiepen. Eerst zonderden ze hen af en maakten hun schedels zacht. Ze maakten ze zacht voor het geknuppel dat zou plaatsvinden bij de eerste aanleiding, bij de eerste vraag die niet eerbiedig werd beantwoord.

Pa zag de luipaard weer die nacht. Hij straalde meer licht uit naarmate zijn dood dichterbij kwam. Pa hoorde het hortende gegrom van een oud beest dat weet had van de wildheid en vrijheid waarmee het langs de grenzen van dromen sloop, dat weet had van de razernij van het bloed, van de zoutgrotten waar olifanten hun slagtanden polijsten, en van de ontzagwekkende eenzaamheid van de bossen.

Pa zag het beest, en zijn wezen zwol op van visioenen die hij niet begreep. En toen ze hem om middernacht kwamen ondervragen over de moord op de timmerman, gedroeg Pa zich heel typerend. Hij tierde eindeloos over onrechtvaardigheid.

Hij werd omringd door twaalf onderbetaalde politieagenten, allemaal analfabeet, allemaal geërgerd door Pa's botte welsprekendheid. Vandaar dat ze hem te lijf gingen en de fosforescerende luipaard uit zijn hoofd sloegen. Ze maakten de scherpe kantjes van zijn botten zacht, in de hoop dat zijn krachten zouden wegvloeien, nauwelijks beseffend dat zij in dertig minuten iets deden wat Pa zelf in dertig jaar niet zou lukken. Door hem zo te slaan openden ze de poorten van zijn lichaam, haalden de muren ervan neer en verschoven het massieve rotsblok van zijn zelfbeperkende ego. Door hem zo te slaan openden ze alle deuren van zijn lichaam waardoor zijn kwade bloed en droomgeest naar buiten konden stromen, door de pijn en bewusteloosheid heen. Toen deed het duister zijn intrede in de wijken van zijn geest.

In de donkere nacht van zijn lichaam werd zijn brein overstelpt door visioenen van bloedwraak. Pa zag zijn vader, priester van de wegen. Hij zag zijn vader rondkuieren op het dorpsplein van zijn geest, strooiend met onbegrijpelijke raadgevingen, spreuken en parabels zingend in het ondoorgrondelijke idioom van een uitstervende taal. Toen verdween zijn vader. Licht scheen in zijn ogen. Hij hoorde stemmen. Hij voelde roestige tralies. En hij trof zichzelf aan in een kluwen van lichamen, samengeperst in een hete cel. Hij zag door gapende wonden geschonden gezichten. Gezichten van excentrieke criminelen. Sommigen van hen waren evangelisten. Eentje sprak de hele nacht over de lijdensweg van de zwarte mens. Een ander beweerde dat gerechtigheid een verzinsel was van de grote oplichters die de wereld bestieren, een verzinsel bedoeld om kleine mensen klein te houden.

Pa luisterde naar hun scheten, naar hun gepis, gepoep en gevloek. Hij luisterde naar de opstandige ideeën van zijn medegevangenen en zoog de ruige geheimen van hun geesten in zich op. Elk element dat hij in zich opnam duwde hem verder buitenwaarts, naar een onbekende ruimte tussen hemel en aarde. En die nacht, vanwege de visioenen in zijn brein, vanwege de geheimen die hij in zich opzoog, vanwege de pijn van zijn gebroken lichaam die zijn bevattingsvermogen te boven ging – die de schaal van zijn kennis deed uitzetten en barsten – slaakte hij een angstaanjagende kreet waardoor ik naar de deur rende, naar de voorkant van het huis en de straat. Telkens weer keek ik naar links en naar rechts, want ik kon de razernij van zijn aanwezigheid ruiken. Er was echter geen spoor van hem te bekennen. Na een poosje ging ik terug naar de kamer en nestelde me op de mat, met mijn rug tegen de muur. Op de tafel stond een muggenspiraal te branden.

Ik keek naar de open deur. Ik luisterde naar de voetstappen van onzichtbare wezens die over onze galerij heen en weer trippelden, zoekend naar manieren om de levens van weerloze slapers binnen te dringen. En terwijl ik luisterde met al mijn zintuigen, klein temidden van de beweeglijke schaduwen in de kamer, hoorde ik een nieuwe stem zingen in het bos.

Eindelijk was de stilte van het bos doorbroken. De stem zong een lieflijke lijkzang, niet bedoeld voor het heengaan van de stilte, maar voor een van tevoren aangekondigde dood.

Misschien was het een geest of een vrouw of een vogel, zingend met een mensenstem. Of misschien was het een geboorte die niet werd gevierd. Maar de nacht, zich samenballend in de stem, spande zich over onze gemeenschap en bracht een ochtend voort die begon met nieuwe rampen.

10

Het ongebreidelde geraaskal van Madame Koto

Toen ik wakker werd was Ma nog niet terug. Ik had een stijve nek. Ik maakte de kamer schoon, zoals zij zou hebben gedaan. Ik maakte wat te eten voor mezelf, at het op en ging naar buiten om de wereld aan een onderzoek te onderwerpen. Overal waar ik kwam vroeg ik of iemand Ma had gezien. Sommige mensen zeiden dat ze haar die ochtend hadden gezien, dat ze haar op pad hadden zien gaan om haar koopwaar uit te venten. Er was zelfs een vrouw die beweerde dat ze Pa schreeuwend in het bos had zien rondsluipen.

De buren maakten zich ongerust over Pa's gevangenschap. Ze wilden iets doen. Sommigen zeiden dat ze bij de Gouverneur-Generaal wilden gaan protesteren. Anderen dreigden met tochten naar politiebureaus en kranten. Maar niemand deed iets. De mannen gingen naar hun werk. De vrouwen gaven hun kinderen te eten, haalden water uit de put en wasten kleren. Toen hoorden we dat Madame Koto weer aan het raaskallen was.

Haar kreten als van een dolgeworden vogel met gebroken vleugels, kreten als de klanken van bepaalde muziekinstrumenten die voor het menselijk oor niet om aan te horen zijn, bereikten ons door de warme lucht. We repten ons naar het voorerf van haar bar en zagen iets gruwelijks. We zagen dat iemand een doodskist boven op haar nieuwe auto had gezet. We wisten meteen dat de doodskist het lichaam van de dode timmerman bevatte. De kist scheen aan alle kanten te zijn opengespleten door het lijk dat 's nachts was uitgedijd.

We zagen het hoofd van de dode timmerman met zijn grauwende mond vol aarde, alsof hij zich had doodgevreten. Zijn oren waren groot en zwart. Hij had stenen in zijn oogkassen. Zijn handen, met opgezwollen vingers, staken aan weerszijden naar buiten. Zijn voeten waren reusachtig en angstaanjagend; ze waren hun schoenen ontgroeid. En zijn glanzende lichaam had de kleur van palmolie.

Toen we de doodskist en het groteske lijk in ogenschouw namen, ontsnapte ons een collectieve kreet van verbazing en afschuw, een kreet die verstomde toen Madame Koto vanaf de achterplaats op ons af kwam stormen. Haar witte kralen lagen in haar handen en haar handen bekrasten de lucht met de ruwe omtrekken van nachtmerries. Haar gezicht was opgezwollen en lelijk. Uit een wond in haar schouder sijpelde bloed door haar kostbare kanten blouse. Aan haar lippen kleefde een aluminium beker. Haar buik rees en daalde. En haar wikkeldoek viel van haar middel, zodat we haar glimmende huiduitslag en littekens konden zien. Ze begon tegen ons te tieren. Ze overdonderde ons met een onthutsende stortvloed van bekentenissen, een uitbarsting van hatelijkheden gepaard met verschroeiende dromen die ons vastgenageld hielden aan de verschuivende aarde. Onze monden hingen open. Onze ogen knipperden in het vuur van de geselende zon. Terwijl wij vele waarschuwingen hoorden in het onsamenhangende geraaskal van Madame Koto's woorden, zwermden er witte vogels uit de wolkeloze hemel, ze klapwiekten naar ons toe in ongebruikelijke formaties.

'Wat zou het dat er een man in mijn bar komt en verblind raakt door wat hij niet had mogen zien?' krijste ze met een snerpende stem. 'Wat zou het dat ik moddervet word terwijl jullie allemaal je ogen kwijt zijn? Ik heb geen dode man in de as geplant. De steen is mijn moeder en ik heb de kinderen in de baarmoeders van jullie vrouwen niet verslonden. Ik heb geen zweren in jullie oren laten openbarsten. Maar inderdaad, ik zit op het hoofd van mijn vijanden. Ik grijp de macht waar ik hem aantref en als jullie slapen en jullie geesten onbeschermd laten ronddwalen, dan zuig ik hun geheimen in me op. Ik spreek tegen de lucht, want dat is mijn aard. Maar ik kan geen dode man planten en een emmer vol onzin oogsten.'

Ze loerde naar ons met waanzinnige ogen. Voor we konden ademhalen stortte ze zich opnieuw in de begoochelende zee van haar razernij.

'Wat zou het dat jullie tweeduizend jaar geleden dachten dat de wereld niet groter was dan jullie dorp en jullie roddels, wat zou het dat mijn krokodillen jengelden om jullie vlees en dat ik ze tevredenstelde met de kinderen van de bestrijders van onze godsdienst? Wat zou het dat er drie mannen stierven toen ik een bloem van de hoeve plukte? En hoe zit het met die pad, die ik kookte en jullie allemaal te eten gaf? Jullie aten hem op en werden sterk; jullie erkenden mijn macht, jullie lieten je leiden door mijn politieke overtuigingen. Ik drink geen bloed uit lekkende kalebassen. In het hele land roepen kinderen 's nachts mijn naam; de door mij geredde mensen overtreffen mijn vijanden vijf maal in getal; mensen die ik naar school heb laten gaan, moeders die ik gerechtigheid heb gebracht, marktvrouwen die ik heb beschermd tegen dieven en politieke misdadigers, vakbonden die ik mijn steun heb gegeven. Het is niet mijn schuld dat er een timmerman is doodgegaan omdat hij zelf wilde dat iemand hem zou vermoorden. Jullie staren me allemaal aan alsof ik het leven schenk aan een paard, maar wie van jullie kan een land het leven schenken zonder te sterven van uitputting, nou? Wie van jullie kan op drie continenten tegelijkertijd wonen? Wie van jullie kan zich in de dromen van honderdduizend mensen begeven? Wie van jullie kan met de blanke mensen praten in hun slaap en luisteren naar hun plannen waarin ze ons kleiner maken terwijl zijzelf groter worden, nou? Wie van jullie is in staat de verantwoordelijkheid van de macht te dragen, de demonen van de armen te verslaan, de duivels van de rijken te beteugelen, zich mee te laten drijven in de gekoloniseerde lucht van het land? Wie van jullie, wil ik weten, is in staat de strijd aan te binden met de zeshonderdtweeënvijftig geesten die onze toekomst aan de ketting leggen met één enkele diamanten sleutel, een sleutel die in de diepste wateren van de Atlantische Oceaan is gegooid waar het gebeente van een verzonken continent onze geschiedenis achterwaarts droomt alsof er niets aan te verbeteren valt?'

Madame Koto zweeg een ogenblik en in de waanzin van haar ogen vingen wij een glimp op van een ontzaglijke intelligentie, een zo'n fascinerende intelligentie dat we niet meer wisten dat we ons in onze lichamen bevonden, onder de brandende zon. En toen, aanvankelijk zachtjes, alsof ze ons wilde verleiden met een vergeten tederheid, maar opnieuw ten prooi vallend aan razernij en geschreeuw, vervolgde Madame Koto: 'Het geheim van ons falen is derhalve begraven in het brein van een dode schildpad: waarom eten we de schildpad niet op? Waarom hier komen en een emmer met onzin bij mijn bar deponeren, waarom de doodskist van een man die zelf wilde sterven op mijn nieuwe auto zetten die nog niet eens het gemak van onze nieuwe wegen heeft mogen smaken? Ik heb de vingers van mijn echtgenoot er niet afgehakt, en al had ik het gedaan, horen jullie hem klagen? Ik heb jullie dromen niet vergiftigd, en al had ik het gedaan, zijn jullie bereid te zweren dat jullie het niet wilden? Wie van jullie kan in zijn slaap een paard berijden zonder eraf te vallen wanneer het paard verandert in een reusachtige vogel die je naar het grote witte ei van de maan brengt? Jullie soort mensen gelooft in een ratjetoe van goden; jullie houden niet eens erediensten in jullie heiligdommen. Jullie goden hebben te veel namen, en omdat jullie zijn vergeten waarom de goden werden geboren hebben jullie gaten in jullie ziel waardoor jullie levens naar buiten sijpelen. Ik dicht de gaten met stenen. De bomen groeien op mijn lichaam, vandaar mijn huiduitslag. Ik hak de bomen om. Ze groeien opnieuw en ik verbrand ze, en het weerlicht terwijl jullie slapen. Sommige bloemen hebben wortels van duizendpoten. Wanneer ze doodgaan begint de lucht te zieden. De zon bakt de schors van de bomen, en ze gaan dood – alle jonge bomen waarvan je geen hout kunt snijden, en de planten die goed zijn om te eten. Ze gaan dood en de grote bomen die hier al waren voordat wij de naam van ons continent kenden, bieden schaduw aan tweeduizend geestenkaravanen. Ik kan geen oude bomen kappen. Jullie dode wegnemen. Hem in jullie slaap planten. Ik draag het rumoer en geschreeuw van hen wier bloed mijn lichaam doet zwellen. Ik draag de verantwoordelijkheid voor hen die zeggen dat ik hen heb gedood, hen heb vergiftigd, kwade dromen in hun nieren heb geplant – maar neem jullie dode mee, leg hem in de grote rivier en laat hem opzwellen in de lucht. Ik heb geen woorden voor de blinden, niets om de doven te tonen, dus wanneer jullie mij aanschouwen, beschimpen jullie de koorts van jullie moeders, en wanneer jullie mij veroordelen met jullie hongerige oren, veroordelen jullie de woorden van jullie vaders. Ik ben de boom die jullie hebben geplant, een boom die jullie niet weten te gebruiken; klaag niet als ik jullie een vreemde schaduw bied.'

11

Kiemen van een opstand

Madame Koto zweeg. Niemand verroerde zich. De vogels waren uit de lucht verdwenen. Het enige dat in ons midden fladderde was de ontzetting om Madame Koto's geraaskal. We stonden stokstijf, gehypnotiseerd door het vuur van haar woorden. De aarde siste onder onze voeten toen ze opnieuw uitbarstte in haar bekentenissen. We stonden als vastgenageld bij de kruispunten van vele tijdperken die samenkwamen in onze geest. En Madame Koto vervolgde met het bekennen van misdaden, begaan op andere continenten, als een inquisiteur die onschuldige vrouwen verbrandt op vuren van eikenhout en de liefde bedrijft met hun gekrijt. Ze bekende moorden honderden jaren geleden begaan in een Rijk dat bloeide aan de rand van een woestijn. Ze bekende de dood van kinderen, de verwoesting van dorpen, het gek maken van mannen, zoals de man die drie van zijn vingers afhakte onder invloed van haar zinsbegoochelende bezweringen.

Ze ging maar door, ons beschuldigend van eeuwige lafheid, van onwil om onze krachten aan te wenden en van afgunst op anderen die dat wel deden. Ze schreeuwde maar door, haar zielensmart vermengend met haar woede om de doodskist. Ze viel de lucht aan met haar dikke vingers. Ze smeet haar kralen alle kanten op. Ze sprong en viel en rukte aan haar kleren, tot ze zo goed als naakt was. Ze riep herhaaldelijk dat we ons moesten ontdoen van de doodskist, zoals zij zich inmiddels had ontdaan van de weerzinwekkende emmer en bakken met ontsmettingsmiddel over haar voorerf had uitgegoten. Toen geen van ons in beweging kwam, geen van ons sprak, toen stormde ze op ons af, en wij gingen er brullend vandoor.

We bleven pas stilstaan toen we hoorden dat ze haar mannen opdracht gaf de doodskist van haar auto te halen en hem midden op straat neer te zetten, waar iedereen hem kon zien. Ze zei dat het lijk onze gemeenschappelijke verantwoordelijkheid was. Maar haar mannen zwegen en verroerden zich niet. En uit hun stilzwijgen maakten we op dat zij banger waren voor het lijk dan voor haar. Toen hadden we moeten beseffen dat de kiemen van een opstand in die stilte een voedingsbodem vonden. Maar zoals altijd keken we naar de verschijningsvormen van onze alledaagse werkelijkheid – de rondscharrelende kippen, de zon die onze muren en kleren bleekte – en we zagen niet wat we waarnamen, maar alleen de mythen die we eraan verbonden.

Elk moment bood ons inzicht en verlossing, maar we namen genoegen met de troostende vormen van legenden, hoe monsterlijk of nutteloos ook.

12

Geboorte van een driedaagse legende

Die ochtend werd er een driedaagse legende geboren. Ik bleef thuis, terwijl de woorden van Madame Koto uitdijden in mijn hoofd. Toen brachten de buren me de krant van die dag met allemaal foto's van een wanordelijke groep vrouwen die de verbeeldingskracht van de stad in haar greep hield. De vrouwen waren onverschrokken een politiebureau binnengevallen en hadden alle gevangenen vrijgelaten. Temidden van de vrouwengezichten ontwaarde ik Ma. Ze zag er doodmoe uit, haar ogen stonden dof, haar houding was uitdagend.

De krant berichtte dat de grieven van de vrouwen niet helemaal duidelijk waren, maar maakte niettemin melding van klachten over ondervoeding, ontoereikende sociale voorzieningen, ziekenhuizen die hun kinderen niet wilden behandelen, bestuurders die niet wilden luisteren, ongelijkheid voor de wet, en bovenal was er het geval van de man die was gearresteerd – zonder aanklacht – omdat hij ten behoeve van het algemeen welzijn een lijk had begraven dat op een straathoek lag te vergaan.

Er waren redactionele artikelen over de vrouwen. Het

verhaal van de vrouwen die een politiebureau hadden bestormd deed de ronde in onze wijk en werd gaandeweg steeds gedetailleerder. Tegen de tijd dat het bij mij terugkwam had het zich uitgezaaid als onkruid op een vruchtbaar stuk land. Ik hoorde dat Ma een organisatie leidde van vrouwen die ze op straat bijeen had gezameld. De vrouwen haalden er andere vrouwen bij, allemaal mager van ondervoeding, met zieke kinderen en mannen die bezweken onder de druk van het alledaagse leven. Ik hoorde dat Ma de vrouwen van het ene politiebureau naar het andere leidde, op de voet gevolgd door persfotografen. Bij bushalten en op marktpleinen riep Ma de vrouwen van de ongeboren natie op om een omvangrijke staking te organiseren, en om te demonstreren voor de Onafhankelijkheid.

Ma veranderde in onze ogen. Haar afwezigheid voedde haar mythe. Vrouwen uit onze straat, die merkten dat hun zusters het nationale toneel veroverden met drieste daden, werden twistziek en organiseerden stakingen tegen hun echtgenoten. Ze belegden vergaderingen waarin ze spraken over de oprichting van organisaties, waarin ze bespraken hoe ze Ma's groep tot steun konden zijn. Ze zorgden ervoor dat ik werd gevoed en gebaad en prachtig gekleed ging. Ze betuttelden me alsof ik opeens een held was. Ze spraken de godganse dag over politiek. Het woord politiek kreeg een warmere betekenis.

Ik hoorde ongelooflijke verhalen over Ma die menigten verbijsterde vrouwen toesprak. Ze sprak in zes talen. Ze sprak over vrijheid en gerechtigheid, wat naar haar mening de taal van de vrouwen was. Ze sprak over de Onafhankelijkheid en het einde van het tribalisme. Ze sprak over de eenheid van alle vrouwen die kinderen het leven moeten schenken in een wereld die door zelfzuchtige mannen zo moeilijk wordt gemaakt. Ze sprak over alle dingen waarvan ze altijd had gezwegen. Ze sprak over het bijzondere van Afrikaanse vrouwen, over hun manier van ingrijpen, hun manier van evenwicht zoeken, over het ombuigen van haat in vriendschap, over hun vermogen zich te bevrijden, over hun goede geheugen voor geschiedverhalen en geheimen die mannen maar al te snel vergeten, over hun gave om te voeden, te genezen en het goede te laten groeien, over hun steelse wijze van ondermijnen en over hun grote liefde voor het mensdom.

Ma sprak altijd vanaf een verhoging, boven op aftandse auto's of op haastig in elkaar geflanste podia.

Maar wanneer ik, alleen tussen de schaduwen, haar zag was ze anders. Wat ik zag was grimmiger dan de legende. Ze werd telkens weer overdonderd door de kakofonie van kwebbelende vrouwen die in zesentwintig talen met elkaar redetwistten. Vaak begrepen ze elkaar niet. Ma kreeg het benauwd van de chaos van peuters en hun geurtjes van ondervoeding. En de woede van de vrouwen overwoekerde haar simpele verlangen om haar echtgenoot te vinden. Intussen sliep Pa ondersteboven in een lege ruimte. Zijn voeten waren geranseld met ruw hout, zijn gezicht was verpulpt door wapenstokken en knokkels. Zijn ogen brandden in het donker toen hij naar de lichtende luipaard staarde die ineengedoken voor hem zat, klaar om zijn bewustzijn binnen te springen en rond te dolen in het uitdijende bekken van zijn filosofie.

13

Heimelijke blik op de Gouverneur-Generaal

Al die tijd was Ma dapper en zwijgzaam. De vrouwen om haar heen wilden het Gouverneurshuis binnendringen en de deuren van de Gouverneur-Generaal bestormen.

De Gouverneur-Generaal was al zeventien dagen bezig met het verbranden van gewichtige papieren betreffende het bestuur van een land waarvan hij het volk niet graag mocht lijden en slechts zelden zag, behalve als gedaanten met dreigende ogen en te veel talen, te veel goden en te veel leiders. Een volk dat te weinig belang hechtte aan het behoud van de eigen cultuur.

Hij had nog achtentwintig dagen om de rest van de geheime documenten te verbranden, het bewijsmateriaal van belangrijke onderhandelingen, de aantekeningen over de verdeling van het land, de nieuwe landkaart van de natie, de opnieuw getrokken grenzen, notulen van vergaderingen met religieuze leiders en politieke figuren. Hij verbrandde ook de dagboekaantekeningen over de drie Afrikaanse vrouwen die hem troostten wanneer zijn vrouw hem aan zijn hoofd zeurde over de geneugten van de zomer en de stranden van Cornwall. De vrouwen baarden hem zeven kinderen die hij niet erkende, hoewel hij ze allemaal gedurende hun hele leven vijftig pond per jaar zou sturen, anoniem.

En toen hem het verhaal van de plunderende vrouwen ter ore kwam, zag ik in zijn ogen het groen en blauw van wondermooie diepzeevissen oplichten.

14
De ombuiging van de razernij

De vrouwen wilden de deur van de Gouverneur-Generaal bestormen. Ze wilden een nieuwe volksvertegenwoordiging in het leven roepen. Maar opeens doken er in hun midden elitevrouwen op. Deze nieuwe vrouwen, prachtig gekleed en met beschaafde manieren, hadden in vliegtuigen gevlogen. Ze hadden op één en dezelfde dag in drie verschillende landen vertoefd, ze hadden ijs uit de hemel zien vallen en gepraat in apparaten die hun woorden zonder wegen honderden kilometers verderop konden brengen. De elitevrouwen waren indrukwekkend; ze spraken in talen die geen van de oorspronkelijke vrouwen ooit had gehoord.

De nieuwe vrouwen, met hun glanzende armbanden, glinsterende wimpers en polshorloges die de tijd daadwerkelijk zichtbaar maakten, probeerden de oorspronkelijke vrouwen in een andere richting te leiden en hun drang tot opstand, hun verlangen om politiebureaus te overvallen en gerechtshoven en ziekenhuizen binnen te dringen te beteugelen. De nieuwe vrouwen bogen de razernij van de oorspronkelijke vrouwen om, ze brachten hen van hun stuk met ordelijke plannen en gedisciplineerde demonstraties. De nieuwe vrouwen met hun nieuwe woorden oogstten veel succes.

Hun succes bood Ma de mogelijkheid verder te zoeken naar Pa, en in haar kielzog volgde de kern van vrouwen die zich van meet af aan hadden aangesloten bij haar campagne tegen de ongerechtigheid. Gezamenlijk, met z'n achten – praktische vrouwen die op een andere plek in een vrijere tijd uitmuntende juristen, artsen, ingenieurs en worstelaars hadden kunnen zijn – zwierven ze de godganse dag door de doolhofachtige straten van de opgewonden stad, op zoek naar het politiebureau waar Pa wellicht werd vastgehouden.

Maar bij het eerste bureau waar ze op stuitten, wachtten de politieagenten hen geduldig op.

15

De herrijzenis van een oude godheid

De acht vrouwen waren het politiebureau nog maar net binnengegaan om te vragen of Pa er zat opgesloten, of de deur werd met een klap achter hen dichtgesmeten. Toen er drie Duitse herdershonden vanachter de balie op hen afsprongen beseften ze dat ze in de val waren gelopen. Met afgrijzen denk ik aan die honden, die kwijlend een hap mensenvlees wilden, zich op de vrouwen stortten, blaffend, terwijl de camera's flitsten. De vrouwen gilden. De agenten bliezen op hun fluitjes. Gevangenen in talloze aan het oog onttrokken cellen sloegen op de tralies, het justitieapparaat vervloekend. Terwijl de honden de wikkeldoeken van de vrouwen afrukten hielden de agenten hun wapenstokken in de aanslag voor een invasie, ze zagen meer vrouwen dan er in werkelijkheid waren.

In die wanordelijke, gewelddadige atmosfeer veranderde het politiebureau even in een onderaardse crypte die overvloeide in alle andere cryptes van toekomstige jaren. De vliegen sisten in de hitte en de stank van de plee-emmers van het cellenblok verspreidde zich in de afgesloten ruimten. Toen de honden de vrouwen besprongen, waarmee ze angst en paniek zaaiden, gebeurde er iets opmerkelijks. Een van de vrouwen die al die tijd geen stom woord had gezegd, slaakte een cultische kreet die een contrapaniek in het leven riep. Ze was gedrongen, had een vollemaansgezicht met diepe inkervingen op haar voorhoofd en eigenaardige tatoeages op haar blote armen. Na haar hypnotiserende kreet flitsten de lichten. En toen de vrouwen vanachter de nutteloze bescherming van hun afwerende handen gluurden, zagen ze dat de honden roerloos op hun achterste zaten met hun tong uit hun bek. Tijdens dat moment van verbazing dat enkele seconden duurde heerste er een volmaakte stilte in het politiebureau, tot een stem vanuit een onder de vloer verborgen cel zei: 'Je man is hier niet. Zwarte Tijger is niet in dit politiebureau. Waarom zouden jullie het jezelf moeilijk maken?'

Toen liep de vrouw die de honden met haar geheimzinnige, bezwerende kreet tot bedaren had gebracht naar de deur en maakte die open. De politieagenten in hun korte kakibroeken keken toe in volslagen verbijstering. De vrouwen en fotografen begonnen weg te gaan. Ze waren al buiten op de stoep toen de adjudant, bevrijd van de ban, zijn autoriteitsbesef hervond en een bevel blafte.

De Duitse herdershonden, opgeleid in twee internationale steden, beten de vrouwen niet. Maar de agenten, opgehitst door het bevel, besprongen hen, vielen hen aan in hun weerloze ruggen en knuppelden hen de stoeptreden af. De agenten achtervolgden hen op straat, waarbij ze een grote kooi met apen omverliepen die door een teruggekeerde uit Brazilië waren meegebracht als presentje voor zijn familie en aanverwanten. Vijf apen ontsnapten en renden krijsend over straat, waardoor auto's op elkaar botsten. Met voorbijgaan van de enorme verkeerschaos bleven de agenten de vrouwen achternajagen en sloegen voorbijgangers die hen in de weg liepen opzij. De apen vluchtten weg over auto's en trokken rare bekken vanuit de laadbakken van vrachtwagens.

De Braziliaan stond temidden van gillende autobanden, jammerende vrouwen en het gewone geraas van de stad. Hij rende over de weg naar het politiebureau, gaf schreeuwend uiting aan zijn klachten over het brute optreden van de politie en werd prompt als een politieke onruststoker in een cel gesmeten.

Intussen werden de politieagenten gek op straat, waarmee ze een toekomstige tijd binnenstapten waarin publieke gekte hun norm zou zijn. De hele weg vulde zich met een kakofonie van ingedeukte bumpers, gesprongen autobanden, opgeblazen motors en het gekrijs van apen die door vrachtwagens werden overreden. De weg was verrukt over de smaak van het nieuwe bloed. En de apen, in de weg vermalen als offergaven aan de god die ook van de smaak van honden houdt, redden vermoedelijk de levens van de vrouwen. Want de weg, stuiptrekkend in zijn honger, maakte zich meester van de chauffeurs die gestalten zagen oprijzen van het teermacadam, geesten met kalebassenhoofden, zes ogen, dunne benen en lange, broze armen. De vrachtwagenbestuurders, bang om zich te bezondigen aan een onbekende heiligschennis, riepen de namen aan van alle door hen aanbeden goden en verloren compleet de controle over hun voertuigen. Ze botsten op geparkeerde auto's en knalden tegen gebouwen aan, met ronkende motors en in de lucht rondtollende wielen.

Na de confrontatie met wat zij hadden aangezien voor een vrouwenopstand, kreeg de politie nu te kampen met een groter probleem. De herrijzenis van een oude godheid, de grote god van de chaos, die zich zou verlustigen in een decennialange, ongekende heerschappij, een nieuw bewind beginnend met de geboorte van een natie.

De vrouwen hergroepeerden zich en strompelden verder met hun gescheurde wikkeldoeken, toegetakelde gezichten, ontwrichte schouders en verzwikte enkels. Bloed droop van hun haargrens naar beneden, de nachtmerries van de weg bemestend. Ze verzamelden zich en stortten zich op een hoop, kreunend, vloekend, in vijftien talen uitdrukking gevend aan hun dankbaarheid dat ze nog leefden. De fotocamera's bleven flitsend op hen gericht. Na een poosje kwamen ze weer in de benen, hinkend, met gezwollen enkels, zere botten en opkomende striemen in hun nek. Toen ze weer op pad gingen en Ma met een onbedwingbare vastberadenheid koers zette naar het volgende politiebureau, kwam er een man op haar af. Hij liet zijn camera zakken en bracht mij van mijn stuk terwijl ik hen gadesloeg vanuit mijn donkere, ronddraaiende ruimte in de kamer.

'Herken je me niet?' zei hij.

'Nee,' antwoordde Ma vermoeid.

'Ik ben de Fotograaf, de Internationale Fotograaf. Ik heb al jullie ratten gedood. Jullie hebben mij beschermd toen de Partij van de Rijken me probeerde te pakken. Hoe is het met Azaro?'

Toen herkende Ma hem meteen. Ondanks haar pijn en vermoeidheid schreeuwde ze het uit van blijdschap bij het zien van een vertrouwd gezicht.

'Ik heb je campagne gevolgd,' zei de Fotograaf op gewichtige toon. 'En ik wil dat je iemand ontmoet die je misschien kan helpen.'

Een kleine man met een diplomatentas in zijn hand en een scheiding in zijn haar, stapte naar voren en schudde Ma de hand.

'Hij is advocaat. Hij is net terug uit Engeland. Hij gelooft in sociale gerechtigheid en is bereid zijn diensten gratis aan te bieden. Dit wordt zijn eerste zaak.'

Bij het volgende politiebureau viel hun een volstrekt andere ontvangst te beurt.

16

Pa valt uiteen in zeven persoonlijkheden

Terwijl de vrouwen naderbij kwamen zat Pa in een kokendhete cel, zijn borst beklemd van alle slaag. Zijn oren waren zo gewond dat hij de taal van zijn bloed in het kloppende hart van de gevangenismuren hoorde. Zijn ogen schrijnden zo dat hij gedaanten tussen de ijzeren tralies zag zweven. Engel of demon, geest of voorvader, hij wist het niet precies. De gestalten waren het ene moment zo stralend als een vurige annunciatie en het volgende zo duister als een doodvonnis. Het leek wel alsof elke gevangenis zijn eigen god had, wiens dreigende gezicht bleef veranderen en wiens gelaatstrekken nooit werden herinnerd.

Door Pa's opengebarsten huid voelde de lucht bijtend aan. Het was alsof hij over zijn hele lichaam blauwe ogen had.

Hij zat in een kleine cel, een ruimte waarin twee doodskisten rechtop konden staan, en het ademen was hem onmogelijk. Hij leed helse pijnen, terwijl zijn wezen in zeven persoonlijkheden uiteenviel. Ik nam er drie waar toen ik voor ons huis zat en de straat in de gaten hield, wachtend tot Ma zou terugkomen. Er was een moment dat Pa naast me stond en zijn hoofd vasthield, maar toen ik hem een vraag stelde verdween hij. Daarna liep hij over straat, maar toen ik naar hem toe rende veranderde hij in een vreemde. Vervolgens riep hij mijn naam vanuit onze kamer. Toen ik binnenkwam stak hij al ijsberend een sigaret op, waarna hij ploste in de vlam van de lucifer. Mijn hoofd verwijdde zich. Ik was bang dat ik onverhoeds zou terugkeren naar het land van de geesten.

Na een poosje strekte ik me uit op het bed en merkte dat ik in een groene ruimte zweefde, waar Madame Koto lag, omgeven door machtige kruidendokters.

17

Madame Koto en de schaduwen

De kruidendokters verstevigden de muren van Madame Koto's geest. Ze versterkten de fundamenten van haar macht. Ze trokken de zeven ademtochten terug die aan haar wezen waren ontsnapt. Ze sleepten haar terug uit het rijk van de waanzin.

De oude blindeman, de magiër van het getto, trof voorbereidselen voor zijn eigen heerschappij. Hij deed tien bezweringen uitgaan en liet zijn recht weer gelden op een gebied dat hij voor Madame Koto had gekoloniseerd. Hij slingerde zijn ondersteunende toverspreuken weg, die de geografie van de lucht veranderden en een afweer vormden tegen de krachten van zijn bondgenoten.

Madame Koto lag huiverend op de vloer en deed het huis op zijn grondvesten trillen. Toen de kruidendokters de ademtochten in haar terugtrokken begon ze op te zwellen. Ze purificeerden haar bloed en haar melk. Ze gaven de chemische bestanddelen van haar lichaam een oppepper en sleutelden aan haar geest. Ze verstevigden haar baarmoeder ter voorbereiding op de geboorte van haar drie kinderen.

Deze bijzondere kruidendokters spanden zich in om haar kracht te herstellen. Ze wierpen kauri's en luisterden naar de raadselachtige taal van de waarzeggerij. Ze bemerkten dat hun zeventien uitleggingen allemaal naar dezelfde gevreesde wegkruisingen leidden en werden toneelspelers die haar wonderen voorspelden, onderwijl hun eigen bondgenootschappen haastig heroverwegend.

Ik zag dat ze zich terugtrokken en slechts hun schaduwen achterlieten. Of bleven zijzelf, maar verdwenen hun schaduwen? Madame Koto lag alleen in haar enorme kamer. Ze ijlde. Ze prevelde duistere bekentenissen die twee eeuwen terugvoerden en honderd jaar vooruitliepen. Haar woorden namen vorm aan en verdrongen zich in de lucht. Ik probeerde uit alle macht in mijn lichaam terug te keren.

18

Een hoopvolle droom

Ik trof mezelf aan in een andere ruimte, starend in de ogen van de politieagent die me vele jaren eerder in zijn huis gevangen had gehouden en van mij een plaatsvervanger van zijn dode zoon had willen maken. Het bracht me van mijn stuk dat hij nog leefde, nog steeds in functie was, en dat hij mij kennelijk niet kon zien. Hij keek langs me heen naar een groep vrouwen die als bedelaars kwamen binnenstrompelen, onder aanvoering van een jeugdige advocaat die met de voorspelbare arrogantie van zijn leeftijd een heel betoog wilde houden, wat de politieman voorkwam door zijn hand op te heffen en te zeggen: 'Ik ken deze vrouw. Het is een moedige vrouw. Haar man wordt hier niet gevangengehouden, maar ik zal alles doen om te helpen.'

Na twee slapeloze dagen op straat, na te zijn besprongen door honden, geteisterd door wonderen en geslagen door politieagenten, kon Ma het niet aan dat ze nu iemand tegenkwam die zowaar zijn hulp aanbood. Ze zakte in elkaar op de grond en werd languit op een bank gelegd waar ze vijf uur als een blok lag te slapen.

Toen ze wakker werd bevond ze zich in een vreemd huis vol onbekende vrouwen. Ze was nog steeds zo uitgeput dat ze meende te dromen. Ze draaide zich om op de bank voor een prettiger droom, toen een stem haar vertelde: 'Ze hebben het politiebureau gevonden waar je man wordt vastgehouden. Ga maar weer slapen. We kunnen toch niets doen voor morgenochtend.'

Ma vatte het op als een droom, want de nacht had haar lichaam veroverd en zij had haar geest overgeleverd aan de afnemende maan die scheen als het ei van Madame Koto, of als een witte kom met palmwijn die door een verbannen god op ons huis was gezet en de daken bedwelmde.

19

Pa ontbiedt zijn voorouders, en faalt

Die nacht, terwijl de stemmen van het bos zich weer lieten horen, in groter getale en lieflijker dan ooit, alsof een geheim tijdperk van dromen ten einde liep, had Pa erge pijn na zijn tweede pak slaag. Hij zweette de godganse nacht en zat onder de uitslag. Luizen en vlooien kropen over zijn hele lijf. Microscopisch kleine wormen teisterden zijn wonden.

Hij was die dag roodgloeiend geweest en had de agenten uitgedaagd hem te martelen en zelfs te vermoorden. Hij pochte de hele middag dat zijn geest was gemaakt van de onverbiddelijke materie der gerechtigheid. Hij spuide een stortvloed van lasterpraat, somde de misdaden van het staatsbestuur op, kapittelde alle vormen van politiegeweld en schreeuwde dat de gevangenissen uitpuilden van de onschuldige mensen die op een goede dag de regering omver zouden werpen.

Hoe erger ze hem martelden des te harder hij tekeerging over de liefde voor de onrechtvaardigheid die het ongeboren land uiteen zou rijten. Hij bestookte ze met visioenen van toekomstige staatsgrepen en rellen, tribale slachtpartijen en hongersnood, keverplagen en ontploffingen op de olievelden, volkerenmoord als gevolg van een oorlog en decennia van ontberingen die in het verschiet lagen. Toen de agenten het beu werden hem af te ranselen, ontelbare wapenstokken op zijn hoofd kapot te slaan, hun polsen te ontwrichten en hun knokkels open te halen aan de stevige beenderen van zijn tijgergezicht, toen hitsten ze de andere gevangenen op om hem te lijf te gaan en hem voorgoed het zwijgen op te leggen. Toen ze hem inderdaad aanvielen was Pa zo kapot van het verraad van zijn medegevangenen dat hij, nadat ze met hem hadden afgerekend, in de hoek ging zitten die het dichtste bij de plee-emmer was, de enige vrije plek in de cel, en de namen van zijn voorouders begon op te noemen.

Hij noemde hun koninklijke titels, hun stamhoofdentitels, somde hun wapenfeiten en legenden op, met de bedoeling het loden gewicht van zijn verraden geest op te heffen. Hij riep ze steeds opnieuw, alsof hij verwachtte dat ze voor hem zouden verschijnen en gehoor zouden geven aan zijn barse ontbiedingen. In zijn hoofd was het een warboel en zijn lippen waren zo opgezwollen dat hij de namen verhaspeld uitsprak. Hij raakte verstrikt in het heilige bos van zijn geest. Hij noemde de vermaarde naam van Aziza, de wegenbouwer, die wegen aanlegde over moerassen en de zilveren geesten van het grote bos rondom het dorp bezwoer. Hij riep de naam aan van Ojomo, de Beeldenmaker, die een reusachtig wild zwijn velde met één enkele klap, die de geesten van de vallei bedwong, die een oude groep monolieten ontdekte in het bos, die de grondslagen legde voor een godsdienst zonder naam, die de verschijningsvormen van de eeuwig veranderende goden kon onderscheiden en beelden en maskers maakte van hun belangrijkste eigenschappen. Pa zong de naam van Ozoro, krijger, smid, die streed in een van de oorlogen van de blanke man, die een worstelpartij met de fabelachtige geesten van twee oceanen overleefde, die zeven kogels door zijn lijf kreeg, vijf blanken doodde en zich verwonderde over hun weke geest. Hij keerde terug naar huis als een ongekroonde held, vergeten door degenen wier oorlog hij had gevoerd. Hij bracht de boodschap mee dat de kracht van de blanke man tegelijk echt en denkbeeldig was, een werkelijkheid die werd ontkend en een zinsbegoocheling die werd aanvaard. Pa zong de beroemde naam van Ozoro vaker dan elke andere naam, de Ozoro die beweerde dat geesten in wezen overal ter wereld hetzelfde zijn en dat macht zijn oorsprong vindt in hard werken, in wetenschappelijk onderzoek, in intellectuele weetgierigheid, in creatieve grootsheid en vrijheid, in de diepste doorvorsing van onze menselijke vermogens en in de waarachtigste onafhankelijkheid. Hij zong Ozoro's naam met eerbied, de Ozoro die na de grote oorlog terugkeerde naar huis, een fabriek opende en als eerste man in het dorp een radiotoestel bouwde. Voor hij stierf verkondigde hij dat we in de geestenwereld de eeuw van de technologie al achter ons hadden gelaten en een tijdperk van pure kracht hadden betreden, de drijfkracht van vulkanische planeten, van verre sterrenbeelden, van de wind, de maan, het hart en ieders lotsbestemming. Pa schreeuwde de naam van de legendarische Ozoro, die stierf als een verlicht man, die zag hoe de wereld kleiner werd gemaakt, die zijn volk onaardse dromen zag verheerlijken die waren verbannen uit de machtige geestenwereld waar het atoom al duizenden jaren geleden was gesplitst, de Ozoro wiens laatste vermaning aan de wereld luidde – de essentie van zijn nalatenschap: 'HOL JULLIE ZELF NIET VOORBIJ!'

Pa bleef zijn voorouders maar aanroepen met een driftige stem, alsof hij knettergek was geworden. Niet één van zijn voorouders verscheen. Niet één van zijn voorouders gaf een teken Pa te hebben gehoord. Pa begon te jammeren en stelde zich vreselijk aan. Toen zijn geest weer opklaarde zag hij drie gedaanten over hem heen gebogen staan. Menend dat zijn voorouders zich ten langen leste kenbaar hadden gemaakt, gedroeg hij zich met de grootste eerbied.

De drie mannen droegen hem uit de cel en brachten hem naar een kamertje met een ventilator aan het plafond, een telefoontoestel op een lege tafel en een rijkskaart aan de muur. De drie mannen gingen weg en na een poosje kwam er een blanke man binnen die op twee meter afstand van Pa uit het raam ging zitten staren. Toen kwamen de drie mannen weer binnen en stelden hem vragen over opruiende acties, ophanden zijnde rellen, protestbewegingen, politieke organisaties, moordaanslagen op de Gouverneur-Generaal en heimelijke pogingen om het regime te ondermijnen. Pa kon het allemaal niet goed verstaan vanwege zijn opgezwollen oren. Hij hoorde alleen het kloppen van het bloed in de slagaderen van de wereld. Hij beantwoordde hun vragen met de namen en legenden van zijn voorouders. Toen wendde de blanke man, die naar zijn zin al te veel tijd had verspild aan zo'n minderwaardig exemplaar van het menselijke ras, zich nijdig naar de drie minkukels in hun korte kakibroeken en schreeuwde: 'Jullie hebben me opgezadeld met een gek in plaats van een oproerkraaier! Weg met die man!'

Ze smeten Pa weer in een kleine cel waar hij ineengedoken zat te luisteren naar de wormen die aan de muren en funderingen van het gebouw knaagden. Toen besefte hij tot zijn afgrijzen dat ze aan hém zaten te knagen. Hij schreeuwde en zijn stem kaatste naar hem terug. Hij was alleen gelaten met wormen en vlooien, in een cel vol luizen en ziektekiemen, met slechts één raampje waardoorheen hij een stukje van de lucht kon zien. Maar het was donker die nacht doordat zijn gezwollen ogen en het samenklonterende bloed op zijn oogballen hem het kijken beletten.

20

Pa ontbiedt een angstaanjagende godheid

In zijn benauwende ruimte, met brandende wonden en een zich samenballende geest, viel Pa in een gat in zijn brein waar hij niet meer uit kon komen. En omdat hij de volle reikwijdte van zijn verlangen, de diepgang van zijn overtuiging, de vibrerende kracht van zijn ontbiedingen niet kon overzien, begon hij hardop de eigenschappen van een godheid op te sommen. Hij verzocht de god zich kenbaar te maken, de poorten van zijn geest te openen, hem de wonderen en beelden van verlossing te tonen, hem uit zijn peilloze diepte te trekken en een revolutie los te laten op de folteraars van zijn volk. Hij deed een beroep op de god van de revolutie, de onbuigzame broer van de god van de gerechtigheid, om de onheilsplekken van de wereld met de grond gelijk te maken, om alle onderdrukkers te geselen met donderbuien en orkanen, om de corruptie van de natie weg te branden, om de hutten en malariakrotten van de armste sloebers te vernietigen, om hun overmatige verdraagzaamheid jegens hun eigen lijden uit hun achterlijke levens te bannen, om hen op te hitsen tot razernij en verzet en om hun levensomstandigheden blijvend te veranderen in een paradijs op aarde.

Pa somde de ontzagwekkende eigenschappen van de god op en bedacht liedjes voor een godheid die zich nog niet kenbaar had gemaakt, een godheid die zo verschrikkelijk was dat de mensen altijd bang zijn geweest hem in hun pantheon op te nemen, uit angst voor zijn monsterlijke, destructieve aanwezigheid.

Toen klonk er midden in Pa's opsommingen opeens een geluid dat hij nog nooit eerder had gehoord. Hij keek om zich heen in de donkere cel. Hij hoorde het geluid opnieuw, het leken wel de weifelende voetstappen van een reus of een monster. Pa kon niet goed zien, maar hij ontwaarde wel vlak voor hem een licht dat allengs helderder werd, vanaf een punt in de muur. De voetstappen weergalmden rondom hem in de cel. De helderheid nam nog verder toe en het licht werd zo fel dat het zijn brein leek te verzengen. Pa sloeg zijn handen voor zijn gezicht en schreeuwde het uit. Stuiptrekkingen van een zalige en tegelijk kwellende heftigheid reten zijn wezen uiteen. Zelfs toen hij zijn ogen sloot kon hij niet ontkomen aan het verblindende licht dat hem omringde als de tongen van lekkende vlammen. En het kwam bij Pa op dat hij zich bevond in de aanwezigheid van een onverdraaglijk vuur dat zijn wezen en brein verschroeide en alles wat hij was veranderde in levende as.

Hij zag de vlammen over zijn hele lijf, ze verbrandden zijn vlees, zijn haar en zijn gezicht. Ze verbrandden hem alsof hij was bedekt met fosfor. Ze zuiverden zijn wezen ook al werd hij tegelijk vernietigd en verteerd. Hij kroop rond in die ontzagwekkende vlammen, betoverd en doodsbenauwd, en hij hoorde heldere stemmen in het vuur, eigenlijk verschillende registers van één stem die toverformules over hem uitspraken. De stemmen spraken tegen hem met een bovenaards accent, in een volslagen onbegrijpelijke taal. De woorden wakkerden de vlammen aan. En de vlammen laaiden hoog op in felle kleuren, tot de hele cel en de hele stad leken te baden in het licht.

Toen zag Pa in een helle flits een jongen met een gelaat van een ongehoorde schoonheid. Zijn haar werd omkranst door een gouden kroon. In zijn hand fonkelde, als een diamant, een zwarte scepter. Toen was de jongen verdwenen. De vlammen doofden. Er was geen rook in de lucht van de cel. En alles werd ondergedompeld in een oeroud duister. In dat duister zag Pa een machtige gedaante, donkerder dan het duister. Een gedaante met groene ogen. Daarna hoorde Pa onuitgesproken woorden. Onverbiddelijke woorden die door zijn lichaam werden ervaren als elektrische schokken. Woorden waardoor hij uitbarstte in een hevig getril, waardoor zijn brein gedurende vele jaren in de toekomst zou worden aangetast en ontwricht. Pa hoorde woorden die zijn leven verkortten. Ze brandden zijn jaren weg toen hij de aanwezigheid doorstond, niet van de godheid die hij meende te hebben opgeroepen, maar van een volstrekt andere wiens naam te gruwelijk is voor woorden. De hele nacht brandde Pa in de nasleep van de verschijning. En daarna stopte het branden nog niet, het stopte niet tot zijn cyclus was voltooid.

's Ochtends merkten Pa's cipiers dat hij was bedekt met witte as. Ze merkten dat al zijn kwetsuren en striemen, zijn snijwonden en blauwe plekken gedurende de nacht wonderbaarlijk waren geheeld. Ze merkten dat hij met grote ogen strak voor zich uit staarde, als in het aangezicht van een puur gouden gruwel.

Ze merkten dat zijn geest vredig was. Hij sprak niet, hij had een stijve nek en hij kon zichzelf nauwelijks overeind houden. Ze merkten dat de witte as niet van zijn lichaam wilde, dat de cel geurde naar een inzoet parfum en dat de muren allemaal waren verschroeid, niet zwart, maar zeegroen met gele, gouden en rode strepen, alsof een goudsmid er een patroon van een ruwe, primitieve pracht op had aangebracht.

Ze merkten dat er een waas van goudpoeder over Pa's haar lag, en dat er aan zijn gezicht diamantgruis kleefde. Ze voerden hem naar buiten, verbaasd en ontzet, en brachten hem naar een kaal vertrek. Pa leunde tegen de muur, zijn geest was leeg, zijn ogen staarden wezenloos maar vol verwondering recht vooruit, alsof hij eindelijk het samenstellend geheim van alle voorwerpen had gezien, van alle bomen en metalen, alsof hij eens en voor altijd het geheim van de wereld doorgrondde, namelijk dat alle dingen bezield zijn en kenbaar worden krachtens het vuur. Hij zag alleen maar vlammen. Hij zag gezichten als vlammen. Hij zag hout als vlammen. Hij zag de lucht als roodgloeiend, terwijl alles brandde met verschillende snelheden. Hij zag wonderen in die aanblik, maar hij kon niet spreken. De dingen die hij zag waren te veel voor de woorden om ze mee uit te drukken.

21

Een publieke bekentenis

Die nacht, toen Pa brandde tijdens de visitatie, barstten in het bos de stemmen van de doden los. Het bos werd bevolkt door stemmen die melodieën neurieden van een weergaloze zuiverheid, zoetgevooisd als een engelenkoor dat verstrikt is geraakt in een aardse sfeer. Stemmen die verlangden naar een andere ruimte. Een ruimte als een pure realiteit.

De gezangen in vreemde talen vonden mij en tilden me dertig centimeter boven het bed. Daar bleef ik hangen, in de intense klaarheid van een onvervalste droom. Toen werd de betovering verbroken. Mijn geest kreeg opeens uitslag. En ik tuimelde naar beneden en keerde onbeholpen terug in mijn lichaam.

Geschrokken en in de war sprong ik uit bed. En door de gemene, bonkende pijn in mijn hoofd heen, hoorde ik de ongepolijste stemmen van twee mannen die als jakhalzen in de nacht tekeergingen.

Ik was niet de enige die hen hoorde. De hele gemeenschap luisterde toe toen de twee mannen begonnen te schreeuwen dat insecten en naaktslakken aan hun hersenen vraten. We luisterden toe toen ze luidkeels bezwarende woorden uitten, opdat hemel en aarde ze zouden horen, woorden die ik opvatte als publieke bekentenissen en helse beschrijvingen van hun misdaden. Ze bekenden dat ze mannen hadden afgeranseld die hun geen kwaad hadden gedaan, dat ze kinderen hadden ontvoerd en vrouwen gebrutaliseerd. Ze bekenden dat ze de hand hadden gehad in snode plannen om de aanstaande verkiezingen te manipuleren, dat ze vrouwen hadden verkracht die in zwoele nachten met hun seksualiteit te koop hadden gelopen, dat ze gewapende overvallen en moorden hadden gepleegd, dat ze zich schuldig hadden gemaakt aan intimidatie en fetisjistische rituelen om de geestkracht van hele gemeenschappen te breken. Ze legden schreeuwend een weerzinwekkende bekentenis af waarom en wanneer ze de timmerman hadden vermoord, hoe ze hem in zijn navel, zijn keel en zijn voorhoofd hadden gestoken en zijn lichaam op een met onkruid overwoekerd stuk grond hadden achtergelaten.

Ze bekenden dat ze tegen betaling op primitieve wijze een groot aantal vrouwen hadden geaborteerd, dat ze met metalen spaken in hun baarmoeders hadden rondgewroet, in barbaarse onwetendheid van hetgeen ze aan het doen waren. Ze bekenden dat ze een afschuwelijk aantal baarmoeders onherstelbaar hadden beschadigd omwille van een twee weken durend drinkgelag in de bar van Madame Koto. Maar door wat ze daarna zeiden verhevigde mijn hoofdpijn en nam de lucht – in wezen onschuldig – de vorm van beesten zonder herinnering aan. In het vuur van hun bekentenissen, en ze klonken behoorlijk gestoord, ze schreeuwden alsof de door hen geuite woorden hen op een of andere manier konden verlossen van hun getroebleerde gedachten, zeiden ze dat hun misdaden groots waren, ze smeekten niet om vergeving, ze riepen de hemelse machten aan om orkanen op hun geesten los te laten, en ze waarschuwden dat ze grotere meesters boven zich hadden, een hiërarchie van meesters die nooit misdaden begingen, die altijd schone handen hadden en de plannen, uitvoering en gevolgen van hun misdaden en boosaardigheid afschoven op mindere wezens, op hun hielenlikkers, hun bedienden en hun wegwerpvrienden.

Toen, vrij plotseling, schakelden de mannen van hun bekentenis over op een woordloos gegrom, een beurtzang van tuberculeus gerochel en platvloers gekwat, klanken als van een stompzinnig tandengeknars. Daar gingen ze mee door, alsof al hun energie was gericht op het voortbrengen van vreselijke geluiden. Daar gingen ze de hele nacht mee door.

En de volgende ochtend vonden de mensen uit onze straat de twee mannen in het bos. Hun lichamen waren overdekt met zweren en diepe wonden, uit hun oren sijpelde pus. Met schorre stemmen schreeuwden ze nog steeds dat ze de timmerman hadden vermoord, ze smeekten om straf en een genadeloos pak slaag. Maar de mensen uit de straat knevelden hen slechts en voerden hen hardhandig af naar het dichtstbijzijnde politiebureau, waar ze de verbouwereerde agenten raaskallend hun bekentenissen deden.

22

De wezenloze Tijger

Twintig kilometer verderop, in een ander politiebureau, beantwoordde Pa alle vragen van zijn ondervragers met een onoverwinnelijk stilzwijgen. Zijn stilzwijgen was dusdanig dat ze meenden dat hij stapelgek was geworden, of dat zijzelf te ver waren gegaan in hun martelingen. Zijn stilzwijgen was onnatuurlijk. Het kwam niet voort uit koppigheid, was niet vastberaden en bezat geen kracht. Het was een neutraal soort leegte, alsof zijn hoofd geheel van gedachten ontbloot was, zijn ogen gespeend van emotie, alsof hij zat opgesloten in de luchtdichte ruimte van een bezwering of een vervloeking.

De politieagenten werden plotsklaps bang van hem en zochten naar manieren om van hem af te komen. Zijn wezenloosheid was een last geworden, een nachtmerrieachtige verantwoordelijkheid. Hij staarde naar hen alsof hij geen ziel had. Hij leek een plantje van een man, die naar hen keek met lege, bijna behekste of wellicht zelfs krankzinnige ogen.

De politieagenten zouden wel opgewassen zijn geweest tegen zijn dood en die hebben afgedaan als zelfmoord. Ze zouden wel opgewassen zijn geweest tegen ernstige verwondingen en hebben beweerd dat hij ze zichzelf had toegebracht. Maar hoe konden ze zijn opgewassen tegen gekte, leegte, de afwezigheid van een ziel of levendigheid in de ogen, de ledemaatloze kalmte van een geestelijk gestoorde zuigeling, de onbeweeglijkheid van een gehypnotiseerde kip, de roerloosheid van een hallucinerende slang? Ze konden moeilijk zeggen dat hij zichzelf had gedwongen een zombie te worden. Ze konden niet zeggen dat hij zijn ziel uit zijn lijf had gerukt en die tegen de gevangenismuren had gesmeten. En ze durfden nu geen antwoorden uit hem te wringen, want zijn lege blik duidde op een ontzagwekkende goddelijke macht die niet werd beheerst door angst of verlangen. En wie bezit de moed of een gelijksoortige gekte om een gestoorde man dood te slaan?

Dus lieten de agenten Pa bij de informatiebalie staan, ongeboeid, vrij. Hij staarde naar de muren, de agenten, het plafond, met eenzelfde wezenloosheid, alsof de dingen louter symbolen waren geworden, alsof hij zelf slechts een symbool was in een universum waar alles flakkerde en gloeide, meer of minder zichzelf was, al naar gelang de geheime wilskracht die schuilging achter de almacht ervan.

23

Thuiskomst van de helden

En toen de advocaat, de Fotograaf en de acht sjofele vrouwen het politiebureau binnenstormden en de vrijlating eisten van een onschuldige man die niet eens iets ten laste was gelegd, toen was de politie maar al te blij om van Pa verlost te raken. Maar niet alvorens was voldaan aan langdurige formaliteiten waarbij vragen beantwoord, formulieren ondertekend, adressen genoteerd en superieuren geraadpleegd dienden te worden. In de tussentijd was Pa teruggebracht naar de tjokvolle cel. Hij had zijn redders met zulke lege ogen aangestaard dat Ma had geroepen dat de politie het krachtige brein van haar man had gestolen.

De advocaat zei tegen Ma dat ze haar woede moest intomen. De Fotograaf maakte een foto. En de politieagenten, hoewel ze het niet lieten blijken, zwetend in de grove stof van hun koloniale uniformen, waren blij van Pa verlost te zijn, verlost van zijn stilzwijgen als een grote, onzichtbare rivier bij nacht, verlost van zijn onbeweeglijkheid als een bergkam in een diepe duisternis, met het gewicht en de omvang van een onbestemd voorgevoel in het brein. Ze waren blij verlost te zijn van zijn idiote geraaskal, van zijn onverschrokken lichaam met de onverklaarbare gouden as op zijn huid, het diamantgruis rond zijn ogen en de fosfor op zijn steenachtige gezicht. En zodra alle formaliteiten achter de rug waren droegen de agenten hem over aan de rumoerige vrouwen en deden de deur snel achter hen op slot.

De vrouwen waren niet zo blij met hun triomf als ze hadden kunnen zijn. Evenmin was de hereniging van Ma en Pa volkomen vreugdevol. Nadat Ma zich buiten het politiebureau op Pa had geworpen, nadat ze had gehuild van dankbaarheid om het weerzien met haar man, drong het langzaam tot haar door dat Pa haar niet scheen te herkennen. Hij staarde haar aan met een stompzinnig soort verlangen, een lege, ongerichte dankbaarheid, alsof zijn dankbaarheid zich, met evenveel gewicht, ook uitstrekte tot het vuil op de grond, de vliegen in de lucht, de vogelpoep op de standbeelden en de met stofbedekte bomen die geen vrucht meer droegen.

'Wat hebben ze met mijn man gedaan!' gilde Ma onophoudelijk toen ze zijn ogen nieuw leven probeerde in te blazen zodat Pa haar zou herkennen.

Maar Pa's ogen behielden hun kalme, lege mededogen. Hij gaf zich helemaal over, of leek geen andere keuze te hebben dan zich over te geven aan hun opgewonden gesol toen ze hem eerst de ene en vervolgens de andere kant op voerden en met hun vele stemmen tegenstrijdige adviezen gaven. Sommigen zeiden: breng hem naar het ziekenhuis. Anderen zeiden: breng hem terug naar het politiebureau en vraag of ze je je echte man willen geven. De advocaat bood aan de politie wegens gewelddadig optreden voor het gerecht te slepen. De Fotograaf bood aan het schandaal in alle kranten te onthullen. Eén vrouw stelde voor om naar een kruidendokter te gaan. Een andere gaf de raad hem zo snel mogelijk naar zijn dorp te brengen. Op dat moment verscheen er een zweem van een glimlach op Pa's gezicht.

Ma zag de glimlach en nam meteen het heft in handen. Pa vasthoudend alsof hij een weerloos kind was, ziek en vleugellam, toog ze op weg naar huis.

Toen ze weggingen gaf de advocaat Ma zijn visitekaartje voor het geval ze een aanklacht tegen de politie wilde indienen. De Fotograaf nam een foto van dat moment. En de acht vrouwen namen een bus naar onze wijk, luidruchtig pratend over alle dingen die aan Pa's toestand gedaan konden worden. De Fotograaf trok een eigenaardige frons tijdens hun gekibbel.

Pa zat zwijgend in de bus, met een onbewogen gezicht, de vage, kwijnende glimlach daargelaten. Hij was slap, en zijn vingers maakten af en toe krampachtige bewegingen. Zijn ogen verzonken steeds dieper in hun leegte, en die leegte bood een griezelige aanblik vanwege het goudstof waardoor zijn ooghoeken ontstoken raakten.

De vrouwen praatten over Pa alsof hij er niet was. En eerlijk gezegd was hij er ook niet. Hij vertoefde in zijn leed ten gevolge van de verschijning. Aan de wortel van zijn tong brandde nog steeds het felle licht. Zijn gedachten waren verstomd. En de wereld wentelde in een vuur dat zijn blik fixeerde op een en dezelfde verte, een verte zonder brandpunt.

Toen de vrouwen allemaal uitstapten op de hoofdweg vlak bij onze straat, waren ze nog steeds aan het bakkeleien. De Fotograaf was verbaasd dat er sinds zijn vertrek niets veranderd was. Pa raakte achterop. Hij nam alles in ogenschouw. Hij dwaalde steeds van de weg af om de gedroogde vis, de zwarte bonen, de schoenveters en de kaarsen die in de stalletjes werden verkocht aan een onderzoek te onderwerpen. Hij bestudeerde de lemen hutten en zinken krotten met hun roestige daken. Hij keek herhaaldelijk in emmers met water, alsof het toverspiegels waren. En hij staarde onophoudelijk mensen in het gezicht, alsof hij de exacte locatie van hun geheime vuur wilde vaststellen. Ma moest hem om de haverklap intomen en meevoeren. Pa scheen al zijn onderscheidingsvermogen kwijt te zijn. Hij stelde een democratisch belang in alles, alsof hij geen wezenlijk verschil tussen hout en worm, metaal en verf, tussen mensen en waterputten kon waarnemen.

Ma vond zijn stilzwijgen en ongerichtheid nogal lastig. Ze bleef tegen hem aanpraten en stelde hem vragen over zijn gevangenschap. Maar hij keek haar wezenloos aan en wendde zijn blik dan af. Hij volhardde in zijn stilzwijgen.

Toen ze ons huis naderden begonnen de mensen uit de straat Pa te herkennen. Een luid gejubel steeg op rond de huizen en het nieuws werd van mond tot mond doorgegeven. Mensen staakten hun bezigheden en holden op Pa af. Het gerucht van zijn thuiskomst snelde hem vooruit. Kinderen renden naar hem toe en zongen zijn bijnaam. Algauw werd het hele uitgeputte gezelschap belegerd door de mensen uit de straat. Stemmen begroetten Pa en noemden hem een held. Talrijke handen raakten hem aan, betastten hem, omhelsden hem, trokken zijn geest terug in de gemeenschap, herinnerden hem eraan wie hij was, aardden hem in zijn wezenloosheid, verweefden zijn legende in de welkomstgezangen. Maar Pa staarde alleen maar naar de talloze, door armoede vermorzelde gezichten, gezichten met indringende of berustende ogen, gezichten geschapen uit de ontelbare vormen van leed, die allemaal de onveranderlijke stempel van eendere levensomstandigheden droegen – hij keek naar ze en reageerde niet op hun geestdriftige ontvangst. Hij leek zelfs een beetje nijdig. Hij fronste zijn wenkbrauwen in een gelaten vijandigheid.

Vlak bij ons huis dromden er nog meer mensen om Pa heen. De kinderen trokken aan zijn hemd en hij loerde naar ze met opengesperde ogen die hun echter geen angst aanjoegen. Opeens nam de opwinding toe, de mannen uit de straat tilden Pa op, hesen hem op hun schouders, droegen hem naar huis alsof ze een zegevierende held inhaalden en zongen liederen met zijn gemeenschapsnaam, en op dat moment gebeurde er iets vreemds met Pa. Misschien raakte hij in paniek door zijn onverhoedse verhevenheid. Misschien verstoorden ze zijn onbewogenheid door hem zo hoog in de lucht te tillen. Hij begon onverwijld tegen te stribbelen zodat de mannen die hem droegen hem van zich af moesten werpen.

Zodra hij met zijn gezicht de grond raakte, rollend op zijn gewonde armen waarop geen wonden zichtbaar waren, sprong hij op en ging de mannen die hem hadden gehuldigd te lijf. Een van hen sloeg hij buiten westen. Een ander schopte hij de benen onder zijn gat vandaan. Hij greep de kapper rond zijn middel en smeet hem wraakgierig op de harde grond. Toen deinsden de acht vrouwen, de Fotograaf en alle mensen uit de straat voor hem terug, zich afvragend wat ze verkeerd hadden gedaan. Ze braken zich het hoofd over zijn gewelddadige reactie op hun jubelende ontvangst. Op hun gezichten mengde feestvreugde zich met verbijstering.

Daarna beende Pa met de nietsontziende vastberadenheid van een vechtlustige soldaat op Ma af. Hij vertoonde zo'n sterke gelijkenis met een woesteling op een slagveld dat Ma op de vlucht sloeg. Pa achtervolgde haar door de mensenmenigte die zich verplaatste en verspreidde zodra Pa in zijn waanzin dichterbij kwam. Hij joeg Ma meedogenloos achterna, met een emotieloos gezicht en kalme ogen, en zij vloog naar de hoofdweg alsof een bloeddorstige moordenaar het op haar voorzien had.

Met schrik vervuld door Pa's zombieachtige wezenloosheid vluchtte ze gillend weg toen een krachtige stem, deels donderend, deels demonisch, haar tot stilstand dwong, haar als het ware aan de grond vastnagelde. Tot onze verbijstering schoot Pa op haar af en tilde haar ruw op zijn schouder, waarmee hij haar op nogal onbehouwen wijze bestempelde als de ware naar huis terugkerende heldin.

Met een zwetend en onaangedaan gezicht kwam hij de straat in lopen, en de mensen dromden opnieuw om hem heen en verwelkomden Ma met melodieuze liederen waarin ze verhaalden van een vrouw die de stad op de knieën had gedwongen, de macht van de bestuurders had getrotseerd en onschuldige gevangenen had bevrijd uit de donkere holen der ongerechtigheid. De zeven andere vrouwen namen ook deel aan de zegetocht en bezongen luidkeels een nieuw tijdperk van vrouwenbevrijding. De Fotograaf legde alles vast met zijn befaamde camera. Hij schoot heen en weer langs de zingende stoet en nam foto's vanuit de hem kenmerkende unieke hoeken. De kinderen zongen ook en riepen met hun opgewonden, schelle stemmen de bijnamen waaronder Ma in de gemeenschap bekendstond.

En ik hoorde ze en rende onze kamer uit, de straat op, het zonlicht en het stof in, en ik zag Ma hoog op Pa's machtige schouder, haar gezicht stralend en angstig tegelijk, haar lichaam mager en gebroken, haar ogen indringend en glanzend van nieuwe inzichten. Pa schreed vooraan in de optocht, vreemd genoeg kleiner, merkwaardigerwijs groter, met een opgezwollen gezicht en heldere ogen. Ik holde op ze toe, terwijl de vreugde opwelde in mijn eenzame hart, maar Pa liep gewoon door zonder acht te slaan op mijn vurige blijdschap, me aanziend, zo leek het wel, voor een van de vele kinderen die om hem heen stoven.

Hij zag me wel maar zijn ogen veranderden niet. Pas toen Ma eiste dat hij haar liet zakken, toen ze naar beneden sprong en op de grond knielde en mij stevig omhelsde, optilde, in de rondte draaide, lachte, door mijn haar woelde, tranen plengde op mijn gezicht, me aansprak met mijn duizend en één namen, want een geestenkind heeft behoefte aan veel namen wil het zich echt en gewenst voelen, pas toen boog Pa zijn kolossale lijf en beroerde mijn gezicht met zijn stoppelige wang, waarna hij me hoog in de lucht hief, naar de welwillende glimlach van de goden. En daarna leidde hij de optocht naar onze kleine kamer waar ik drie dagen had gehuild, slapend temidden van geesten en schaduwen, rondcirkelend om de geest van mijn ouders tijdens de verhalen van hun afwezigheid.

24

Dialoog met de Fotograaf

De drommen mensen die Pa welkom kwamen heten na zijn verblijf in de gevangenis, brachten hun geuren, zorgen en feestvreugde mee naar onze kleine kamer. Ma was druk in de weer en probeerde het iedereen naar de zin te maken. Ze zorgde voor klapstoelen en kocht drank op krediet. Al die mensen brachten ook de sfeer van een chaotisch feest met zich mee. De zeven vrouwen vertelden ons met botsende stemmen en in raadselachtige talen kleurrijke verhalen over hun avonturen, hun schermutselingen met de politie, overal bakbeesten van Europese honden, verwarde apen, geesten met polshorloges, en over alle demonen van de huiverende wegen. Tegelijkertijd, met honderd stemmen die elkaar onderbraken voor een belangrijke nuance of een vergeten detail, brachten de bewoners van onze straat verslag uit over de ongelooflijke taferelen van Madame Koto's geraaskal en de bekentenissen van de twee ijlhoofdige moordenaars.

Stemmen waren luid, gezichten bezield, misverstanden talrijk, er klonk alom gelach en de chaos – een groot liefhebber van mensenmenigten – deed alsof hij thuis was tussen zo veel talen, zo veel harten, en dronk tevreden van de feestwijn. De door elkaar krioelende lichamen en wapperende handen stuurden schaduwen als dolgeworden vogels door onze kamer. Pa zat temidden van dit alles op zijn driepotige stoel een sigaret te roken, zijn gezicht naar binnen gekeerd alsof hij zich alleen in een donkere ruimte bevond.

Hij zweeg als het graf en keek dwars door iedereen heen. Het duurde niet lang of de gasten begonnen over hem te praten alsof hij onzichtbaar was. Ik zat naar hem te kijken, geschrokken door zijn transformatie en zijn zwijgzaamheid. Het leek wel alsof er een rivier door zijn hoofd was geraasd die al zijn identiteitskenmerken had weggespoeld. Hij reageerde niet op de festiviteiten ter ere van zijn thuiskomst. Hij tierde niet. Hij gaf geen uiting aan een opgetogen en koortsachtig verlangen om onderhoudend te zijn. Hij was afwezig. Hij was als een man die getuige was geweest van een grotere verschrikking dan alles wat hij op aarde had gezien. Door zijn diepe, griezelige stilzwijgen leek de feestvreugde ter zijner ere onoprecht en een tikkeltje frivool.

Pa werd aan alle kanten omringd door stemmen. Mensen spraken over de verdwijning van de doodskist van de dode timmerman. Kinderen met verdwaasde gezichten noemden af en toe Pa's boksersnaam in hun spelletjes. De zeven vrouwen ruzieden over wat hen nu te doen stond. Enkelen stelden voor een organisatie op touw te zetten, een landelijke vereniging van gewone vrouwen die de zo snel in het leven geroepen vereniging van de elitevrouwen naar de kroon moest steken. Een van de vrouwen bestempelde de elitevrouwen als vampiers die de energie van de nooddruftige straatvrouwen hadden gebruikt om de nationale schijnwerpers op zich te richten.

Het feest ging urenlang door. Ma probeerde de gang erin te houden. Ze scharrelde rond in de keuken, haastte zich naar de straatventers bij wie ze afdong op de prijzen en kocht nog meer drank op krediet. Moe als ze was kwam ze daarna de kamer weer in, zag dat de feeststemming enigszins tanende was, liep van het ene groepje naar het andere en blies de gesprekken nieuw leven in. Ze zorgde ervoor dat iedereen tevreden was. Ze dwarrelde door de kleine kamer, gaf de aanzet tot een nieuwe rondzang en bemiddelde tussen ruziënde partijen. Dit deed ze allemaal met een ongewone aanval van energie.

Maar Ma's aanvankelijke geestdrift moest het afleggen tegen de vermoeidheid. Terwijl ze zichzelf dwong om de spil van het feest te zijn werden haar gebaren ietwat manisch, kreeg haar gezicht een gespannen trek en verdween de fut uit haar glimlach. Er hing een donker lichtschijnsel om haar heen, het lichtschijnsel dat voortvloeit uit vermoeidheid wanneer je je niettemin energiek moet voordoen. Het punt was dat de groei van Ma's geest was versneld en dat haar krachten waren toegenomen door haar driedaagse afwezigheid, haar avonturen, haar veerkracht en de succesvolle uitkomst van haar campagne.

Terwijl Pa verzonken was in de stilte van een nieuwe kindertijd, alsof hij zich in een schaduwwereld zonder voorwerpen bevond, met nietsziende ogen en een flauwe glimlach rond zijn mond, alsof hij zich vrolijk maakte om een binnenpretje, straalde Ma een duister, uitgeput, animistisch licht uit. Ze had een hoge stem, een stijve nek, een gespannen lichaam, een scherpe schaduw, bloeddoorlopen ogen, en ze maakte een gehavende indruk. In haar stem klonk een kribbig soort gezag door. Toen de mensenmenigte ons al etend en drinkend een hele waslijst met rekeningen had bezorgd, toen ze de muren hadden bezwangerd met hun zorgen en grillige hartstochten en onze vitaliteit hadden afgetapt tot we lusteloos en halfslapend in onze eigen kamer rondhingen, toen kon Ma het niet langer verdragen en gaf de mensen nors te kennen dat ze weg moesten gaan. Haar plotselinge verandering verbaasde ons. Ze dankte allen voor hun komst maar bonjourde de dronken gasten zonder pardon de kamer uit. Haar directheid was buitengewoon doeltreffend. De mensen begonnen weg te gaan. Ze vertrokken met tegenzin, Ma bedankend voor haar bijzonder gastvrije onthaal. Ma nam hun dankbetuigingen met een vinnig soort hoffelijkheid in ontvangst maar wees ze toch de deur. Eén voor één, in wanordelijke dronken groepjes, zonder hun eindeloze gezang en geruzie te staken, wankelden ze onwillig het huis uit.

Terwijl enkele nog niet verjaagde achterblijvers in hun vrolijke dronkenschap sterke verhalen uit hun duim zogen, keek de Fotograaf, die nog niet weg wilde en zwijgend naast Pa's stoel op de grond had gezeten, mijn kant op en wierp me een schalkse glimlach toe. Toen kwam hij overeind en liep op me af.

'Je herinnert je mij toch nog wel?' zei hij.

'Hoe zou ik jou kunnen vergeten?' luidde mijn antwoord.

Hij glimlachte voldaan.

'Je ouders zijn beroemd geworden. Zijn de ratten nog teruggekomen?'

'Welke ratten?'

'De ratten die jullie voedsel opaten voor jullie daar zelf de kans toe kregen, weet je nog?'

Ik merkte dat ik hem net zo uitdrukkingsloos als Pa zat aan te staren. De Fotograaf was nog even levendig als altijd, met zijn kwikzilverachtige bewegingen, zijn tragikomische gezicht en zijn enigszins achterdochtige ogen. Er hing ook iets om hem heen wat er vroeger niet was geweest. Zijn manier van doen was een tikkeltje glad geworden, alsof hij een groot deel van de tijd had moeten gehoorzamen aan mensen die hij niet mocht.

Ik hoorde dat Ma zich aan de andere kant van de kamer tegenover de zeven vrouwen verontschuldigde voor haar botte gedrag. Ze bedankte hen voor hun enorme steun en vroeg of ze wilden blijven overnachten. Dat wilden ze niet. Ze popelden om naar huis te gaan, naar hun mannen en kinderen. Ik hoorde ze elkaar eeuwige vriendschap en trouw zweren en plechtig beloven dat die vereniging voor de bevrijding van de gewone vrouw er zou komen. Ma deed ze uitgeleide en bleef nog een hele poos buiten terwijl de Fotograaf mij bestookte met vragen of de politieke misdadigers en spionnen die het op hem hadden gemunt nog waren teruggekomen in de tijd dat hij weg was geweest. Hij informeerde naar vrouwen voor wie hij een sluimerende belangstelling had gekoesterd; sommigen waren uit de wijk weggetrokken en anderen waren verdwenen in het bos om zich bij het nachtelijke koor van hemelse stemmen te voegen, maar dat vertelde ik hem niet. Hij stelde me vragen over de buren, over de huisbaas, en hij wilde weten of er een rivaliserende fotograaf in de wijk was komen wonen die de door zijn afwezigheid opengevallen plaats had ingenomen. Op veel van zijn vragen gaf ik domweg geen antwoord en ik hield me een tijdje doof omdat ik naar Pa zat te kijken, die heen en weer schommelde op zijn driepotige stoel, nog steeds met die afwezige glimlach rond zijn lippen en een vage blik in zijn doodse ogen. Pa's gedaanteverwisseling bezat een vreemde aantrekkingskracht. Het leek wel alsof hij een wonderlijke, bedachtzame slaperigheid door de kamer verspreidde waardoor mijn ogen bijna dichtvielen.

'Wat is hier in vredesnaam gebeurd sinds mijn vertrek?' vroeg de Fotograaf een beetje kregelig.

'Veel, heel veel,' zei ik.

'Zoals wat?'

'Madame Koto is zwanger van geestenkinderen.'

'Hoe weet je dat?'

'Dat weet ik. Ik heb ze gezien.'

Uit zijn blik sprak twijfel.

'En verder?'

'De oude blindeman gaat de wereld overnemen.'

'Welke oude blindeman?'

Ik keek hem verbouwereerd aan. Ik vertelde verder.

'Het bos heeft gezongen.'

'Hoe kan een bos nou zingen?'

'Er zijn veel mensen verdwenen in het bos. Ik heb witte antilopen met edelstenen om hun hals gezien. Misdadigers hebben de timmerman vermoord en de chauffeur van Madame Koto heeft mijn vriend Ade, de zoon van de timmerman, overreden. Het lijk van de timmerman heeft over straat gelopen en op een nacht hield hij me vast...'

'Een dode man?'

'Ja.'

Hij keek me aan alsof ik ijlde of op onverklaarbare wijze in een van zijn dromen was verschenen.

'Vertel me 's wat anders. Vertel me iets wat ik kan geloven,' zei hij ten slotte.

'Dat doe ik al,' zei ik.

'Vertel me toch maar iets anders.'

'In het bos woont een oude luipaard die alleen Pa kan zien.'

'O ja?'

'Ja.'

De Fotograaf draaide zich om, teneinde een blik op Pa te werpen. Ik trok hem aan zijn hemd.

'Madame Koto is gek geworden. Er was een ongelooflijk gemene wind met regen en aardbevingen waardoor de huizen van sommige mensen zijn verwoest. Pa werd blind vanwege de dode timmerman. De gemaskerde van Madame Koto bereed een wit paard en maakte geesten dood. De politieke misdadigers kwamen en hebben met stenen onze ruiten ingegooid. Binnenkort is er een grote bijeenkomst waar...'

'Ik weet van de bijeenkomst,' onderbrak hij me.

'Ga je ook?'

'Wat dacht je.'

Hij zweeg even. Toen sprak hij weer.

'Jij bent het vreemdste kind dat ik ooit heb ontmoet,' zei hij. 'Ik heb niemand iets horen zeggen over een gemaskerde op een wit paard die geesten vermoordt, of over een ronddolende dode. Voel je je wel goed?'

Ik knikte.

'Vertel me 's over die oude luipaard.'

'Alleen Pa kan hem zien.'

'Hoe komt dat?'

'Dat weet ik niet. Misschien doordat Madame Koto op zijn hoofd heeft gezeten. Misschien doordat hij blind is geweest.'

'Blind?'

'Ja.'

'Hoe kon hij dan een luipaard zien, als hij blind was?'

'Dat weet ik niet.'

'Wat een krankjorume familie,' zei hij. 'Alles is kennelijk veranderd. Hoe is het met de ratten afgelopen?'

'Die zijn niet meer teruggekomen.'

'Zei ik het je niet?'

'Ja, dat heb je me gezegd.'

'Ik heb alle ratten in het huis van een miljonair om zeep geholpen. Honderdzes ratten hebben in dat huis het loodje gelegd. Zo heb ik mijn baan gekregen.'

'Welke baan?'

'Ik werk nu voor een krant. Ik maak de foto's voor ze.'

'Dus je bent nu een grote meneer?'

'Nee,' zei hij lachend, waarna hij zachter ging praten en vroeg: 'Kan ik de luipaard fotograferen?'

Pa verschoof steels op zijn stoel. De glimlach op zijn gezicht was ongemerkt breder geworden.

'Ik heb foto's genomen van allerlei dingen, van blanke mannen die hun zwarte bedienden afranselden, van rellen en stakingen, van politieke bijeenkomsten, van boksers die buiten westen werden geslagen, van worstelaars die met hun tanden een auto optilden, van huizen die door orkanen werden verwoest, van geiten die werden geslacht voor religieuze feesten, van mensen van nieuwe kerken die in witte gewaden preekten op het strand, van gevangenen die in opstand kwamen, van politici die toespraken over de Onafhankelijkheid hielden, van vogels die uit een hele grote magische saxofoon kwamen vliegen, maar nu wil ik een foto maken die ik nog nooit eerder heb gemaakt. Ik wil een oude luipaard fotograferen, een luipaard in het wild, in het bos van de stad. Ik zie hem in gedachten al voor me.'

'Maar alleen Pa kan de luipaard zien.'

'Kletskoek,' zei de Fotograaf, wat onverstandig van hem was.

Opeens, als een geestverschijning die uit de aarde oprijst, kwam Pa overeind uit zijn stoel. Hij torende boven ons uit. Van zijn aanwezigheid ging een dreigende kalmte uit. De Fotograaf stond haastig op en zei: 'Nou, ik geloof dat ik er maar weer 's vandoor moet. Jazeker, ik ga de foto's ontwikkelen. Bedankt voor alle drankjes. Ik kom terug voor de bijeenkomst.'

Hij liep naar de deur. Pa greep hem bij zijn schouder. Ze schudden elkaar de hand.

'Jullie vormen een raar gezin, maar geen gezin in de wereld is me dierbaarder,' zei de Fotograaf met een grootmoedig gebaar, waarna hij wegging.

Ik hoorde hoe Ma hem buiten bedankte voor zijn enorme steun. Ik hoorde ze praten over kranten en roem. Hun stemmen stierven weg in de richting van de straat. Pa ging weer op zijn stoel zitten. Hij keek naar me met wijd opengesperde ogen. Toen glimlachte hij en zei: 'Mijn zoon, ik heb wonderen gezien.'

Daarna verviel hij opnieuw in stilzwijgen. Zijn ogen

stonden afwezig en zijn gezicht had bijna iets dwaas, want hij glimlachte nog steeds om een binnenpretje. Kort daarop kwam Ma de kamer weer binnen. Ze ging naast me op het bed zitten. Ze sloeg haar arm om me heen en trok me dicht tegen zich aan. We waren alleen in de kamer vol schaduwen. We staarden elkaar zwijgend aan. Het leek wel alsof we ons op de bodem van een heilige rivier bevonden.

25

Het kapotscheuren van de sluier

Op de dag nadat Pa uit de gevangenis was vrijgelaten hield Madame Koto op met raaskallen. Haar bar was gesloten en niet één van haar vrouwen liet zich zien. Er ging geen mens naartoe om palmwijn en pepersoep te drinken. Er waren geen politieke vergaderingen. Er werd niet geoefend voor de grote bijeenkomst, die al vele malen was uitgesteld omdat de uitspraken van de orakels nog steeds onwelwillend waren en de planeten in een ongunstige conjunctie stonden.

Het voortdurende uitstel van de bijeenkomst bracht ons in een stemming van gefrustreerde verwachting. De mensen uit de wijk, de winkeliers, de kleine straatventers, de verkopers van snacks en frisdrank hadden grote voorbereidingen getroffen voor wat een waar verkoopfestijn moest worden. De bijeenkomst had in onze gedachten mythische proporties aangenomen. We verheugden ons op de big bands, op de goochelaars die gouden munten inslikten, op de buitelaars, de vuurvreters, de dansers, de acrobaten, de slangenmensen, de jongleurs en de bombastische redenaars. Er waren in die tijd geen circussen, zodat onze aandacht helemaal uitging naar het politieke spektakel van de bijeenkomst.

Nu de bar van Madame Koto leeg en stil was raakte ons wezen vervuld van een ondraaglijke lichtheid. Maar we wachtten die ochtend wel op haar verschijning. We wachtten op haar dagelijkse publieke bekentenissen, op haar vijfenveertig minuten durende delirium, op haar vervloekingen en duistere uitspraken. En toen ze niet kwam opdagen waren we teleurgesteld. We raakten een beetje geïrriteerd. Haar verdwijning betekende ook het einde van haar tragische drama. We voelden ons die hele dag bedrogen, en 's middags regende het.

De dode timmerman verdween ook tijdelijk uit ons leven. Toen de regering onverbiddelijk doorging met de kap van het bos werd zijn graf ontdekt. Het was bedekt met een tapijt van wilde bloemen en het opschrift op de duurste grafsteen die we ooit hadden gezien, luidde: 'HIER LIGT EEN TIMMERMAN DIE NIET WIL STERVEN.' We hadden geen flauw idee wie deze prachtige gedenksteen had opgericht.

Na de ontdekking van het graf, en een week nadat Pa was vrijgelaten, kwam ons ter ore dat de twee moordenaars gek waren geworden in de gevangenis. Een van beiden was erin geslaagd zijn oog eruit te krabben, in de kennelijke overtuiging dat het een vreemdsoortige slak was die zich in zijn hoofd naar binnen groef. Ze werden allebei afgevoerd naar een zwaar beveiligde strafinrichting, waarna we niets meer van hen hoorden.

Op de avond dat het graf van de dode timmerman werd gevonden klonken er sinistere nieuwe stemmen in onze straat. Het bos was stil. We keken destijds nergens vreemd van op, maar toch schokte het ons toen we die norse stemmen, toornig van de drank en de wraakzucht, Madame Koto van verraad hoorden beschuldigden.

'ZIJ DIE HEILIGE BELOFTEN VERBREKEN, MOETEN STERVEN!' riepen de stemmen raadselachtig.

Wij wisten niet wat het te betekenen had. Drie dagen hielden de stemmen aan. Madame Koto trok zich terug in haar geheime paleis om weer op krachten te komen, en haar afwezigheid gaf voeding aan de mythen over haar die door de stemmen een onheilspellender karakter kregen.

De regenval veranderde onze wegen in modderstromen. De stemmen, schor van hun geschreeuw en gedreig, vielen ten slotte stil. Frisse winden, niet gezift door wilde bladeren en geurige klimplanten, bliezen door de open plekken in het bos die dagelijks groter werden.

Het bos vertegenwoordigde ooit het begin van dromen, de grens van onze zichtbare gemeenschap, de droomplaats van geesten, de verblijfplaats van mysteriën en tal van oude verhalen die in de uiteenlopende geesten van mensen steeds opnieuw tot leven komen. Het bos was ooit een plek waar we de dromen van onze voorouders gestalte zagen krijgen. Het was ooit een plek waar gekroonde antilopen rondzwierven. Het was het rijke thuisland van de geest. Het nachtelijke duister van het bos was de vuurproef voor al onze experimenten met de verbeeldingskracht. Het duister was altijd betoverend geweest, een zinsbegoocheling, een minzame god. In de stilte van het duister bewaarden oude kruiden hun geheimen van toekomstige genezingen. Op de knoestige en intelligente gezichten van de bomen lagen de verhalen van onze levens opgeslagen. In het donkere bos gleden slangen over dode bladeren, legden spinnen eitjes die glansden in de nacht, en namen de bij tijd en wijle opgloeiende ogen van vreemde dieren een gele kleur aan.

Het bos was ooit een plek waar de geesten en elfen 's nachts tot leven kwamen, waar ze speelden en hun ondeugende en vermakelijke toverkunsten uithaalden. Dit bos van dromen en nachtmerries, ondoordringbaar zoals al het lijden van onze niet geboekstaafde dagen, onderging een onherroepelijke verandering. In dit bos van onze levende zielen begonnen gaten te vallen. We zagen de lucht erachter. We konden inmiddels ook andere gemeenschappen zien, maar die waren als een droom die vervaagt en weer opduikt in een gele mist.

De verwoesting van het bos, de ongewone gapende gaten, de grote wonden die waren toegebracht, dat alles deed ons tot ons afgrijzen denken aan een weggerukte sluier, kapotgesneden met flitsende messen, niet om mysteriën maar om een leegte te onthullen. Het leek wel alsof de sluier zelf het mysterie was.

Aanvankelijk vielen de open plekken in het bos niet op. De gaten tussen de bomen waren nog niet aan onze ziel gaan vreten. Maar de bosbewoners verkleinden hun levensruimte. De geesten en perifere wezens vluchtten weg voor de onbeschutheid, voor de oppervlakkige realiteit van het daglicht.

Aanvankelijk dachten de geesten alleen aan de voortzetting van hun mysterieuze levens. De vernietiging van hun schemerige verblijfplaatsen was nog niet begonnen onze zielen leeg te zuigen. De wraakzucht had nog niet zijn intrede gedaan in een nieuwe oorlog, de oorlog die de mensen voerden tegen het rijk van de geesten. De oorlog die zij zouden voeren tegen ons.

Aanvankelijk merkten wij mensen het niet dat de grote bomen stierven, dat ze het uitschreeuwden wanneer ze vielen met de gepijnigde stemmen van gevelde, minzame reuzen. Aanvankelijk veranderden de vallende bomen die neerstortten op hun dodelijk gewonde collega's de verhalen van onze levens niet. Wij hadden nog steeds onze spektakels en dagelijkse drama's om ons mee te vermaken.

26

Het stilzwijgen van de Tijger

Toen de foto's van de Fotograaf in de kranten werden gepubliceerd waren we drie dagen beroemd. De zeven vrouwen die samen met Ma de zoektocht hadden ondernomen kwamen met de kranten naar ons huis. Ze spraken de hele dag over hun plannen voor de toekomst. Ma kon de roem helemaal niet aan. Ze kreeg praatjes. Ze had het erover dat ze wilde gaan worstelen. Ze zei dat ze de politiek in wilde. Ze kleedde zich in felgekleurde gewaden en gaf zelfs het straatventen er een poosje aan. Ze nodigde haar nieuwe vriendinnen uit, beraamde woeste plannen en kocht drank op krediet.

Al die tijd sliep Pa, ontwaakte, ging naar zijn werk, kwam weer thuis en zweeg met een onbedwingbare glimlach rond zijn lippen en een peilloze diepte in zijn glazige ogen. Hij stoorde zich aan de nieuwe belangstelling voor zijn persoon. Hij sprak met niemand. Hij bleef binnenshuis, in het donker, met de deur onveranderlijk open, zonder enige verwachting op zijn gezicht, altijd dwars door de mensen en dingen heen kijkend alsof hij zich bevond in een wereld waar de perspectieven wezenlijk verschilden van de onze.

Ma was drie dagen beroemd en toen we honger kregen ging ze weer venten en nam de kranten met zich mee en vertelde wildvreemden die haar waren wilden kopen hoe belangrijk ze wel niet was. Ze wist zich geen raad met haar roem en niemand wilde iets van haar kopen en 's avonds kwam ze uitgedroogd en terneergeslagen thuis omdat ze al haar klanten van zich had vervreemd met haar zelfingenomenheid. Toen ze op een avond na een slechte ventdag thuiskwam, zei ze: 'We staan in de krant en toch hebben we nog honger.'

Wij deden er het zwijgen toe. Maar goed ook, want de volgende dag lazen we in de krant dat de elitevrouwen en de advocaat alle eer voor Pa's bevrijding uit de gevangenis voor zichzelf hadden opgeëist. Ma was razend en toog onmiddellijk naar de krantenburelen om die leugens recht te zetten. 's Avonds kwam ze zwaar ontgoocheld en uitgehongerd thuis, want ze had de hele dag lopen zoeken naar het krantengebouw, dat ze echter niet had kunnen vinden.

'Kranten worden gedrukt door duivels,' zei ze.

Nog dagenlang daarna hoorden we verhalen over andere mensen die door de advocaat waren bevrijd, en over de rechtszaken die hij had gewonnen. Het kwam ons ter ore dat de leidster van de elitevrouwen de politiek was ingegaan en zich officieel kandidaat had gesteld voor een van de politieke partijen. Ma raakte verbitterd doordat de elitevrouwen op een of andere manier waren doorgedrongen in de hogere regionen van het openbare leven, op grond van haar drie dagen durende zielenstrijd. Ze was verbitterd, maar ze wist niet waarover ze verbitterd moest zijn.

'Mijn man is vrij,' zei ze. 'Hij zegt niets en zit erbij als een idioot, maar hij is in elk geval veilig. Met mijn zoon gaat het goed. Wat wil ik nog meer?'

Maar Ma wilde meer. Ze had de smaak van meer te pakken. Ze had meer geleerd. Ergens had ze het gevoel dat haar een nieuw leven, een betere kans, een nieuwe vrijheid waren afgepakt. Ze had het gevoel dat nieuwe mogelijkheden aan haar neus voorbij waren gegaan. De zeven vrouwen kwamen vaak langs om te beraadslagen en plannen te beramen. Maar wat voor kans maakten acht vrouwen uit acht verschillende getto's nu de fameuze Vereniging van Vrouwen al was opgericht door de elitegroep die zoveel belangstelling had weten te wekken in de kranten met hun fondswervende acties, hun geruchtmakende toespraken, hun goed georganiseerde demonstraties en hun ontmoetingen met regeringsleden? De bijeenkomsten van de vrouwen in onze kleine kamer draaiden uit op gebakkelei en machtsspelletjes. De groep versplinterde. Ze ruzieden aan één stuk door. Hun vriendschappen verzuurden, waarna het hele idee doodbloedde en ze niet meer naar ons huis kwamen.

Ik was erg verdrietig toen de zeven vrouwen wegbleven. Ze hadden levendigheid, twaalf talen, ongewone levensbeschouwingen en talrijke gerechten meegebracht die in onze monden smaakten als de herinnering aan een rijke droom. Ze hadden hoop en bedrijvigheid en argumenten en mooie stemmen meegebracht. Ze koesterden dromen om de levens van vrouwen te verbeteren, dromen om het beeld dat onze samenleving van vrouwen had van hogerhand te laten bijstellen, dromen om betere ziekenhuizen te bouwen en scholen en universiteiten op te richten waar vrouwen werden opgeleid voor de beste banen die het land te bieden had. Hun dromen waren chaotisch en gekoppeld aan hun eigen ervaringen, en ze waren eeuwig en altijd aan het ruziën. Maar ze ruzieden met grote hoeveelheden eten in huis. Ze praatten vaak over de politiek en zorgden ervoor dat het woord een aangenamer smaak kreeg, zoals de smaak van sappige mango's of in de zon gerijpte sinaasappels.

Toen ze niet meer kwamen werd onze kamer weer klein en treurig, verstoken van die verscheidenheid van mooie stemmen, talen en gezichten, verstoken van het gelach van hen die intensief dromen van een intense zielenpijn. En Ma werd feller, opvliegender. Haar kortstondige roem had haar misleid en ze reageerde haar ongenoegen af op ons. In die tijd bedacht ik dat roem veelal de beste dingen in onze geest verslindt. Ik had het meeste te lijden onder Ma's ongenoegen. Ik moest eindeloos boodschappen doen, ik werd naar de markt gestuurd en gedwongen om kleren te wassen in de genadeloze zon. Ma werd een handhaver van strenge tucht, ze schreeuwde tegen me, joeg me op en gaf me brullend te kennen wat er gebeurt met nietsnutten, hoe die vervallen tot de misdaad en gek worden in de gevangenis.

Gedurende het komen en gaan van de zeven vrouwen, gedurende het doodbloeden van hun dromen, gedurende Madame Koto's afwezigheid en de kap van het bos, bewaarde Pa zijn stilzwijgen. Hij zweeg verscheidene weken. Zelfs het gekreun van de gevelde bomen bracht hem niet in beroering.

Tijdens die lange weken van Pa's wezenloosheid merkten we dat we werden bespied. Politieagenten in burger hingen bij ons erf rond en hielden ons in de gaten. De geheime politie bespioneerde ons, in de mening dat we onruststokers waren. Maar nadat ze het komen en gaan van de zeven vrouwen hadden gadegeslagen, hun openlijke gebakkelei over wie er voorzitster moest worden en hun op straat oplaaiende ruzies hadden aangehoord, nadat ze Pa naar zijn werk hadden zien gaan met zijn uit het lood hangende rug, zijn doodse stilzwijgen, zijn idiote blik en zijn bevroren glimlach, toen verloren ze hun belangstelling voor ons. Ze beschouwden ons als een stelletje dwazen die bij toeval nationale bekendheid hadden gekregen.

Toen de spionnen ophielden ons te bespieden voelden we ons minder gewichtig. Toen de zeven vrouwen uit ons leven verdwenen waren we ronduit ontsteld. We bleven achter met Pa's stilzwijgen en zijn holografische glimlach. Hij behield zijn starende blik. Zijn wonden en blauwe plekken waren verdwenen, maar hij voelde ze nog wel. Hij kreunde elke nacht van de pijn. Het deed hem overal zeer. In de loop van de weken werd de pijn zelfs erger, alsof hij extra moest boeten omdat zijn wonden niet meer zichtbaar waren op zijn huid. Het goudstof rond zijn ogen verschafte hem een allengs dommiger en slaperiger gelaatsuitdrukking. De as in zijn haar en de vegen diamantgruis, die een voortdurende bron van geheimzinnigheid waren geweest, maakten hem ouder en tegelijkertijd opvallender, merkwaardig gedistingeerd, bijna demonisch.

Pa's stilzwijgen was diep en talloze nachten voerde hij ons mee omlaag in een gat of een afgrond. We raakten gefrustreerd door de zinnen waar hij eens in de tien dagen aan begon. Dan zei hij iets, een dubbelzinnig woord, waarop wij gespannen werden en afwachtend luisterden. We merkten dat we zijn stilzwijgen volgden naar koraalriffen en donkere grotten, naar plekken diep onder de grond en diep in de zee, waar vissen van de diamanten zeebeddingen vreemde melodieën neuriën. En dan duurde het weer tien dagen voordat Pa iets zei, één woord, een woord als 'hout' of 'boom' of 'zon', en dan verstikte zijn stilzwijgen ons opnieuw. Hij maakte ons leven zo bedompt.

Terwijl wij de oprukkende fenomenen van een nieuwe tijd vol onheilspellende voortekenen gadesloegen, lag Pa op de zeebedding, op de maanbedding van een lange, folterende droom, een onpeilbare bespiegeling over de aard van de goden en het vijfde stadium van de geschiedenis. Terwijl de Onafhankelijkheid naderbij kwam met al haar tekenen en tegenkrachten, terwijl de bomen stierven en Madame Koto haar kracht hervond, terwijl het regenseizoen een stortvloed van dode bladeren en dode vogels, van water en oermodder op onze lotsbestemming afstuurde, liet Pa ons lijden onder het stilzwijgen van een man die de verschijning van een angstaanjagende godheid, van een nieuwe god had overleefd.

Boek 2

I

Rondcirkelende geest (1)

Er bestaat een vermaard verhaal over een stamhoofd dat opdracht gaf alle kikkers dood te maken omdat ze zijn slaap verstoorden. De kikkers werden gedood en hij sliep goed tot de muskieten kwamen en de ondergang van zijn rijk veroorzaakten. Zijn volk vluchtte weg vanwege de ziekten die de muskieten met zich meebrachten en wat ooit een fier land was geweest verwerd tot een dorre woestenij.

Ma vertelde dit verhaal verscheidene malen tijdens Pa's langdurige stilzwijgen. De betekenis ervan ontging me tot de dag nadat het had geregend. In onze straat verscheen een horde kikkers die de hele nacht kwaakten. Ze kropen in onze emmers, in onze putten en in het water van de aluminium tanks. De mensen uit de straat richtten een bloedbad onder de kikkers aan en hoe meer we er doodmaakten, hoe meer er verschenen en hoe harder ze 's nachts kwaakten, tot niemand nog een oog dichtdeed.

'Waar komen die kikkers vandaan?' vroeg ik Ma op een dag.

'Uit het bos,' antwoordde ze.

Ik geloofde haar niet. Het leek wel alsof er weer een plaag op ons was neergedaald. Niet lang daarna verschenen er padden en slangen in onze straat. Reusachtige spinnen maakten hun opwachting in onze kamers. Wolven en hyena's zwierven 's nachts door de wijk. Een witte antilope werd dood aangetroffen in een huis in aanbouw. Overdag hoorden we de houthakkers de bomen omkappen. Onze wijk raakte overbevolkt met vreemden die vanuit hun dorpen in het binnenland naar de stad kwamen. Er waren geen huizen voor hen en soms woonden ze met z'n tienen in één kamer, en toen de ziekten uit het bos ons begonnen te teisteren stierven de mensen als vliegen terwijl de bomen één voor één werden geveld. Alles veranderde razendsnel en 's nachts werden we uit onze slaap gehouden door allerlei dierengeluiden.

Op een middag, toen ik ergens buiten ons erf aan het spelen was, hoorde ik een luid geweeklaag vanuit het bos. Zonder te weten waarom rende ik ernaartoe. Ik holde langs Madame Koto's bar, die nog steeds gesloten was en waarvan het uithangbord was weggehaald. Ik liep het bos in. Ik zag overal klodders slangenspuug in het aaneengeklitte gras. In het kreupelhout snakten dieren naar adem. In de verte hoorde ik het geraas van de rivier. In het bos hing een sterke lucht van verpulverde bladeren, gloeiend heet boomsap, uiteengereten schors, dode beesten, de onbarmhartige geur van ontwortelde kruiden en het bedwelmende aroma van al te vruchtbare aarde. Ik begaf me diep in het bos, ik volgde het luide geweeklaag dat vanuit de boomkruinen klonk.

Algauw kwam ik bij de plek waar Pa oorspronkelijk de dode timmerman had begraven. De grote zwarte steen die hij had versleept om het graf te markeren lag er nog. Hij was overwoekerd met harige gewassen, groene paddestoelen, slakken en dingen die eruitzagen als ogen maar in werkelijkheid kleine plantjes met een bittere geur bleken te zijn. De zwarte steen was vreemd genoeg groter geworden. Binnenin klonken allerlei knisperende geluiden. Onder de steen, waar het graf zich had bevonden, was de aarde omgewoeld en opengereten. Ik vluchtte weg van de afschuwelijke aanblik van de leeggehaalde aarde en volgde opnieuw het geweeklaag tot ik bij een plek kwam waar machines en elektrische zagen de lucht doordrongen met een knarsende kakofonie. Overal lagen gevelde grote bomen met bloedende stammen. Overal liepen bolvormige mannen met zwoegende, gespierde borstkassen, met doeken voor hun gezicht en met zagen en grote bijlen in de hand.

'Wat doe jij hier?' riep een van de mannen me toe. 'Of wil je soms dat er een boom op je bolletje valt?'

Achter de man stond een majestueuze iroko. Hij was prachtig. Hij had zo'n dikke stam dat tien paar mannenarmen hem niet konden omspannen. De iroko was voor driekwart doorgezaagd. De mannen hadden dikke touwen bevestigd aan de bovenste takken.

Overal liepen mannen te schreeuwen en daardoorheen klonk geweeklaag, als van een reus in doodsstrijd.

'Er huilt iemand,' zei ik.

De man die naar me geroepen had kwam dichterbij. Zijn zweet rook scherp.

'Wie dan?' vroeg hij.

'Dat weet ik niet. Ik hoorde het op straat, daarom ben ik hiernaartoe gekomen.'

'Er huilt niemand. Wegwezen!'

'Hoort u het dan niet?'

'Maak dat je wegkomt, jij onwijs kind, voor ik je hoofd met deze bijl opensplijt!'

Ik bleef staan, als aan de grond genageld door het spookachtige geweeklaag. De mannen gingen verder met het doorzagen van de boom. Hun kettingzagen maakten gonzende geluiden waar ik hoofdpijn van kreeg. De mannen begonnen weer op de boom in te hakken, hun bijlen schampten af alsof de boomstam van metaalachtig rubber was. Hun kettingzagen haperden en raakten verstopt met houtvezels tot ze er ten slotte sputterend de brui aan gaven. De mannen hakten, zaagden en vloekten intussen gewoon door. Een van die potige kerels beweerde dat de boom vol duivels zat. De man die naar me geroepen had draaide zich om en zag dat ik er nog steeds stond.

'MAAK DAT JE WEGKOMT, ZEI IK!' brulde hij, waarna hij een paar dreigende stappen in mijn richting deed en de bijl hoog boven zijn hoofd hief.

Ik draaide me om en begon terug te lopen naar huis. Rondom me klonk het griezelige geweeklaag nu steeds luider. Ik dwaalde lange tijd door het bos. Wallen van bladeren, een dicht scherm van takken en een wirwar van lianen sloten al het zonlicht buiten. Ik liep door een groene duisternis. Boven het groene plafond van het bos klonk de donder. Ik zette het op een rennen. Er kwamen steeds meer sporen. Vele paden kruisten elkaar. Aan de boomtakken waren rode lapjes vastgebonden. Het wemelde van de slakken. Een luipaard kuchte ergens ver achter me. Rubberzaadpeulen sprongen open en vielen door de bladeren heen. De paden brachten me in verwarring. Ik volgde een pad dat me dieper het gebladerte in voerde. Het voerde me naar stukken van het bos die ik nog nooit eerder had gezien. Ik ontwaarde een dorp, een verzameling witte hutten met een omheining, waar witte jurken aan de waslijnen te drogen hingen en eigenaardig uitziende dieren over de erven scharrelden. Ik volgde het pad terug en kwam bij een nieuwe kruising. Een ander pad bracht me naar een beek. Aan weer een ander pad leek geen einde te komen, alsof het bos naar binnen toe was uitgedijd, alsof de bomen aan de wandel waren gegaan.

Alles bracht me in verwarring. Tussen de klimplanten doken witte gezichten op. Landschildpadden beloerden me vanuit het struikgewas. Een wild zwijn was rond een boom aan het wroeten. Antilopen vluchtten de groene wildernis in. Honden blaften tegen me en verdwenen weer. Bomen stortten vlakbij ter aarde en door de spleten tussen de bladeren en takken heen hakten de zonnestralen op me in. Het bos was opnieuw een labyrint geworden, een duivelse doolhof waaruit ik geen uitweg kon vinden. Terwijl ik in de donkere schaduwen stond, luisterend naar de lispelende bosstemmen, viel er iets op mijn hoofd wat mijn ogen vulde met wittigheid. Toen ik me omdraaide zag ik een meisje met haar rug tegen een boom zitten. Ze had één goed been en één van hout. Haar ogen waren groen.

'Ik kan niet opstaan,' zei ze, me strak aankijkend.

Een bidsprinkhaan sprong langs mijn gezicht. Ik hoorde voetstappen op me afkomen.

'Help me overeind,' zei het meisje. 'Ze willen me pakken.'

'Wie?'

'Zij daar,' zei ze, de andere kant op wijzend dan vanwaar de voetstappen klonken.

Ik keek en zag alleen maar bomen, lianen, kreupelhout.

Ik liep naar haar toe. Het bos viel stil. De kapgeluiden waren verstomd. Ik hoorde geen voetstappen meer. Toen ik vlak bij haar was slaakte ze een kreet, sprong op mijn rug, greep zich vast aan mijn haar en schreeuwde in mijn oren: 'Vooruit! Rennen!'

Aangespoord door een gevoel van paniek, want ze was erg zwaar, begon ik te rennen.

'Die kant op!' riep ze.

Ik rende in de richting die zij aanwees, omringd door reusachtige voetsporen en verstrengelde schaduwen. Een harde wind blies door de boomkruinen zodat zaadpeulen door de takken naar beneden ploften.

'Nee, die kant op!'

Ze wees in een andere richting. Daar ontbraken de paden, er was slechts zachte aarde, bedekt met rottende bladeren. Ik rende verder, van richting veranderend op haar aanwijzingen, tot ik een gele wereld binnenstormde waar ik vlinders zag fladderen in de wind. Overal waar ik keek verdwenen dorpen uit het zicht. Gedaanten met antilopengezichten vluchtten weg tussen de bomen. Een oude vrouw zat voor een groene hut een bontgekleurd kleed te weven. Ze keek naar ons op en glimlachte. Een paard met mensenbenen galoppeerde over de boswegen. Reuzen met gouden tanden zaten op krukken zo hoog als apebroodbomen en vertelden verhalen in hun gele tijd. Hun baarden waren groen en hun gelach bracht de wind van slag.

'Stop!' riep het meisje.

Maar ik kon niet stoppen. Mijn benen renden verder, in weerwil van mezelf. Op mijn brandende voeten rende ik langs okerkleurige hutten met muren van gevlochten bloemen. Ik rende langs een blauw met groene paddestoel waarop een peinzende krekel zat. Ik stoof langs een mierenhoop die ziedde van de rode mieren, langs honingraten met uitzinnige bijen in de warme lucht. Ik rende maar door, tot ik dat alomtegenwoordige geweeklaag weer hoorde en de hemel naar beneden zag komen in de vorm van een reusachtige boomkruin die langzaam over ons heen viel. Stemmen schroeiden de wind van de aarde en de bloemen. En pas toen, terwijl de oude vrouw haar geweef even staakte en de gedaanten met antilopengezichten bleven staan om in onze richting te blikken, pas toen kon ik stoppen, maar het was te laat – want de boom was ter aarde gestort en had in zijn val drie andere bomen met zich meegesleept. En de takken, boordevol vruchten en vogelnesten met zilveren eieren, vielen boven op me en sloegen me bewusteloos tegen de zachte grond.

Toen ik weer bijkwam was het meisje verdwenen. Diep in het bos zong de oude vrouw een indringend klaaglied. De aarde was doordrenkt van bloed. Ik probeerde me te bewegen. Ik ademde diep de lucht van gewonde planten in. Tranen prikten in mijn ogen. Ik keek om me heen en zag dat ik begraven was in een wal van bladeren en takken. Ik schreeuwde. Opeens veranderde de wind en ik bevrijdde mijn etherische wezen uit de ravage van dode bomen en vlak bij mijn hoofd zag ik een zilveren ei. Ik zweefde boven die grote olifant van een boom en zwierf als een vogel door de verbijsterende weidsheid van het bos. Ik cirkelde door de lucht en zigzagde van het ene visioen naar het andere. Ik zag de wereld door een blauw vuur. Mijn wezen viel in verschillende persoonlijkheden uiteen. In mijn hoofd voelde ik een ondraaglijke pijn, in mijn oren bevonden zich vlinders die me opzweepten. Rondom me klonken voetstappen, als het gebonk van een reusachtig hart. Ik cirkelde door het bos, steeds maar in de rondte, als een vogel gevangen in een labyrint van bomen, niet bij machte de lucht te bereiken. Het begon te tollen voor mijn ogen. Opeens kwam alles tot bedaren en merkte ik dat ik mijn vlucht kon beheersen als ik mijn angst van me afwierp.

Ik tartte de wind, zweefde over zijn zeven bulten en bevond me op een andere plek. Elf mannen, onder wie twee blanken, waren omringd door de ingewikkelde machines waarmee men bomen rooit. Ik zag ze door een blauw waas. Ze stonden temidden van grote onverschillige schaduwen. Een van de werklui zei met wanhoop in zijn stem: 'Maar meneer, we proberen deze boom al vijf weken om te hakken!'

Een van de blanke mannen, met een bril, een kakikleurig pak, laarzen, een valhelm op zijn hoofd en een geweer onder zijn arm, zei: 'Bijgelovige Afrikanen!'

De schaduwen om hem heen veranderden en ik zag dat alle voetsporen van zijn leven werden gemarkeerd door de vibraties van zijn opmerking. Boselfen in de gedaanten van kameleons beloerden hem vanuit het kreupelhout. Een geest met leverkleurige ogen die zich liet meedrijven op de wind nam bezit van de andere blanke man, die zei: 'Afschuwelijke mensen!'

En de geest bleef een poosje in hem. De aarde draaide langzaam. De wind verhief zich boven de bomen. De stank van voorvoelde ellende zweefde over hun hoofden in de geur van geheime, naamloze kruiden die weet hadden van de ziekten, kwalen en aandoeningen van de toekomst. De kruiden fluisterden hun werking in de wind, noemden ongeneeslijke ziekten die zij konden genezen. En de blanke man van wie de geest met de leverkleurige ogen bezit had genomen, zette zijn zonnebril af en poetste de glazen schoon. Hij keek om zich heen. Toen zei hij met een beheerste stem, zich vasthoudend aan zijn collega: 'Er zijn duivels in dit bos.'

'Kom, kom,' zei zijn collega. 'Jij gelooft toch niet in die zogenaamde geesten van Afrika? Dat soort onzin is door de wetenschap toch allang weerlegd?'

'Zeker,' zei de man van wie de geest bezit had genomen. 'Maar ik voel me ziek. Ik heb iets onder de leden, Harry.'

De vlinders in mijn oren roerden zich en de winden van de nieuwe ruimte bliezen me verder, voerden me mee als een pluisje katoen, en ik zag het mooie meisje met het houten been naast de oude vrouw zitten. Ze hielp haar met het weven van het grote verhalenkleed. Ze zongen allebei klaagliederen, in de ban van de zon. De wind blies me verder en verder. De voetstappen rondom me namen af. De pijn in mijn hoofd nam toe. Toen kwam ik op een andere plek waar twee houthakkers buiten zinnen waren geraakt omdat ze een heilige bomengroep hadden gerooid en aldus een horde boze geesten de vrijheid hadden gegeven. Uit de planten op die plek druppelde purperen inkt die een wonderlijk epos op de rode aarde achterliet.

De twee houthakkers sprongen in het rond en riepen dat ze de toekomst konden zien. De ene zei dat er vijf duivels in zijn hoofd dansten. De ander schreeuwde alle namen van zijn afstamming, een familielijn die zou eindigen met krankzinnigheid. Uit de mierenhoop die ze eveneens hadden vernield stroomde een leger giftige mieren die lelijke striemen veroorzaakten op de gezichten van de twee verdwaasde boomhakkers, die door het bos bleven zwerven en alom paniek zaaiden. Ze verstoorden de stille plekken waar geheimen in vrede verkeerden met de dromen van de doden, waar vergeten ziekten in kalme afzondering naar alle tevredenheid leefden. En toen de ziekten werden verjaagd begonnen ook zij rond te zwerven, op zoek naar wezens die hun onrust een nieuw onderkomen konden bieden.

Overal waar de twee verdwaasde mannen zich vertoonden kwamen schepsels die zich in eenzaamheid ophielden in beweging. De doden roerden zich en geesten ontvluchtten hun schemerige verblijfplaatsen. Luipaarden met blanke-mannenbenen en antilopen met edelstenen om hun nek vluchtten weg uit hun schuilplaatsen en trokken dieper het bos in, hun uitroeiing tegemoet.

De nieuwe wind blies gaten in het bladerdak en stelde de donkere, waardevolle plekken van afzondering bloot aan de genadeloze gloed van verre planeten.

2

Rondcirkelende geest (2)

Ik werd steeds verder geblazen en als een spinnenweb ving ik de verhalen die ronddwarrelden in de wind. In de verte hoorde ik vrouwen mijn naam roepen. Hun stemmen weergalmden in het bos, en elke lettergreep veranderde doordat de bomen de klank van mijn naam wijzigden in de hunne. De bomen benoemden zichzelf met de vervormde stemmen van de vrouwen die op zoek waren naar mij.

Achter hen, op een plek die niet vatbaar was voor bezweringen, begon de oude vrouw te lachen om alle vileine tegenstrijdigheden in de tijd en de geschiedenis, waarvan zij in haar leven als kluizenares getuige was geweest. De oude vrouw was uit de gemeenschap verbannen omdat ze er angstaanjagend uitzag. Een vreemde ziekte had haar misvormd. Ze had een bochel, scheve ogen, een spookachtige stem, opgezwollen benen en een hoogrode gelaatskleur. De gemeenschap had haar verdreven, gemeden, uitgestoten. Niemand wilde iets met haar te maken hebben. Huisbazen weigerden haar een kamer te verhuren, en zodoende trok ze naar het bos, bouwde haar eigen hut en sloeg de veranderingen in de gemeenschap gade. Ze leefde als een heremiet, als een kruidendokter, als een goedgunstige heks. Ze genas haar eigen ziekte, maar ze behield haar lelijkheid opdat ze nooit meer hoefde te leven met de verdorvenheid en schijnheiligheid van andere mensen. Ze begon zich te ontfermen over verdwaalde dieren, gewonde beesten, kinderen die in het bos waren achtergelaten om te sterven daar hun moeders hen niet konden aborteren – vreemde kinderen die de gave bezaten om zich te transformeren. Gedurende haar jaren in het bos leerde de oude vrouw de geheimen kennen van de planten en de aarde, van de ontwrichtende en gunstige invloeden van onzichtbare planeten, van onvermoede winden, van onduidbare stemmen, van het uitgestrekte geestenrijk en van alle veranderingen in de voortekenen en profetieën.

Nu lachte de oude vrouw. Ze stond rechtop, want ze had het door haar geweven kleed in zijn volle lengte uitgerold. En de wind repte zich peinzend langs het uitgerolde kleed met al zijn verhalen over bomen, dieren en planten. De wind streek de plooien uit de annalen van de oorsprong van de mens, van zijn begin in het zilveren ei dat door de grote god in de ruimte was gelegd en waaruit ontelbare verhalen tevoorschijn kwamen. Zo waren er legenden over ballingschap en oorlog, over de geboorte en afkomst van de goden, over de overmoed van de mens, over de zondvloed en de cyclus van ijdelheden. En er was het einde waarmee alle ware verhalen dreigen: een tweede zondvloed van vuur. Een einde dat licht werpt op de keuze die er gemaakt moet worden tussen blindheid en visie. Blindheid leidt tot een apocalyps. Maar met visie schuiven we de apocalyps voor ons uit, zolang we maar aan de rooskleurige kant van de schepping en van de stralende oorspronkelijke droom kunnen blijven.

De wind scheen verliefd op het kleed van verhalen en lotgevallen dat de oude vrouw tijdens haar in afzondering doorgebrachte jaren in het bos had geweven. En toen het mooie meisje met het houten been het kleed zag, moest ze huilen. Het was nog niet helemaal af, maar het einde was in zicht. Het kleed werd niet alleen bewonderd door de wind, maar ook door de zon, door de vogels die haar bedienden waren, door de dieren die ze getemd had en door de geesten met wie ze bevriend was geraakt. De grootse prestatie van de oude vrouw maakte het meisje aan het huilen, want ook zij was verweven in het kleed van lotgevallen. En terwijl de oude vrouw lachte, zei de blanke man van wie de leverachtige geest bezit had genomen: 'Luister, Harry, ik voel me ziek. Het lijkt wel alsof er levende palingen in me rondkronkelen.'

'Ja hoor,' zei zijn collega afwezig, terwijl hij zijn negen houthakkers opdracht gaf om de grote, heilige iroko opnieuw te lijf te gaan.

'Luister, Harry, jij gelooft in een *Zeitgeist*, in de energie van een bepaalde plek. Vroeger had je een voorkeur voor de grote Duitse romantici.'

'Nou en?'

'Ik zeg je, Harry, deze plek heeft een raar soort energie. En ik voel me belabberd. Ik voel me stomdronken terwijl ik geen druppel gedronken heb. Het komt door die verdomde hitte, Harry, de hitte is door het dolle heen.'

'Ja hoor. Neem een whisky of zo, kerel.'

De man van wie de geest bezit had genomen wankelde naar de jeep. Zijn Afrikaanse bediende haastte zich hem te helpen.

'Raak me niet aan, lelijke aap,' schreeuwde de blanke man.

De bediende negeerde zijn opmerking en hielp hem in de jeep. Hij maakte het zich gemakkelijk op de achterbank, met zijn voeten op de deur. Toen draaide hij een heupflacon whisky open en dronk, en de leverachtige geest zwol op in hem, hij zat wat opzij, met een boosaardige uitdrukking op zijn gekwelde gezicht.

Dronken van de hitte werd de blanke man plotseling

overvallen door hallucinaties. Hij zag vleermuizen met gezichten van bleke blanke vrouwen en uilen met verrekijkers om hun nek, en hij schreeuwde: 'Verdomme, Harry! Jij en je verdomde imperialistische dromen! We proberen al een maand lang die boom om te hakken. Hij heeft onze zagen vernield, onze bijlen stomp gemaakt, onze werklui uitgeput, ons geduld op de proef gesteld en we hebben nog geen deuk in zijn Afrikaanse gezicht geslagen, Harry!'

'Kop houden, kerel, en let een beetje op je taal met die inboorlingen,' snauwde zijn vriend.

En de bezeten man, dronken van de hallucinaties, kreeg een hysterische lachbui. Zijn gelach kietelde de lucht. Het bos begon nu ook te lachen en vervormde het oorspronkelijke gelach. De hyena's namen het over en maakten er hun eigen variaties op, evenals de wolven, de bomen, de kikkers, de spinnen, de verdwaalde honden, de verborgen luipaard en zelfs de twee verdwaasde mannen, bij wie de heilige bomengroep in de ogen rondtolde.

Terwijl ze langs de bomen vluchtten zagen de twee mannen wezens waarvan ze voor het laatst in hun kindertijd een glimp hadden opgevangen. Ondersteboven lopende vrouwen in een vredige, sepiakleurige wereld. Geelogige oude mannen die door een zilverige lucht vlogen. Oude vrouwen met één oog midden op hun voorhoofd. Een paard met het gezicht van een dorpshoofd. Geesten met vele hoofden die allemaal tegelijk praatten en zongen. Een maag zonder lichaam, voortrollend over een oud pad, gevolgd door het mooiste meisje van de wereld. De twee mannen zagen deze vergeten aanblikken uit hun kindertijd en moesten nog harder lachen. Het bos vervormde hun gelach, filterde het, zuiverde het, en de blanke man van wie de geest bezit had genomen ging rechtop zitten in de jeep, zijn ogen klaarden kortstondig op, en hij zei: 'Afrika lacht ons uit, Harry.'

En de oude vrouw zei: 'Hou op met huilen, meisje. Ga

eten klaarmaken, maar help me eerst dit kleed op te vouwen.'

Het meisje met het houten been verroerde zich niet. De twee verdwaasde mannen, nog steeds op de vlucht, hielden op met lachen. De oude vrouw, die langzaam het kleed opvouwde, keek op en zei: 'Geef de dieren te eten. Ik ga vanavond naar de maan. Zorg dat mijn speciale kaars blijft branden. Ik wil dat je opblijft en hem beschermt tegen de wind tot ik terug ben.'

Toen ging ze haar hut binnen en bestudeerde de door het noodlot bezegelde beeldjes van de mannen en vrouwen die haar naar de eenzaamheid van het bos hadden verbannen. Ze raakte ze niet aan. Plotseling, onverwacht, werd haar hart bevangen door een overweldigend heimwee naar het leven waaruit ze verdreven was. Het gevoel was als een bitter kruid dat een goddelijke geur verspreidde in haar geest. Geroerd door de hevigheid van het gevoel begon ze haar bezweringen te veranderen. Ze herschiep het einde dat ze had voorzien en sprak een nieuwe toverspreuk uit over de levens van de gemeenschap. Maar toen ze haar waarzeggerskralen wierp vervulden de antwoorden haar met afschuw. Ze schreeuwde het uit, en de vogels vlogen op van haar dak. Op haar muur bewoog de groenogige vleermuis. Ze was te laat met haar veranderingen begonnen: de beeldjes hadden hun positie ingenomen, hun toekomst lag voor eeuwig vast. Ze strompelde haar hut uit, wierp een blik op het bos en huilde. Toen ze ophield met huilen slaakte ze een kreet, waarop de gele uil boven haar hoofd kwam rondcirkelen. Met een ander geschreeuwd bevel stuurde ze de uil wiekend naar het dak van het bos waaronder hij krassend rondvloog, en intussen zei de blanke man: 'Harry, ik ga terug naar het hotel. Er zit daar nog een uil met een verrekijker in de boom. Ik voel me niet lekker, Harry. Hoor je me, Harry?'

'De hele wereld kan je horen,' zei zijn vriend geërgerd.

Op dat moment kwamen de twee verdwaasde mannen

aangestormd, ze sloegen wartaal uit, trokken gekke bekken, lachten, schreeuwden, bootsten de geluiden van uilen en hyena's na en zaaiden alom verwarring in het kamp. De houthakkers schreeuwden het uit van angst. Harry deinsde achteruit, zijn ergernis veranderde in onbegrip toen hij zei: 'Zijn dit duivels of mensen?'

De twee verdwaasden renden op Harry af. Hij week geen duimbreed, omklemde zijn geweer, zijn bovenlip trilde. De twee mannen trokken lelijke gezichten naar hem. Ze krijsten en krabden aan hun bloedende oren. Ze dansten om hem heen. Ze imiteerden zijn van afschuw vervulde gelaatsuitdrukking. Alsof ze in hem een beest noch een mens herkenden. Toen sprong Harry's metgezel – dronken van de whisky en bijna gesmoord door de hitte alsook door de geest die nu bezit van zijn hele wezen had genomen – voor in de jeep, startte het voertuig en schreeuwde: 'Ga je mee of niet? Die creaturen hebben je bloed geroken, Harry!'

En Harry, geconfronteerd met de twee verdwaasden, liep langzaam achteruit, zijn vinger om de trekker van zijn geweer. De twee verdwaasden grimasten en sloten hem in, terwijl zijn vriend op hysterisch spottende toon zei: 'Laat de Afrikanen zich om Afrika bekommeren, Harry. Dat is altijd ons beleid geweest. Zij kennen het oerwoud beter dan wij.'

Toen de twee verdwaasden uithaalden naar Harry kraste de uil, die boven het tafereel rondvloog, driemaal. De verdwaasden bootsten zijn gekras na waarop Harry twee keer vuurde zodat ze zich rot schrokken. Harry sprong in de jeep en loste nog drie schoten die langs twee bomen schampten en het onschuldige schild van een landschildpad in het kreupelhout raakten. De wielen van de jeep tolden in de rode aarde, vonden houvast en schoten weg over het zandpad naar de weg in de verte. Ze ontvluchtten de plek en zouden nooit meer terugkomen.

Veel later namen Afrikaanse opzichters hun plaats in. Ze

haalden er machtige tovenaars bij, neutraliseerden de bosgeesten en verjoegen de heksen van hun ontmoetingsplaats in de bomen. Toen werd er begonnen met de kap van het bos.

Maar die dag, nadat Harry en zijn vriend ervandoor waren gegaan, cirkelde de uil boven de bomen en gaf zijn boodschappen door aan de oude vrouw. De houthakkers uit het kamp verspreidden zich in het bos. Gevangen in het labyrint vielen ze ten prooi aan de wraak van de geesten. Ze dwaalden van het ene pad naar het andere, renden rond in verwarrende cirkels en zagen in hun hallucinerende boskoorts bomen voor hun ogen oplossen.

3

Een onvoltooide hemelvaart

De uil staakte zijn gecirkel, keerde terug naar zijn bloeiende boom naast de hut van de oude vrouw en kreeg een witte pap voorgezet door het meisje met het houten been. De oude vrouw, treurig door de ontdekkingen van die dag en laat voor haar bijeenkomst, trok zich terug in haar hut om te slapen. Onder haar beddensprei van verhalen veranderde ze in een nachtvogel en vervolgens in een geest met zes ogen. Toen scheerde ze langs me, door de boomkruinen omhoog, een lichtgevende sluier die opsteeg naar de maansikkel.

Maar de lucht was verstikkend en er hing een groene mist boven het bos. De oude vrouw ervoer haar geest als zwaarmoedig die nacht. Zij, die een ballingschap in haar eigen land had doorstaan. Die een halve eeuw eenzaamheid had verdragen. Die de geesten van de lucht, de bomen en de aarde had bedwongen. Die in haar dromen had geluisterd naar het gefluister van de goden. Ze was zwaarmoedig die nacht. Voor het eerst in vele jaren trokken het geweeklaag en de pijn van de aarde aan haar hart. De zielensmart van onschuldige mensen. De massamoord op de bomen. De slapeloosheid van de bosdieren. De dakloze geesten en verdreven ziekten. De rijzende zeeën en slinkende bossen. De onbestendige aarde en de toekomstige ellende. Al die dingen trokken aan haar en maakten van haar hart een massa die onderhevig was aan hun zwaartekracht. Haar verdriet maakte haar zwaarmoedig. De onherroepelijke lotsbestemming van haar volk, door haarzelf bepaald en te laat gewijzigd, vervulde haar met heimwee. En haar verlangen naar een vroegere tijd, de gouden tijd van haar jeugd temidden van mysteriën, deed een krachtige wind opsteken die rond haar hut woei. De wind blies de deur open, schrikte de op takken slapende vogels op en verspreidde een slaperigheid in de lucht waardoor het meisje dat de vlam moest beschermen wegdoezelde. Toen de wind de kaars uitblies hoorde ik boven me een hard gekrijs en zag een vogel met een oude kromme snavel naar beneden vallen. Op het moment dat de vogel de grond raakte veranderde hij eerst in een antilope en daarna in de oude vrouw. Tot mijn afgrijzen blikte ze omhoog naar mij en zei: 'Ik kan niet overeind komen. Help me.'

'Hoe dan?' vroeg ik.

'Help me nou maar.'

'Waarom?'

'Ik ken je vader en moeder. Het zijn goede mensen. Als je me helpt zal ik iets voor jou doen.'

'Wat dan?'

'Ik zal jou op mijn beurt helpen.'

'Hoe dan?'

'Ik zal je onder die boom vandaan halen, je uit dit bos weghelpen en je een geheim vertellen.'

'Het geheim van mijn vader?'

'Nee.'

Het was pikdonker en om me heen hoorde ik vogels ritselen. Een vreemde wind veranderde mijn lichaam in hout. Ik hoorde geluiden uit het zilveren ei komen. Terwijl ik op twee plaatsen tegelijk zweefde hoorde ik rondom woorden in de zilverige wind. De wind sprak met de stem van de oude vrouw. Een stem zo licht als de veren van vogels die vliegen zonder ooit ergens neer te strijken. De hele nacht sprak de stem tegen me over stikstofschaduwen en de lucht van mos en boomschors die de dromen van de bosbewoners ervoor behoedt te worden weggeblazen door de hitte. De stem sprak over de bijzondere mysteriën die werden aangetast door de nieuwe chemische afscheidingsproducten in de bodem, over moerassen en rivieren die werden drooggelegd met kalksteen en zand. De stem vertelde dat veel wezens dakloos en onbeschermd achterbleven door de dood van de bomen. Hij liet doorschemeren dat de geesten razend waren over de verstoring van hun eeuwenlange dromerij. Hij fluisterde over bomen die op bepaalde plekken in het bos waren uitgegroeid tot woudreuzen. Plekken waar de aardstralen van de levenskracht elkaar raakten. Acupunctuurpunten van het land. De stem praatte over bomen die te beschouwen waren als de essentie van een beschaving, meesterwerken van beeldhouwkunst en overlevingsdrang, wier toekomstige lot in geheimschrift op hun stammen was aangebracht. De stem sprak over de boom der mysteriën die in drie domeinen tegelijk groeide – op aarde, in het rijk der voorouders en in de levenssfeer van de hogere geesten.

De stem weidde uit over de onduidbare krachten die zich ophouden op aarde, in gewone of onzichtbare gedaanten, enkel waar te nemen door antilopen en katten, door honden en stervenden, door geïnspireerden en verlichten en door vreemde kinderen die voor de helft menselijk, voor een kwart geest en voor een kwart droom zijn. De stem zei dat een labyrint was bedoeld om degene die erin gevangenzat te confronteren met het licht van een onontkoombare waarheid. Zodra de confrontatie was bewerkstelligd werd de betovering van het labyrint verbroken en verdween de fata morgana, de verlokking, waarna de beschermvogel van de gevangene hem naar een nieuwe wereld leidde, feitelijk de oude vertrouwde plek waar het labyrint begon.

De stem sprak de hele nacht, sussend. Een stem zonder taal waarin vele dingen tegelijk te horen waren. De stem klonk dringender naarmate de dageraad dichterbij kwam.

'Je moet me helpen, anders ga ik dood!' riep de oude vrouw.

En dus liet ik mijn zwevende gedaante over haar heen zakken, waarna zij zich vastklampte aan de rug van mijn geest. Ze slaakte een kreet die bijna klonk als een lach, draaide zich vliegensvlug om en sloeg de nachtruimte uit mijn hoofd. Ik voelde veren razendsnel tegen mijn gezicht tikken en hoorde een aanhoudend geluid van bijlen op hout dat zich voortbewoog in de richting van mijn hoofd. In de lucht hing de doordringende geur van houtrook. Stemmen in de verte riepen mijn naam. Ik opende mijn ogen en zag een piepklein vogeltje met een blauwgeel verenkleed op mijn voorhoofd staan. Zijn veren trilden boven mijn ogen. Ik ontwaakte onder een waterval van bladerrijke takken.

Daar bleef ik een poosje, in grote verwarring. Ik staarde omhoog naar het wanordelijke bladerdak. Mijn hoofd deed pijn. Mijn brein tolde van talloze woeste dromen. Toen ik me bewoog vloog de vogel op van mijn gezicht. Hij kwetterde en cirkelde tussen de takken. Naaktslakken kropen langs mijn benen omhoog, mieren waren druk doende op mijn armen, wormen kronkelden op mijn borst en lianen strengelden zich om mijn hoofd. Ik zigzagde door allerlei ruimten van helderheid en pijn, ik luisterde naar de kapgeluiden die steeds dichterbij kwamen en naar de ruwe stemmen van de mannen die zich verwonderden over de gevelde boom. Toen zag ik verscheidene gezichten boven me. De gelooide gezichten van hongerige mannen. Ik raakte in paniek. Schreeuwend en jammerend wrong ik mezelf onder het gewicht van de takken uit. En toen ik haastig overeind krabbelde zagen de mannen me en vluchtten schreeuwend weg. Ze riepen dat de boom zich veranderde in een mens, dat de plek betoverd was.

Onhandig en verward slaagde ik erin me vanonder de takken te bevrijden. Zwaaiend op mijn benen stond ik voor de mooiste oude dode boomgod die ik ooit had gezien. Bloed gutste van mijn hoofd naar beneden. Het blauwgele vogeltje cirkelde boven me in de lucht. En ik staarde met ontzag naar de indrukwekkende boom. Hij had de lengte van tien olifanten en zijn bloesems waren in volle bloei. Her en der lagen vogelnesten en kapotte zilveren eieren op de rode aarde.

Ik volgde de grillige vlucht van het blauwgele vogeltje door het labyrint van het bos, en ik kwam bij een plek waar een groep vrouwen in witte jakken een ceremonie hielden. De vrouwen gingen helemaal op in hun ritueel. Een witte geit was vastgebonden aan een wortel en witte kippen fladderden in doodsangst, in afwachting van hun offering. Ik negeerde de vrouwen en liep verder. Mijn maag was leeg. Mijn hoofd duizelde van de boskoorts. Ik arriveerde bij de vermaarde neushoornboom die uit Madame Koto's fetisj was gegroeid. Het leek nu zo lang geleden dat ik hem die eerste keer in volstrekte argeloosheid had bereden. Verderop werden de stemmen die mijn naam riepen luider. Algauw kon ik ze zien, onze buren en mensen uit de straat. Met kapmessen en stokken. Ma was er niet bij, en Pa ook niet. Ze bleven staan toen ze me zagen. Ik voelde me als een geest die terugkeert naar een vergeten thuis.

Onze buren waren zo verbaasd door mijn verschijning dat ze geen van allen iets zeiden. Ik moet hun een slaapwandelaar of spook hebben toegeschenen. Ik keek dwars door ze heen met Pa's wezenloosheid. Ze lieten me tussen hen in lopen en volgden me naar huis, onderwijl vreemde woorden over ons gezin mompelend. Bij de deur van onze kamer, in het zekere besef dat ik nu veilig thuis was, lieten ze me alleen en verzamelden zich op het achtererf om buitenissige legenden over ons gezinnetje te fluisteren.

Pa zat knikkebollend in zijn stoel. Hij keek dwars door alles heen met een glimlach op zijn gezicht, alsof hij in zeven jaar geen vin had verroerd. Ma lag op de vloer, huilend in haar slaap, uitgeput doordat ze de hele nacht langs de stille wegen van de wereld naar mij had gezocht.

4

De onverklaarbare gedrevenheid van moeders

Pa bewoog zich niet en toonde geen enkele emotie bij mijn terugkeer. Zodra ik bij hem op schoot ging zitten werd Ma wakker en zag me. Schreeuwend van vreugde pakte ze me vast onder de armen en zwaaide me in het rond. Ze omhelsde me. Toen, nog steeds dolblij, gooide ze me omhoog en slingerde me pardoes een gele wereld binnen waar de oude vrouw ontwaakte op haar bed en, klagend over rugpijn en een bonkend hoofd, het meisje ervan langs gaf omdat ze het kaarslicht niet had beschermd tijdens haar hemelvaart.

Toen ik mijn ogen opendeed was de houtrook te snijden en verbond Ma de wonden op mijn hoofd.

'Wat is er met je gebeurd, mijn zoon?' vroeg ze. 'We hebben twee dagen naar je gezocht.'

Ik keek naar haar. Ze was veranderd. Haar ogen waren feller, haar gezicht was langer.

'Ze waren bezig een boom om te hakken die boven op me is gevallen,' zei ik.

'Is er een boom op je gevallen?'

'Ja.'

'Waar?'

'In het bos.'

'Wie hakte die boom dan om?'

'Dat weet ik niet.'

Ze draaide zich onverhoeds naar Pa, verhief haar stem en zei: 'Dus terwijl jij als een hagedis in je stoel zat te knikkebollen, is er een boom op je enige kind gevallen.'

Pa wendde zijn hoofd naar mij. Knikkend. Glimlachend. Met het demonische goudstof rond zijn ogen keek hij zonder me te zien.

Ma zweeg een tijdje.

Toen ze mijn hoofd had verbonden maakte ze eten klaar en keek toe terwijl ik at. Mijn hoofd zwol nog verder op, mijn ogen schrijnden en de kamer zwaaide heen en weer.

Ma ruimde de borden af. Toen gooide ze in een woede-uitbarsting de tafel omver en liep de kamer uit. Binnen de kortste keren kwam ze terug, zette de tafel weer overeind en ging naast me zitten. Ze staarde een hele poos naar me. Ze staarde naar Pa. Ze kuste haar tanden, vloekend. Toen zocht ze het schamele beetje geld dat ze bezat uit haar blikjes bijeen. Ze knoopte het in de punt van haar wikkeldoek, legde mij op het bed en ging naar buiten.

Een uur later kwam ze terug met een kruidendokter. Ze hadden beiden amper een voet in de kamer gezet of Pa, die de gerimpelde tovenaar in het oog kreeg, slaakte een laatdunkende kreet. De kruidendokter had zijn amuletten meegebracht: kraaienpoten, kralen, de lever van een gier en een zak met toverdrankjes. Pa greep de tovenaar bij zijn nekvel en smeet hem het erf op, dat zich wild schrok. Ma was ontsteld. De kruidendokter had de naam over zoveel toverkracht te beschikken dat hij demonen kon uitdrijven met één enkel raadselachtig woord. Maar hij raapte zichzelf bij elkaar, sloeg het stof van zijn broek en zei tegen Ma: 'Die man van jou is een rare. Hij is te sterk voor mijn toverkracht. Kom me nooit meer raadplegen!' En zonder enige kwaadheid beende hij weg.

Pa ging terug naar zijn stoel. Zijn ogen waren rood van de inspanning om zonder woorden uiting te geven aan zijn razernij. Hij had een demonische glimlach op zijn gezicht. Hij richtte zijn brandende ogen op mij. Toen vertelde ik hem wat mij in het bos was overkomen. Gedurende mijn hele relaas bleef hij glimlachen, schommelend in zijn stoel. Waarom glimlachte mijn vader om mijn vreselijke ervaringen? Ik had geen flauw benul. En terwijl Pa glimlachte, werd Ma steeds bozer. Ze keerde zich opnieuw tegen hem en beschuldigde hem ervan dat hij zich als een weerzinwekkende lafaard had gedragen sinds hij uit de gevangenis was gekomen. Ze beschimpte hem, ze wilde dat ze nooit de moeite had genomen hem te bevrijden, ze zei dat hij zich wel dapper kon voordoen als hij niet hoefde te lijden maar dat hij in een zwijgende bangerik was veranderd zodra hij had gemerkt dat ware moed gepaard gaat met echte pijn. Pa bleef heen en weer schommelen op zijn driepotige stoel, wezenloos voor zich uit starend. Ma kon zijn enorme gevoelloosheid niet verdragen. Ze begon te schreeuwen dat mensen bijna haar zoon hadden vermoord met een boom en dat hij het er gewoon bij liet zitten.

'Wat hebben ze eigenlijk met je uitgehaald in de gevangenis?' gilde ze tegen hem. 'Jij bent toch zo'n grote vechter. Wat is er met je gebeurd? Hebben ze je vergiftigd? Hebben ze je piemel er afgehakt? Hebben ze je hart opgegeten, nou? Wat hebben ze met je uitgehaald dat je nu zo'n schijterd bent – jij, die voor niks onder Gods zon bang was. Nu ben je gewoon een slome duikelaar die alles opeet wat er in huis is, en je doet niets!'

Maar Pa bleef glimlachen. De schaduwen op zijn wangen deden hem magerder lijken. Ma ergerde zich wild en stormde wederom de kamer uit.

Later kwam ons ter ore wat Ma had gedaan toen ze wegliep. Ze vertoonde nogal vreemd gedrag. Ze hield mensen aan op straat en vertelde hun dat het heilige bos werd omgekapt, dat haar kind bijna de dood had gevonden door een vallende boom. Met de buren praatte ze omstandig en met een onverklaarbare gedrevenheid over ronddolende geesten en vergeten ziekten die uit hun rustplaatsen in het bos tevoorschijn kwamen. Ze bracht iedereen van zijn stuk, vooral toen ze begon te spreken over de vrouw die door de gemeenschap het bos in was gejaagd omdat de mensen bang waren voor haar karbonkels.

Ma ging die dag niet venten en ze maakte ook geen eten voor ons klaar. Ze ging van huis tot huis, met verwilderde haren en smerige kleren. Ze probeerde steun te vinden bij de vrouwen in onze wijk. Ze probeerde ze zover te krijgen dat ze openlijk in opstand kwamen tegen de kap van het heilige bos. Er werd door niemand veel aandacht aan geschonken en de mensen begonnen over haar te praten alsof ze gek was.

Terwijl Ma schreeuwend over straat liep kwam Pa overeind uit zijn stoel en poetste zijn laarzen tot ze glommen als nieuw staal. Hij waste zijn Franse kostuum en zijn safaripak. Hij schoor zich. Toen nam hij weer plaats in zijn legendarische stoel. De glimlach was van zijn gezicht verdwenen.

We stierven van de honger toen Ma laat op de avond terugkwam, doodmoe van het overdadige gepraat. We aten een lichte maaltijd. Toen we klaar waren met eten rolde Pa de mat uit en ging liggen. Ma bleef maar doorgaan over de boom die mij bijna had gedood. Ik lag nog steeds op bed, niet in staat me te bewegen, toekijkend hoe de kamer uitdijde en inkromp. Pa blies de kaars uit. Ma deed er zoetjesaan het zwijgen toe. Niet lang daarna lagen ze teder op de grond te worstelen.

5

Het cirkelvormige verhaal van de oude vrouw

Die nacht vloog de oude vrouw als een vonk van licht naar de maan. Ze cirkelde er driemaal omheen voordat ze naar de bijeenkomst ging van andere lichten van over de hele wereld. Toen ze de volgende ochtend terugkwam, vol energie en verlichte inzichten die haar door haar reis waren verschaft – over de verlenging van het leven en het belang van een blik in de toekomst – begon ze verder te weven aan ons verhaal.

Op datzelfde moment werd op andere plekken in de wereld door andere mensen eveneens aan verhalen over het verleden, het heden en de toekomst geweven.

De oude vrouw weefde onze geheime verhalen in haar bloedige en gebeurtenisvolle kleed. Onze verhalen in portretten, in hoekige beelden en raadselachtige tekens waren als een labyrint waaruit geen ontsnappen mogelijk was.

Onze verhalen hadden een cirkelvormig patroon, ze zaten gevangen in de geschiedenis. Onmachtig om uit te stijgen boven een duizenden jaren oud probleem, kwam er maar geen einde aan onze verhalen, verstrikt als ze waren in de dingen die wij niet onder ogen wilden zien.

De oude vrouw scheen die ochtend ouder dan ooit terwijl ze de gruwelijke en wonderschone verhalen van onze levens weefde. Het voorspellen van de toekomst had haar veroudering versneld. Het drukte zwaar op haar dat ze niet in staat was de toekomst op een ingrijpende manier te veranderen: de tekens moesten goed worden uitgelegd en nageleefd. Zij kon alleen maar voorspellen en weven. En toen ze klaar was met het weefwerk van die ochtend drukte het verleden eveneens zwaar op haar, op die plek diep in het bos.

Ze was die ochtend zo van slag door de nieuwe open plekken tussen de bomen, door de grote iroko's die van hun oeroude hoogten ter aarde stortten, dat ze in cirkels om haar hut liep teneinde de woede die in haar hart opwelde te onderdrukken. En terwijl zij in cirkels rondliep, verbolgen omdat de heilige bossen nu aan de lucht waren blootgesteld, moeizaam voortstrompelend met een wandelstok en bevelen schreeuwend tegen het eenbenige meisje, verliet Ma onze kamer en toog naar het bos om erachter te komen wie de boom had omgehakt die op mij was gevallen.

Pa ging die ochtend niet naar zijn werk. Hij bleef binnen. Zijn glimlach werd onheilspellend en in zijn ogen verscheen een gevaarlijke blik.

Diezelfde ochtend voelde de oude vrouw terwijl ze rond haar hut strompelde een onnatuurlijke explosie die de grond aan de rand van het land aan het schudden bracht. De aardbeving maakte dat ze met haar goede voet tegen een steen schopte en een luide kreet slaakte. Op datzelfde moment verstoorde de explosie, die zowel de aarde als de zee in beroering bracht, de rust in het bos waardoor een reuzengeest uit zijn lange sluimer ontwaakte. De geest werd wakker en merkte dat hij geen huis meer had. Verward begon hij door het bos te dwalen, op zoek naar zijn vertrouwde onderkomen, de grote apebroodboom met zijn mos en vredige lianen. En door de opwinding van de dolende geest ontstak er een wind die Ma terugblies toen ze het bos in liep, het geluid van de houthakkers achterna. Maar Ma bokste tegen de wind op en rustte even uit in de schaduw van de zwarte steen.

Ze volgde het spoor van de kapotte zilveren eieren. Meerduidige vogels fladderden onzichtbaar boven haar. Dunne rookpluimpjes en boselfen zweefden aan haar zijde, luisterend naar haar wezen. Ze liep dieper het bos in en volgde het ontzielde geluid van de boomkap, een geluid dat zich voortdurend verplaatste, haar bleef ontsnappen. Het bos zelf weerkaatste het geluid, bracht het van de ene plek naar de andere. Het leek wel alsof de kapgeluiden zelf bosbewoners waren geworden.

In onze kamer zag ik met een barstende hoofdpijn hoe de plaaggeesten de kapgeluiden nabootsten en mijn moeder misleidden. Hoe ze haar meelokten en dieper het labyrint in voerden. En toen werd ze aan het zicht onttrokken door een gelige rook en zou het heel lang duren voor ik haar weer kon zien.

6

Een merkwaardige verwisseling

Die ochtend maakte Pa onze kamer schoon, veegde de vloer aan, schrobde de muren en begon eten klaar te maken voor ons gezin. Het was verbazingwekkend getuige te zijn van Pa's plotselinge huishoudelijkheid. De erfbewoners keken verbouwereerd toe toen hij water uit de put haalde en onze kleren waste. Ze verwonderden zich vooral over de aandacht waarmee hij Ma's ondergoed waste. Hun gezichten drukten ongeloof uit toen hij brandhout kloofde en meloenzaden, tomaten en peper fijnwreef op onze ruwe wrijfsteen. Hun monden vielen open toen hij met zijn machtige, zwoegende borstkas de yamswortels fijnstampte en in de rokerige keuken met tranende ogen het vlees braadde.

Toen hij klaar was met koken kwam hij de kamer in met de dampende potten met geurige stoofschotel, zette ze in de kast en toog met Ma's mand naar de markt. Twee uur later, met zijn gezicht onder het stof en kloppende aderen op zijn voorhoofd, kwam hij terug, bijna bezwijkend onder de buitensporige hoeveelheid boodschappen. Hij pakte yamswortels uit, groenten, slakken, bosjes gedroogde vis, in zichzelf grinnikend toen hij de etenswaren wegborg in potten en schalen. Hij ging zitten, stak een sigaret op, pakte vervolgens Ma's blad met koopwaar en ging de straat op om haar voorraden uit te venten.

Ik was die dag in de war. Er prikte gelige rook in mijn ogen. In mijn dromen verschenen zilveren eieren. Ma bevond zich in het labyrint, tierend met een hartstocht die eigenlijk Pa toebehoorde. En Pa werkte zich thuis in het zweet en knapte karweitjes op die tot Ma's dagelijkse taken behoorden. Het was niet leuk dat Pa's kortstondige huishoudelijkheid de idiootste geruchten verspreidde in onze straat. Maar het was fantastisch om te merken hoe zijn onverstoorbaarheid ze uiteindelijk de baas werd.

7
De veldslag van de herschreven geschiedverhalen

Ik kwam de rest van die dag niet uit bed, maar de hele wereld bevond zich in de kamer. Alle gebeurtenissen uit onze geschiedenis kwamen tot leven in die kleine ruimte. Als geestendrama's. Is de geschiedenis de helse zinsbegoocheling van de tijd? Ik sliep door de lekkages van vele voorvallen heen. Ik lag te woelen en leed schipbreuk op het bed. De spookbeelden van historische consequenties dwaalden door onze kamer, op zoek naar hun bestemming. Geruchten van geweld en vage echo's van geweerschoten weerklonken door de vloer. Continentale vrijheidsoorlogen werden op negen plekken op het plafond uitgevochten. En de Gouverneur-Generaal, een Engelsman met een poliep op het puntje van zijn neus, was net klaar met de vernietiging van alle bezwarende documenten betreffende de weldra-te-stichten-natie. Waarna hij in zijn schuine schoonschrift onze geschiedenis begon te herschrijven.

Hij herschreef de ruimte waarin ik sliep. Hij herschreef de lange stiltes van het land, welke in werkelijkheid hartstochtelijke dromen waren. Hij herschreef de zeeën en de wind, de weersgesteldheid en de luchtvochtigheid. Hij herschreef de seizoenen en maakte ze beperkt en saai. Hij bedacht een nieuwe geografie, zowel voor het land als voor het hele continent. Op de wereldkaart tekende hij de nieuwe omtrek van het continent, kleiner en grilliger dan voorheen. Hij veranderde de namen van plaatsen die ouder waren dan de plaatsen zelf. Hij herschiep de spraakklank van de Afrikaanse namen, maakte de medeklinkers zachter, vlakte de klinkers af. Door de klank van de namen te veranderen, veranderde hij hun betekenis en beïnvloedde aldus het lot van de naamdragers. Hij herschreef de namen van vissen en bijen, van bomen en bloemen, van bergen en kruiden, van stenen en planten. Hij herschreef de namen van ons voedsel, onze kleren, onze huizen en onze rivieren. De herdoopte dingen verloren hun vroegere belang in ons geheugen. De herdoopte dingen verloren hun vroegere werkelijkheid. Ze werden lichter, en vreemder. Ze werden gescheiden van hun vroegere hoedanigheid. Ze verloren hun betekenis en soms ook hun vorm. En ons schenen ze plotsklaps nieuw toe – ons schenen ze nieuw toe terwijl wij ze hun namen hadden gegeven, waarop ze reageerden als we ze aanraakten.

In de ban van zijn geestdriftige objectiviteit liet de Gouverneur-Generaal onze geschiedenis beginnen met de aankomst van zijn volk op onze kusten. Zwetend in zijn wijde katoenen hemd maakte hij van zichzelf een sprookjesfiguur die de mens uit de steentijd wekte uit een oeroude sluimer, een sluimer die een aanvang had genomen vlak na de schepping van het menselijk ras. In zijn herschrijving van onze geschiedenis beroofde de Gouverneur-Generaal ons van onze taal, onze poëzie, onze verhalen, onze architectuur, onze wetten, onze maatschappijvormen, onze schilderkunst, onze wetenschap, onze wiskunde, onze beeldhouwkunst, ons abstracte bevattingsvermogen en onze filosofie. Hij beroofde ons van onze geschiedenis en onze beschaving, waarmee hij ons onopzettelijk beroofde van onze menselijkheid. Onbedoeld wiste hij ons uit de schepping. Waarna hij, enigszins van zijn stuk gebracht toen hij merkte waar zijn rigoureuze logica hem naartoe had geleid, een knap staaltje werk leverde door ons pas tot leven te laten komen op het moment dat zijn voorvaderen ons in het oog kregen terwijl wij door de hevige rolbewegingen van de historische tijd heen sliepen. Met één pennenstreek van zijn prachtige schoonschrift wekte hij ons tot leven. Met zijn prometheïsche hand bracht hij de geschiedenis naar ons toe, toen zijn pen onze adamszielen beroerde. En wij ontwaakten in de geschiedenis, onthutst en ondankbaar, terwijl hij onze weiden en valleien herdoopte en de slavenhandel vergat.

Hij herschreef onze nachtdomeinen, maakte ze buitenissiger, bevolkte ze met monsters en idiote fetisjen; hij herschreef ons daglicht, maakte het primitiever, deed voorkomen alsof dingen die zich in het ochtendgloren manifesteerden onafgemaakt of zelfs onbegonnen waren. Al doende verschafte hij ons zwart op wit het bewijs van ons recente ontwaken in de beschaving – wij die oude dromen en toekomstige openbaringen in ons dragen. Wij die zijn begonnen met de naamgeving van de wereld en al zijn goden. Wij die met het heilige woord de oevers van de Nijl vruchtbaar maakten, waar de vroegste en meest mysterieuze beschaving tot bloei kwam, de vergeten fundering van andere beschavingen. Wij van wie de geheime gebruiken ongemerkt in de bloedstroom der wereldwonderen geraakten.

En terwijl de Gouverneur-Generaal de tijd herschreef (de zijne langer maakte, de onze korter), terwijl hij onze wapenfeiten onzichtbaar maakte, de sporen van onze oude beschavingen uitwiste, de betekenis en schoonheid van onze gebruiken herschreef, terwijl hij de geestenwereld wegvaagde, onze staaltjes geheugenkunst kleineerde, onze levensbeschouwing afdeed als primitief bijgeloof, onze rituelen als kinderlijke dansjes, onze godsdiensten als dierenafgoderij en animistische extase, onze kunst als onafgewerkte relikwieën en simpele vormen, onze trommels als speelgoedinstrumenten, onze muziek als eentonig geneuzel – terwijl hij ons verleden herschreef, veranderde hij ons heden. En die verandering riep nieuwe geesten in het leven die voeding gaven aan de onstilbare honger van de grote god van de chaos.

En terwijl hij in zijn grote kantoor zat met de foto van de Queen pal boven zijn hoofd, terwijl hij de lotsbestemming herschreef (de zijne rooskleuriger maakte, de onze zwartgalliger), haastte de oude vrouw in het bos zich om onze ware, geheime geschiedenis te weven, een geschiedenis die gruwelijk en wonderschoon was, bloedig en komisch, labyrintisch, cirkelvormig, altijd veranderlijk, altijd verrassend, waarin gebeurtenissen voortekenen werden en voortekenen werkelijkheid. De oude vrouw in het bos codeerde de geheimen van de planten en hun onuitputtelijke genezende eigenschappen; ze codeerde de taal van de geesten, het epische dialect van de bomen, de raaklijnen van krachtige aardstralen, de helende werking van de donder, de magische natuur van de bliksem, de interpenetratie van de mensen- en de geestenwereld, het wankele evenwicht van onzichtbare krachten en de oude toverformule waarmee een vluchtige blik op de onherroepelijke voortgang van het lot kan worden geworpen. Ze codeerde zelfs stukjes van de grote legpuzzel die door de schepper onder de diverse volkeren op aarde zijn verspreid, waarmee hij heeft laten doorschemeren dat geen enkel ras of volk het complete beeld van de ultieme mogelijkheden van de menselijke genialiteit, of het alleenrecht daarop, voor zich kan opeisen. Met haar magie gaf ze aan dat alleen als alle volkeren elkaar ontmoeten, kennen en liefhebben, we een vaag idee kunnen krijgen van dit ontzagwekkende beeld, oftewel van de legpuzzel, oftewel van een majestueuze kracht. De fragmenten van het grote beeld der mensheid waren de meest indringende en mooiste stukken die ze die dag weefde.

De oude vrouw gaf de ontcijfering van de code niet prijs; want ze was tijdens die vijftig jaar in het bos helemaal vergeten dat ze een eigen taal had bedacht. En met deze taal van tekens en symbolen, van hoeken, kleuren en vormen, legde ze de legenden en historische momenten vast die voor haar volk verloren waren gegaan. Ze legde oude schuine moppen vast, drinkliederen, onopgeloste raadsels, van magische vierkanten afgeleide wiskundige ontdekkingen, geometrische vormen in de muziek en de kunst, harmonische lijnen tussen de architectuur en de grote sterrenbeelden. Ze legde verbazingwekkende manieren vast om de toekomst te duiden met getallen, kauri's en symbolen, numerologische systemen om de goden op te roepen, en grappige variaties op kinderspelletjes, geliefd bij koningen. De oude vrouw in het bos legde de vorderingen in de muziek vast, een verrukkelijk contrapuntisch maat- en toonstelsel, muziek die ontsproot aan de harmonieën van beekjes, de wind, de hartslag van de aarde en de vlucht van de vogels. Ze legde geheime manieren ter verlenging van het leven vast, de betekenis van vogelkreten, de taal van de dieren, manieren om op klaarlichte dag een eenhoorn te zien, manieren om te praten met de geesten van voorvaderen, ouders, kinderen of vrienden die door de betoverde spiegel van de dood zijn gestapt. Ze legde de mystieke betekenis van bloemengeuren vast, de liederen van de wind, de liederen van de geschiedenis, de muziek van de doden, de melodieën van de tussenruimten, en manieren om de liefde te bedrijven teneinde een twee- of drieling of een kind van het gewenste geslacht voort te brengen. Ze legde gespreksflarden vast, gehoord in de wind, gesprekken die van andere continenten aan waren komen zweven. Ze legde orale gedichten vast van vermaarde barden van wie de woorden zich een plaats hadden verworven in het collectieve geheugen, van wie de namen vergeten waren vanwege hun grote faam, maar van wie de ware namen in hun liederen verborgen lagen. Ze legde geïmproviseerde gedichten vast met ritmische klemtonen, gecomponeerd door vrouwen, onderweg van de ene koning naar de andere. Ze legde verhalen en mythen vast, en filosofische verhandelingen over de relativiteit van de Afrikaanse tijd en ruimte, hoe de tijd zowel eindig als oneindig is, hoe de tijd zich kromt, hoe de tijd ook danst, hoe de ruimte negatief is, hoe de ruimte altijd bevolkt is, hoe de ruimte onderdak biedt aan onzichtbare wezens en de ware bestemming van de dood is. Ze legde theorieën vast aangaande de kunst en het beeldhouwen, de geheime methoden van het brons gieten, de ingewikkelde geometrie en het symbolisme van het uitrekken van de menselijke gelaatstrekken, ontdekt door een oude beeldhouwer die zeven dagen verdwaald was in het bos en werd overweldigd door visioenen waarin hij de uitgerekte geest van zijn vader zag, gezeten in een gouden sfeer. Ze legde vergeten berichten van meteorologische ontdekkingen vast, berekeningen van afstanden tot sterren die tot op heden onopgemerkt zijn gebleven, en astronomische voorvallen: de datum van een stellaire explosie, een supernova die uiteenspatte boven de diepe droom van het continent, een aankondiging, aldus de waarzegger van een of andere koning, van de kortstondige nachtmerrie van de kolonisatie en van een uiteindelijke, verrassende wedergeboorte.

8

Het blootstellen van de aarde

De oude vrouw legde al deze dingen in code vast, in haar epische verhaal van onze levens. Terwijl ze begon aan een nieuwe cyclus van ons geheime verhaal, uitgeput van haar niet-aflatende inspanningen, alsook van de afbrokkelende bitterheid in haar hart, vloog er een gele vogel over haar heen.

In de verte hoorde ze mannen lawaai maken. Ze kwamen dichterbij, bomen omhakkend terwijl ze oprukten. De oude vrouw werd overspoeld door een golf van woede. Ze stond op en strompelde rond de hut, bevreesd voor de mogelijkheid dat ze haar afzondering niet kon waarborgen, ondanks al haar toverspreuken en bezweringen. Toen bleef ze staan. Ze hoorde vrouwenvoetstappen door het bos rennen, voetstappen waarin wanhoop doorklonk. En terwijl de oude vrouw glimlachte omdat er weer iemand in het labyrint van het bos verstrikt was geraakt, drong het opeens tot haar door welk lot er voor haar in het verschiet lag. Alles om haar heen loste op. De bomen verdwenen. De vogels, haar onzichtbare hek en de verschoppelingen die ze onder haar hoede had vervlogen in rook. Ze begreep dat de gemeenschap naar haar toe kwam, haar zou insluiten nu het bos werd gerooid. Na al die in eenzaamheid doorgebrachte jaren diep in het bos zou ze weldra weer midden in een getto wonen, waaruit geen ontsnappen mogelijk was. En met een vreemde stem, een stem van tweehonderdzeventig jaar oud, slaakte ze een kreet – een kreet die Pa in zijn driepotige stoel deed opschrikken.

'WAT HEB IK AAN MACHT ALS IK NIET KAN VERGEVEN!' riep ze.

Pa, die na zijn terugkeer van de markt in zijn stoel had zitten snurken, werd met een schok wakker. Hij keek om zich heen en sprak sinds lange tijd zijn eerste volledige zin.

'Er bestaan mensen met zoveel macht dat niemand weet wie ze zijn,' zei hij, waarna hij weer in stilzwijgen verviel.

'Wie dan?' vroeg ik.

Hij staarde me aan met doffe ogen waarin een flauwe emotie opflikkerde. Met gespitste oren leek hij op een aansporing te wachten. Na een poosje drong het tot me door dat hij weer in slaap was gevallen.

De vliegen roerden zich in de kamer; vogels vlogen in wilde patronen om de oude vrouw in het bos. Zij deed er nu ook het zwijgen toe, maar haar luide kreet had de dolende geest aan het schrikken gemaakt. Hij stormde door de ruimten in het bos. Dode bladeren en twijgjes dwarrelden spiraalsgewijs omhoog in de wervelwind die hij veroorzaakte. In het kielzog van zijn bezetenheid ontstond een hittenevel. Bomen lieten hun zaadpeulen en vruchten voortijdig vallen. Vogels klapperden met hun zware vleugels, snakkend naar zuurstof.

Terwijl de hitte toenam, aangeblazen door de wind, kreeg Ma, zich totaal onbewust van het labyrint, eindelijk de houthakkers in het oog. Overmand door een ongewone felheid stapte ze op de voorman af en zei: 'Wie heeft jou gevraagd de bomen om te hakken?'

‘De regering,’ antwoordde de voorman onverstoorbaar.

‘Welke regering?’

‘Zeg jij het maar.’

‘Wie heeft de boom omgehakt die bijna mijn zoon heeft gedood?’

‘Welke boom?’

‘De boom die bijna mijn zoon heeft gedood.’

‘We hebben niemand gedood – tot op heden,’ zei de voorman.

De andere houthakkers lachten. Een van hen zei: ‘Madame, gaat u toch weg. We hebben het druk. Dit is gevaarlijk werk.’

Ma wilde net een tirade gaan afsteken toen de wervelwind in hun midden verscheen en de brokkelige aarde alle kanten op blies, de takken afbrak, de mannen uiteenjoeg en hun tenten de lucht in liet vliegen. Toen stuitte de wervelwind op Ma en onttrok haar aan mijn zicht, terwijl er bomen met veel geraas naar beneden stortten waardoor de aarde werd blootgesteld aan een woeste leegte.

9

Het ontstaan van de hitte

Bij het vallen van de avond werd ik wakker. Pa was er niet. Ma was nog niet terug. Mijn boskoorts was gezakt. Ik kon niets zien in het donker. Behalve door de muskieten werd ik ook nog gekweld door de gedachte dat Ma was verdwaald in het bos en dat Pa was opgelost in zijn stilzwijgen.

De hitte van de wereld was veranderd, en de atmosfeer was verstikkend. De hitte was onverklaarbaar. Het was een genadeloze, naakte hitte, alsof er een ijzeren scherm voor een oven was weggerukt. Ik voelde de gloed in mijn bloed en toen ik me bewoog deed de lucht me smelten. Ik baadde in het zweet dat aanvoelde als vloeibaar metaal. Ik kon me niet verroeren vanwege de hitte.

Pa kwam binnen kuieren met een kaars, en in de eigenaardige lichtschijn ervan leek het alsof zijn hoofd van zijn romp was gescheiden. Hij ging op het bed zitten, met een gezicht als gesmolten brons. Zijn ogen waren groot, zijn neusgaten leken wel blaasbalgen en hij ademde de hete lucht diep in. Terwijl hij mijn hoofd aanraakte en het zweet hem in de ogen droop, sprak hij zijn tweede volledige zin. Zijn woorden ontvouwden het universum voor me en openden allerlei deuren waardoor talloze onvoorstelbare wezens naar buiten kwamen, die door de wereld raasden met een ongewilde gramschap.

'Onze geesten zijn gek geworden,' zei Pa.

'Waarom?' vroeg ik.

'Omdat we niet langer met ze communiceren,' antwoordde hij.

We zaten lange tijd zwijgend bij elkaar. Door de hitte werd de kaars zacht. Hij boog om tot hij eruitzag als een onafgemaakt vraagteken. Pa blies hem uit.

Rond middernacht kwam Ma thuis. Er hing een geur van natgeregende antilopen om haar heen. Ze had drie onbekenden bij zich die eveneens in het bos verdwaald waren geraakt. Toen Ma ze water te drinken gaf vervielen ze in een werktuiglijk refrein.

'Dat bos is vreselijk!' beweerden ze keer op keer, alsof hun verstand in een gat was blijven steken.

Wij hoorden ze aan toen ze de woorden bleven herhalen, alsof die hen op een of andere manier zouden kunnen verlossen van hun geesteskoorts. Na een poosje gingen ze weg. Ze stommelden naar buiten. Ze konden kennelijk niet meer vertrouwen op hun ogen of voeten.

Ma zei geen stom woord. Ze had zand en bladeren in haar haren, ze zat tot aan haar knieën onder de modder en haar jurk was vies. Ik was ontdaan door haar verbijsterde, doodsbenauwde gelaatsuitdrukking. Haar gezicht was hoekiger. Haar ogen stonden versuft. Toen ik bespeurde waar de emotie in haar ogen naar uitging, zag ik dat ze haar kostbare slaapstenen in haar hand hield. Ze leek zowel verward als bang. Pa glimlachte niet meer.

Er lag een verslagen uitdrukking op Ma's gezicht. Toen ze naar me toe kwam, met haar rug naar Pa gekeerd zodat hij het niet kon zien, opende ze haar handen en liet me de prachtige parels en regenboogkleurige stenen van licht zien die ze lang geleden mee had teruggenomen uit haar legendarische koninkrijk van de slaap. Ze had ze in de bosgrond begraven. Ze had ze diep begraven. Maar nu ik ze bekeek schrok ik bij de ontdekking dat hun magische licht was gedoofd. Ze zagen eruit als doodgewone stenen. Transparante stenen. Ik begreep het niet. Ma was stilletjes en zei de hele nacht geen woord. Ook zij was ten prooi gevallen aan de verlokking van het bos. Ook zij had nu boskoorts. We konden niet slapen vanwege die eigenaardige hitte.

10

Gramschap van de Dolende Geest

Op de middag van de volgende dag kwam de Dolende Geest voorbij en ontketende een rampzalige hittegolf waardoor vrouwen flauwvielen, mannen naar adem snakten en adelaars uit de lucht tuimelden. Vlinders fladderden wild in de verschroeiende lucht. De hittegolf overrompelde hagedissen en spinnen, lokte witte slangen uit hun holen en deed landschildpadden en katachtigen, verzwakt door een zonnesteek, bezwijken op rijen omgevallen bomen. Vanuit het bos klonken vreemde geluiden van dieren die de verstikkingsdood stierven. Het waterpeil in de putten daalde en overal in onze wijk klaagden de mensen over de ongewone hitte.

Flessen spatten uiteen op straat. De weg werd een kokende rivier. Planten verdroogden. In de muren van onze huizen kwamen scheuren. Het water was heet en maakte ons alleen maar dorstiger, en door de uitdroging konden we geen adem meer krijgen. Onze monden hingen open, onze ademhaling werd zwak en we waren niet bij machte te spreken. In de gezichten van de mensen kwamen scheuren. Op straat spelende kinderen zakten plotseling in elkaar. De lucht was bladstil.

Kippen en geiten lagen op straathoeken, af en toe stuiptrekkend, hun ogen star en dromerig.

Gedurende de drie dagen dat de Dolende Geest de stad aandeed was de hitte genadeloos. In zijn kielzog vloog er van alles spontaan in brand. Op de marktpleinen ontstonden onverklaarbare vuren. Strohutten gingen knisperend in vlammen op. Marktstallen begonnen zomaar te roken. En op de derde dag werd de hitte in onze straat nog erger en nam de gedaante aan van felgloeiende wolken die zwart werden toen de avond viel. De sterren stonden die nacht in lichterlaaie, de maan was heet en wij ademden het vuur van de slapeloosheid in. We hoorden zwangere vrouwen schreeuwen in de drukkende hitte.

De hitte maakte de nacht tot een oven. Mensen zaten verdwaasd voor hun huizen en tuurden zwijgend naar de lucht. De hitte maakte alles ouder, ze maakte de nacht stokoud. En voor het eerst werden we ons bewust van een diepe stilte die er voorheen nooit was geweest. Het bos zweeg en door de lucht van vloeibare hitte kwamen geen stemmen naar ons toe.

Onze lichamen brandden die nacht. De lucht maakte vreemde plofgeluiden. En zelfs de vuurvliegjes hadden hun lichtjes gedoofd. Padden en kikkers kwaakten niet, de uilen krasten niet, maar ik zag wel de oude vrouw in het bos, zwevend op een blok ijs, terwijl de Dolende Geest zijn argeloze wraak losliet op onze levens. Het blok ijs, wit in het maanlicht, smolt onder het vlees van de oude vrouw, van wie de ogen zo helder waren als kristal.

Nadat ze aanmerkelijk was afgekoeld strompelde de oude vrouw samen met het eenbenige meisje naar de rivieroever. Ze haalden water uit een geheime bron die koeler werd naarmate de luchttemperatuur steeg. Ze lieten de dieren drinken. Ze gaven het magische water aan de verschoppelingen waarover ze zich ontfermd hadden, de ontheemde beesten en de gewonde antilopen.

In het hele bos ontwaakten geesten uit hun eeuwenoude slaap. Uit hun bosbehuizingen verdreven elfen dansten op de kokende rivieren.

Toen stuurde de oude vrouw een koele bries door de nachtruimten die de naar adem snakkende dieren tijdelijk verlichting bracht. De wind blies door onze straat, een kalmerende luchtstroom die ons enige slaap toestond, maar het waren slechts enkelingen die sliepen die nacht, want de wind, zwaarbeladen met de hitte die hij tot afkoeling had gebracht, werd nu zelf heet.

Intussen bevond de Gouverneur-Generaal zich in zijn witte herenhuis in het Regeringskwartier waar drie bedienden hem koelte toewuifden. Zijn vrouw lag half bezwijmd in de woonkamer waar de elektrische ventilators niet opgewassen bleken tegen de hitte. De Gouverneur-Generaal was net klaar met zijn eerste versie van het herschreven verhaal van onze levens. Hij legde zijn pen neer, kuierde naar de erker, keek naar buiten, zag de nacht met zijn oranje gloed, de withete sterren aan de hemel, de roodgetinte maan, en begon na te denken over het continent. Hij peinsde over de passage in de *Metamorphosen* van Ovidius waarin gesproken werd over de strijdwagen van de zonnegod – gemend door diens eigenzinnige zoon – die vlak langs de aarde scheerde en daar de bomen verschroeide, het land veranderde in een dorre woestenij, de wateren in beroering bracht en zo dicht over Afrika heen kwam dat hij de huid van de inwoners blijvend verbrandde en daarmee hun huidskleur voor altijd veranderde. De hitte drong de hersenen van de Gouverneur-Generaal binnen en uit golven van duizeligheid rees de vraag die hij hardop stelde aan zijn vrouw, die inmiddels de ultieme reden had gevonden om terug te keren naar haar geboorteland met zijn koele klimaat.

'Wie moeten we geloven?' zei hij. 'Herodotus of Ovidius? De geschiedschrijver of de dichter?'

'Schat, wat heeft Herodotus met deze hitte te maken?' vroeg zijn vrouw.

'Wel, lieve, Herodotus beweert dat de goden, mythen en wijsgerige denkbeelden van het oude Griekenland uit Egypte stamden, dat wil zeggen uit Afrika.'

'De hitte, schat, doe iets aan die hitte,' antwoordde zijn vrouw koeltjes.

'En als we Ovidius mogen geloven dan waren de Afrikanen oorspronkelijk blank voordat de strijdwagen van de zon ze verbrandde.'

'Geloof wat je wilt, schat, als je maar iets aan die hitte doet.'

'En dan zijn er natuurlijk nog een paar geschifte antropologen die menen dat de mens zijn oorsprong heeft in Afrika. In dat geval was het hier in die ver vervlogen tijd lang niet zo heet en waren de Afrikanen blank. Ik denk dat ik de mening van de dichter ben toegedaan.'

Zijn vrouw opende haar ogen, wierp hem een ijzige blik toe en zei: 'Ik heb kennelijk voor dovemansoren gesproken. Deze hitte roostert ons levend. Als je er niet iets aan doet zal ik nooit meer een woord tegen je zeggen, lieve.'

Maar de Gouverneur-Generaal was zo in zijn schik met zijn voorstelling van zaken dat hij begon te lachen. Zijn bedienden wuifden hem koelte toe maar brachten de hitte nauwelijks in beroering; er sprong een raam; hun dochter werd wakker; een ander raam spatte in splinters uiteen. Muskieten en uitzinnige vuurvliegjes vlogen naar binnen. De Dolende Geest zweefde over het huis en in de bijkeuken vatte een fles wonderolie vlam. Het vuur verspreidde zich rond het huis, bracht voorraadpotten tot ontploffing en verzengde de goed onderhouden tuin met zijn jasmijnstruiken en chrysanten. En terwijl de Gouverneur-Generaal zijn gedachten liet gaan over Ovidius' indirecte theorie van het rassenonderscheid, had zijn dochter boven in haar kamer te kampen met hallucinaties waarin vuurgeesten van de lucht via haar mond en tussen haar benen haar lichaam probeerden binnen te dringen. De bedienden ontdekten de brand in de keuken; de paniek greep om zich heen; zachtjes brandend verspreidde het vuur zich kalmpjes via de Perzische tapijten. Toen de leden van het huishouden van hun verbazing waren bekomen merkten ze dat de muren en vloeren waren geschroeid en ze vonden verbrande boeken waarvan de omslagen en illustraties nog intact waren. En in het hele huis, alsof het vuur en de as monsterlijke wonderkinderen hadden voortgebracht, bevonden zich enorme zwermen zwarte vlinders met groene ogen, schepsels van de god van de chaos.

In het spoor van de Dolende Geest vatten huizen vlam, vlogen auto's in brand, en er waren mensen die beweerden dat ze groene flikkeringen in de lagune hadden gezien. Sommigen spraken zelfs van dunne vuurslierten die de wind verzengden. Het vuur verplaatste zich door de lucht, zichzelf onderwijl voortplantend. En in onze kamer waar Ma in haar benauwenis op het bed lag en Pa rasperig ademend op zijn stoel zat, droomde ik dat ik zag hoe het vuur zich in een horizontale spiraal naar de oude vrouw in het bos bewoog. Toen deed ze iets wonderlijks. Ze greep het vuur met haar rimpelige handen, stopte het in haar aardewerken pot en begroef die een meter diep in de stevige grond. En toen ze terugkeerde naar haar kleed stokte haar adem van verbazing in het besef dat ze een aanschouwelijk verhaal had gemaakt over de vurige geest die ontwaakte op de negende dag van de apocalyptische chaos op aarde. In wat voor gemoedsstemming had ze verkeerd toen ze haar draden van vuur rond onze levens weefde? Zich bewust van de zwijgende wraakzucht van de bosgeesten en van de uit evenwicht gebrachte krachten van onze wereld, pakte ze haar wonderbare draad weer op en begon aan een tegenzet. Haar haren waren geel onder de rode maan. Al werkend zuchtte ze diep, en aan het begin van het bos stak een wind op die door onze straat woei. Toen riep ze met een dodelijk vermoeide stem: 'Na het vuur de vloed!'

En de Dolende Geest, losgebroken uit zijn eeuwenoude droom, ging van stad tot stad, van land tot land. En aangezien hij toch voor altijd ontheemd was zwierf hij daarna over de hele wereld en verspreidde zijn grillige hittegolven, spontane branden en ongewone weersgesteldheden overal waar de omstandigheden gunstig waren. Hij veroorzaakte droogte, schiep dorre vlakten in landen met een rijke plantengroei en riep wegen in het leven waarop niets wilde groeide en waarlangs alleen de god van de chaos zou reizen. Hij onderhield zich met de andere negatieve krachten die waren ontketend in de nieuwe tijd en bleek verwantschap te voelen met de vervuiling en de straling van onze eeuw.

11

Het verbranden van de toekomst

Later die nacht, in die onontkoombare hitte, glinsterden Ma's ogen van angst. Pa zat te schommelen op zijn driepotige stoel. Ik voelde dat er iets onze kamer binnenkwam en werd wakker.

'Ze verbranden onze toekomst,' zei Pa.

'Wie?' vroeg Ma.

'Aan de overzijde van de oceanen,' luidde Pa's raadselachtige antwoord.

Er volgde een lange stilte. De wind woei zachtjes naar binnen en blies de hitte van onze gezichten. Ik zag naast Pa een groen licht opgloeien en schreeuwde het uit omdat ik meende dat het huis in brand stond. En toen ik overeind sprong van de vloer rook ik de geur van het bos en werd de persoonlijkheid van een groot dier gewaar. In een flits van helderheid zag ik de smaragdgroene luipaard aan Pa's voeten zitten. Hij had ogen als diamanten. Toen ik opkeek naar Pa verflauwde zijn aura. Daarna schrompelde zijn aanwezigheid ineen en verdween hij.

'Ergens is een machtige luipaard aan het doodgaan,' zei Pa.

'Hij is weg,' zei ik.

'Morgen gaat het regenen,' zei Ma.

Het zachte briesje bracht slaap. Pa sliep met Ma, omringd door vuur, dromend van regen. Ik sliep op de vloer en droomde van de oude vrouw in het bos die op een blok ijs had rondgezweefd.

12

Het geheim van de hittegolf

De volgende ochtend zeiden de mensen uit de straat dat ze een gele bloem in de lucht hadden zien zweven. Het regende niet, maar de hittegolf boette in aan kracht en hoewel het niet koel was, was het ook niet snikheet. Het waterpeil in de putten steeg op raadselachtige wijze. Kippen en honden scharrelden lusteloos rond, op zoek naar eten tussen het afval. Landschildpadden en vogels, witte slangen en hagedissen hadden in onze straat de wraakzucht van de Dolende Geest met de dood moeten bekopen. Houthakkers waren bezwijmd en we hoorden verhalen over een kuchende luipaard tussen de bomen. In de stad waren twintig mensen bezweken aan de hittegolf.

Terwijl ik in de kamer aan het herstellen was van de koorts die gepaard ging met mijn hersenschudding – het gevolg van de grote iroko die boven op me was gevallen – zag ik dat het huis van de Gouverneur-Generaal niet tot de grond toe was afgebrand. Zijn dochter verkeerde nog steeds in grote verwarring doordat ze zich in een vlammenzee had bevonden. Zijn papegaai, die hij een paar Afrikaanse woorden had leren zeggen, was verkoold in zijn zilveren kooi. De muren van het huis en de tapijten waren verschroeid. De bijkeuken was in vlammen opgegaan. Een van zijn bedienden had brandwonden opgelopen toen hij de dochter redde. Uren later ijlde ze nog steeds, mompelend over de zwarte duivels die ze in het naderende vuur zag dansen. De eerste versie van het verhaal waarin de Gouverneur-Generaal onze levens had herschreven was nog intact, maar het was bezaaid met onverklaarbare spikkeltjes gouden as.

En terwijl de Gouverneur-Generaal voorbereidselen trof voor de ophanden zijnde verkiezingen en de inhuldiging van de eerste president, terwijl hij zijn rijk terugtrok uit ons land, weliswaar met achterlating van immense schaduwen om onze vooruitgang te belemmeren, terwijl hij serieus begon te praten over een terugkeer naar zijn landhuis in de buurt van Winchester om aldaar zijn memoires te schrijven, boog de oude vrouw in het bos zich over een eerder stuk van haar verhaal en weefde in de beschikbare ruimten een vriendelijke mythe over de oorsprong van de blanke mens.

Pa ging voor het eerst in een week weer naar zijn werk. Ma ging de straat op om sardines, kaarsen en sinaasappelen aan de man te brengen. Toen ze thuiskwam vertelde ze ons dat Madame Koto, volledig hersteld van haar aanval van waanzin, aan haar terugreis naar onze levens was begonnen. De grote bijeenkomst voorafgaande aan de verkiezingen was gepland voor september. Madame Koto kwam terug om haar invloedrijke rol te hervatten. Maar het was niet het vooruitzicht op de herrijzenis van Madame Koto waardoor het zo'n onvergetelijke dag in mijn leven werd. Dat kwam door het nieuws dat Pa mee terugbracht uit de buitenwereld.

Toen hij die avond thuiskwam van zijn werk riep Pa ons bijeen in de kamer. Hij stak een wierookstokje aan, schonk een plengoffer uit voor zijn voorouders en bad tot de hemelse machten om ons kleine gezin en de rest van de wereld te beschermen.

'Mijn vrouw, mijn zoon,' zei Pa op plechtige toon. 'De blanken hebben zojuist een grote bom op ons achtererf tot ontploffing gebracht.'

'Toch niet op ons achtererf hier!' riep Ma uit.

'Doe niet zo onnozel,' zei Pa, terwijl hij haar een boze blik toewierp. 'Het achtererf van ons land. De Atoombom, noemen ze dat ding.'

'Wat is een Atoombom?' vroeg ik.

'Dat is een vuur dat de hele wereld kan vernietigen,' zei Pa ernstig.

Toen vertelde hij over de explosie die het hele continent aan het schudden had gebracht en de golven over de onafzienbare weidsheid van de Atlantische Oceaan had laten razen. Hij boezemde ons angst in met de gedachte aan gevaarlijke geesten, ziekten, aardbevingen en akelige lotswendingen die op de loer lagen. We luisterden zwijgend, denkend aan de explosie die onze toekomst in een hinderlaag zou lokken.

Toen Pa klaar was met zijn verhaal over de bom begon Ma stilletjes te huilen. Ik huilde ook. Voor het eerst kwam het bij me op dat de aarde misschien niet voor eeuwig zou voortbestaan.

13

Dolores mundi

Die nacht droomde Ma voor het eerst over de heimelijke zielensmart van de engelen.

14

Onzichtbare boeken

Er bestaat een verhaal over een Afrikaanse keizer die opdracht gaf alle kikkers in zijn rijk uit te roeien omdat ze zijn nachtrust verstoorden. De kikkers werden doodgemaakt en hij sliep vredig tot de muskieten, met wier larven de kikkers zich hadden gevoed, hun opwachting maakten en ziekten verspreidden. Zijn volk vluchtte weg en wat ooit een fier land was geweest verwerd tot een dorre woestenij.

Maar de aarde bleef tenminste bestaan.

Pa vertelde dit verhaal nogmaals, in flarden, tussen zijn lange perioden van stilzwijgen door. Het was echter niet de geleidelijke kap van de bomen of het nieuws van de apocalyptische bom die zijn geest weer tot leven bracht. Het had evenmin te maken met de afzwakkende hittegolf of de atomische dampen in ons bloed. Geen van deze dingen vormde de ware reden van Pa's herrijzenis uit zijn diepe stilzwijgen.

Op een middag kwam hij vroeg thuis van zijn werk en begon te zoeken tussen de door hem verzamelde boeken, waaruit ik hem placht voor te lezen. De nieuwe hitte had zich permanent in onze levens genesteld. Ik zag hoe hij zich badend in het zweet vooroverboog, bladerend in de boeken waarvan de bladzijden waren bedekt met spinnenwebben.

'De spinnen van Afrika hebben deze boeken gelezen,' zei hij.

Toen moest ik hem voorlezen over een Afrikaanse koning die in een veldslag door een wild zwijn van de dood was gered. Het verhaal was hem als kind verteld en toen hij later ontdekte dat het in een boek was neergeschreven, was hij opgetogen geweest. Terwijl ik hem voorlas viel hij in slaap. Toen het verhaal uit was schrok hij wakker en zei: 'Weet je, Azaro, toen ik een kind was als jij, toen lazen de geesten me voor uit onzichtbare boeken, geschreven door onze voorouders. Destijds begreep ik ze niet. Op een dag, mijn zoon, zul jij enkele van deze onzichtbare boeken zichtbaar maken.'

Hij viel weer in slaap en ik luisterde in stilte naar de verhalen die de wind vertelde. Vanuit vreemde gezichtspunten vertelde verhalen, waarvan de logica een serene geest en een open hart vereiste teneinde ze te kunnen volgen. Verhalen over tal van onzichtbare levens die nog steeds hun hartstochten uitleefden in de ruimten die nu door ons werden ingenomen. De wind vertelde verscheidene verhalen tegelijk, de verschillende draden met elkaar verwevend als vele stemmen die in harmonie allerlei liederen door elkaar zingen. Na de hittegolf school er prachtige muziek in de koelte van de wind. Terwijl ik volledig opging in de verhalen sprong Pa plotsklaps op van zijn stoel. Hij trok haastig zijn laarzen aan en stampte met zijn voeten op de grond, zodat het buffet stond te trillen.

'Ik word geroepen,' zei hij, waarna hij de kamer uit stoof.

Ik gaf hem een kleine voorsprong voordat ik hem achternaging. Zijn geest was eindelijk weer door iets tot leven gebracht. Pas toen hij weg was en zijn schaduw werd geplaagd door een voorteken, begreep ik wat hem wakker had gemaakt. Het was de oude luipaard, kuchend in het hart van het heilige bos, wiens geslacht met uitsterven werd bedreigd.

Boek 3

I

Het heiligdom in het labyrint

Elke gemoedsstemming is een verhaal, en elk verhaal wordt een gemoedsstemming. In het bos was de wind vol van gemoedsstemmingen. Ik volgde Pa door de gemoedsstemming van de bomen die op het punt van sterven stonden. Mijn voetstappen waren licht op de gevallen bladeren. Pa ging dieper het bos in, af en toe stilstaand om te luisteren naar geluiden die alleen hij kon horen. Ik zag dat de ontheemde geesten hem eveneens volgden, luisterend naar de typische melodieën van zijn wezen, nieuwsgierig naar zijn aard. Sommige van hen waren plaagziek, op het wrede af. Ik zag ook dat ze hem ondanks hun boosheid geen van alle kwaad wilden doen. Pa trok een hele schare geesten aan toen hij van de ene bomengroep naar de andere liep, op zoek naar het mysterieuze dier.

Pa was immuun voor de boskoorts en de fata morgana's; hij was immuun voor de verlokkingen van het labyrint. Hij legde lange afstanden af, van de rivieroever naar de cederbosjes, op zoek naar de luipaard die hij niet kon vinden. Hij bleef het gekuch van het grote beest horen. Het leek steeds dichtbij, maar in zijn waanzin bedacht Pa geen moment dat het dier hem weleens zou kunnen aanvallen. En toen hij er niet in slaagde de luipaard te vinden – waarvan de verschijningen hem moed hadden gegeven – toen hij bezweek aan een gevoel van verwarring, toen verloor hij zijn immuniteit voor het labyrint en werd het bos een onheilspellende plek. Van de bomen en fluitende vogels ging opeens een broeierige, waakzame dreiging uit. Ik zag mijn vader trillend op een omgevallen boom zitten.

Niet lang daarna kwam hij weer overeind en liep rond in cirkels, bezweringen mompelend. En toen, alsof hij in trance was, stormde hij naar een open plek, omringd door ceders en apebroodbomen. Aan alle kanten rezen witte rotsen omhoog, alsof er ooit een marmerheuvel in het bos was geweest. Blauwe en gele bloemen bloeiden op de stenen. Water sijpelde uit een spleet. Op een uitsteeksel zat een rode vogel met een oud gezicht. De aarde was wit, de lucht geurde naar geluk en de wind was puur. Het bos leek ver weg, en de stralende witte ruimte was als een paradijs binnen datzelfde bos. Overal groeiden roodbespikkelde witte bloemen.

Pal voor de marmerrotsen, als wonderbare gestalten in een visioen, bevonden zich de standbeelden. Het waren mensen met intelligente gezichten en vreedzame persoonlijkheden, met een oor voor de belangrijke geboden van het universum. Ze stonden allemaal rechtop en hielden zich doodstil. Ze leken te leven, maar ze verroerden zich niet, alsof hetgeen waar ze naar luisterden hen betoverd had. Zelfs de wind bracht hen niet in beroering, zelfs de witte slangen die over hun hoofden kronkelden brachten hen niet van hun stuk. Om hun halzen glinsterden juwelen. Slakken kropen langs hun lichamen omhoog, aan hun voeten bevonden zich schildpadden. Hun ogen waren levendig, waakzaam en kalm, alsof ze hun waarde en plaats in de geschiedenis kenden, alsof ze zich van alles bewust waren. Ze hadden geen tweedracht in hun ziel, geen vertwijfeling noch angst voor wat ook ter wereld. De standbeelden waren verzonken in de mysteriën van hun tijd, een ras van hogere wezens die de eeuwige rust genoten in hun heiligdom. En tegelijk schenen ze permanent gespitst op een geheimzinnige roep die zou weerklinken vanuit de met goden bevolkte gebieden in de ruimte, een volk dat bereid was zijn land voor altijd te verlaten. Een volk dat de ultieme ballingschap kende. Het leek wel alsof ze van een verre planeet waren gekomen en de geest van die planeet met zich hadden meegebracht, zodat ze zich thuis voelden in het heilige bos maar tegelijkertijd bereid waren om bij de geringste waarschuwing te vertrekken.

Zo stonden de standbeelden daar in die witte ruimte, met prachtige, langgerekte gezichten, fraaie inkervingen, korte armen en zeven vingers. Sommige hadden naar binnen gekeerde voeten en glazen ogen. Het was een ras van luisterrijke krijgers en tegelijkertijd vormden ze het wijste en vreedzaamste volk ter wereld.

Ze stonden rij aan rij, in rechte lijnen, de kleinsten vooraan, de langeren daarachter. De allergrootsten waren even gigantisch als de woudreuzen waardoor ze werden omringd. Dwergen, mensen van gemiddelde lengte en reuzen leefden samen in volstrekte gelijkmoedigheid.

Een fletse rozerode nevel hing vlak boven hun hoofden terwijl ze daar stonden, in volmaakte rust. Vogels kwinkeleerden alom. Stromend water fluisterde tussen de stenen, zeldzame bloemen en kruiden parfumeerden de wind. De beelden leken zich te bewegen, en toch deden ze dat niet. Ze waren harmonieus en geheimzinnig, wellicht gemaakt door verlichte vreemden van een andere planeet, ter ere van een van de heilige plaatsen van de aarde.

Iedereen kende de verhalen van hun fabelachtige helende krachten. Iedereen kende de geruchten dat ze de hoeders van een geheime godsdienst waren. Dit waren de legendarische standbeelden waarover eeuwenlang was gepraat maar die niemand ooit had gezien.

Ik stond in stille verbazing voor de ontzagwekkende figuren. Ik ademde de lucht van hun betovering in en zoog hun rust in me op. Wonderschone geesten dansten op de open plekken. Ik werd overweldigd door de gemoedsstemming van deze zwijgende stenen. Ik was diep onder de indruk van hun waardigheid. Verbluft door de humorvolle beschouwelijkheid in hun ogen. Ik verloor me in hun luisterende kalmte.

De wind omringde me met hun overpeinzingen. En toen scheen er tussen de stenen even een bovenaards licht, dat meteen weer verdween. Een van de standbeelden bewoog en mijn hart sloeg een slag over. Onpeilbaar diepe ruimten openden zich in mijn ziel. En toen kwam Pa tussen de stenen vandaan op mij aflopen, glimlachend.

'Mijn geheime oefenterrein is hier vlakbij.'

'Hier vlakbij?'

'Ja, niet ver hier vandaan. Ik kom er al jaren om te trainen, maar dit is de eerste keer dat ik deze plek heb ontdekt.'

Hij ging naast me zitten op de grond. We keken geboeid naar de rijen standbeelden. Het waren net bevroren geesten, bevroren dromen.

'Er bestaat een legende waarin wordt beweerd dat deze stenen 's nachts tot leven komen. Dat ze veranderen in magische antilopen en in mensen, en wonderen verrichten in onze verdorven wereld,' zei Pa.

Door zijn woorden stak er een saffraangeel briesje op in mijn geest.

'In een recentere legende, ontstaan in onze tijd, wordt beweerd dat de bij ons uit de straat verdwenen mensen in deze stenen zijn veranderd. En weer een andere legende zegt dat de beelden veranderen in mensen en als vreemden in ons midden komen leven, teneinde onze harten te doorgronden.

Het zijn boodschappers van de goden, spionnen van de god van de gerechtigheid. Ze bevinden zich overal ter wereld.'

Pa zweeg weer. Een zwerm witte vogels cirkelde in de lucht en streek neer op de takken van de kleine boom in het hart van het heiligdom.

'Deze stenen kennen het geheim van de tijd en de schepping. Daarom bezitten ze helende krachten. In vroeger eeuwen maakten mensen pelgrimstochten naar deze plek. Ze brachten hun zieken en stervenden mee, die hier genezing vonden. Priesters van oude religies hielden hier hun inwijdingsceremoniën. Deze plek vervulde hen met wijsheid en diende tevens als orakel. Sommige mensen geloven dat God na de schepping van de mens deze stenen maakte, maar ze niet bezielde. Hun geesten zijn puur. De eeuwen verstreken en wij vergaten ze, en niemand heeft ze sindsdien gezien.'

2

Een twijfelachtige oude vrouw

Pa was nauwelijks uitgesproken of we hoorden een doodsbang gejammer vlak bij ons in het bos. De vogels vlogen op, niet in een warrelend gefladder, maar allemaal tegelijk. Ze cirkelden door de lucht terwijl het gejammer aanhield. Ergens anders, diep in het bos, hoorden we hoe een boom werd geveld en de echo's van zijn dood langs het aardoppervlak joeg. Opnieuw doorboorde het gejammer de lucht, luider ditmaal, alsof de doodsangst die erin weerklonk op een of andere manier met de gevelde boom te maken had.

Pa kwam overeind en zonder het stof van zijn broek te slaan liep hij weg in de richting van de stem. Ik vergezelde hem op de paden. Het gejammer bleef ons ontwijken. Tweemaal bleef Pa staan omdat hij wilde terugkeren naar het heiligdom. Maar de stem bewoog zich van ons af en we wisten niet zeker of we alleen maar een echo volgden. We liepen dieper het bos in, langs een kaarsenboom in volle bloei, tot we het magnetische veld van het heiligdom verlieten en bij een dichte begroeiing van overhangende klimmers kwamen die naast het bospad een grot van planten vormden. Een stem lokte ons dit groene hol van lianen en bladeren in, waar we een oude vrouw op de grond zagen liggen, met naast haar een gele lantaarn. Ze was stokoud en van top tot teen bedekt met zweren en karbonkels. Haar flonkerende ogen lagen diep verzonken in een gezicht met paddestoelvormige gezwellen. Ze was oud en broos en ze stonk. Haar kleren waren weerzinwekkend en al met al bood ze een afstotelijke aanblik. Ze had een scherpe, bijna snavelachtige neus en een afschuwelijke krassende stem waarin een ziedende verbittering doorklonk.

'Ga weg! Ga weg voordat ik jullie vervloek met mijn ziekten!' riep ze met de stem van een oude heks.

Pa was met stomheid geslagen door haar lelijkheid en haar karbonkels. Haar stem ontvouwde een visioen van wormen in mijn hoofd. Haar rechtervoet bloedde. Pa was bang voor deze verschijning, voor dit schepsel dat nog lelijker was dan de fetisjen die het kwaad uit de nachtdomeinen van onze voorouders verjoegen. Toch boog hij zich naar haar toe en zei: 'Hebt u hulp nodig?'

De oude vrouw spoog een stinkende mondvol gal naar Pa en schreeuwde: 'Ga weg, of maak me nu meteen dood! Loop voor je leven voor ik in een luipaard verander en je verslind!'

Pa bleef stokstijf staan. De wind ritselde in de bladeren. De avond daalde langzaam op ons neer. Na een lange stilte zei de oude vrouw: 'Jagers hebben geprobeerd me te doden.'

'Waarom?'

'Ze dachten dat ik een antilope was.'

'Een antilope?'

'Er was een blanke bij ze.'

'Wij hebben geen jagers gezien.'

'Geen jagers?'

'Nee.'

De oude vrouw probeerde te gaan staan. Pa maakte een beweging, aarzelde, en hielp haar toen overeind.

'Ik ben een oude vrouw,' zei ze, terwijl haar stem op raadselachtige wijze zijn krasserigheid verloor. 'Ik kan niet lopen. En ik heb een heel eind te gaan.'

'Waar moet u naartoe?'

'Naar mijn huis.'

'Waar is dat?'

Ze wees met haar knokige vinger. Er viel weer een stilte. Een zacht briesje veranderde de atmosfeer. In de verte hoorden we iemand zingen. De atmosfeer veranderde onze gedachten. Ik pakte haar ruwhouten wandelstok met het gevorkte uiteinde, gesneden uit de tak van een oranjeboom. De oude vrouw strompelde langzaam voort, haar ene misvormde hand lag om Pa's nek en in de andere droeg ze de gele lantaarn. We waren muisstil toen we het pad insloegen. We liepen lange tijd. Vogelgeluiden vergezelden ons. De oude vrouw hield een poosje haar mond, maar haar aanwezigheid vulde mij met woorden. Haar vogelkopje en opvallend groene ogen straalden merkwaardige denkbeelden uit. Ze wendde haar blik geen moment van me af.

Ze voerde ons rond in een wijde cirkel. Tweemaal passeerden we de grot. En toen we er voor de derde keer langskwamen gaf ze een pesterig, kakelend lachje ten beste. Bij de ingang van de grot zag ik een zilveren ei. Ik stond op het punt iets te zeggen toen ze Pa tot stoppen maande omdat ze even wilde rusten. Ze wendde haar gezicht naar mij en zei: 'Wist jij, mijn zoon, dat er in voorbije tijden kleuren waren die de mensen niet konden zien?'

Ik staarde haar aan, van mijn stuk gebracht. Ik zag de karbonkels niet meer. Haar geur was nu bijna welriekend. In een flits zag ik in haar oude gezicht een klein meisje doorschemeren.

'In voorbije tijden,' vervolgde ze, 'konden de mensen engelen zien. Nu zijn ze niet eens in staat hun medemens te zien.'

Ze liet opnieuw haar kakelende lachje horen en gaf Pa te kennen dat ze de tocht wilde voortzetten. Ze sprak niet, maar haar aanwezigheid was als een gemoedsstemming van talloze verhalen. We kwamen langs bomen met trossen rode spinnenwebben, bomen met nestelende vogels in hun stam. We liepen diep het bos in en overschreden alle ons bekende grenzen van het gebied. Pa stelde geen vragen. De vrouw strompelde voort met zichtbare pijn en toen Pa haar optilde kreunde hij en zei: 'Wat bent u zwaar!'

'Ik ben een oude vrouw,' antwoordde ze.

'Hoe ver moet u nog?'

Ze wees opnieuw.

'Niet ver,' zei ze.

We liepen lange tijd. We cirkelden rond in ingewikkelde patronen tot we bij een rivier kwamen.

'Naar de overkant,' zei ze.

Pa aarzelde. Toen wendde hij zich tot mij.

'Wacht hier op me,' zei hij. 'En als ik voor het donker niet terug ben, moet je naar huis gaan.'

De oude vrouw gaf me haar gele lamp en zei: 'Deze mag je niet meenemen naar huis. Laat hem staan aan de rand van het bos.'

'Pa, ik zal op je wachten,' zei ik.

'Ik ben zo terug,' antwoordde hij.

Ik zag hem in de rivier stappen. Ik zag zijn rug rimpelen onder het gewicht van de oude vrouw. De oversteek was lastig, maar hij hield de oude vrouw hoog in de lucht en bracht haar naar de overkant zonder dat haar lichaam nat werd. Toen hij aan de overzijde uit het water waadde draaide hij zich naar mij om. Ik kon hem niet duidelijk zien. Hij schreeuwde iets wat door de rivier werd meegevoerd, en toen verdween hij in het bos aan de andere kant.

3

Dialoog met een ongelukkig meisje

Ik zat met mijn rug tegen een boom. De lamp wierp rondom zijn spookachtige licht. Van de overzijde van de rivier zag ik de nacht op me afkomen. Schaduwen van bomen vloeiden langzaam ineen. Een blauwe nevel rees op uit het bos. Een uil cirkelde om de hoogste boom, streek neer en begon te krassen. Het water murmelde zachtjes. De binnendringende nacht was groen. De einder was een goudroze gloed die ik nooit eerder had gezien. Rode maan. Gele sterren. Het bos sprak in vele dialecten. Ik zat lange tijd te wachten, zigzaggend door een droom waarin ik Pa de oude vrouw over lange afstanden zag dragen, naar een ander land voorbij de grenzen van de mens.

Toen ik wakker werd door een geluid dat ik niet kon thuisbrengen, keek ik om me heen en zag dat het bos was veranderd. Het licht was anders. De wereld was gehuld in een schemerdonker. Ik had het gevoel dat ik stilletjes was ontvoerd naar een ander land. In het getemperde licht raakte het bos bevolkt. Toen ik de koehoorns, fluiten en trommels hoorde van mensen die zich over het bospad repten, verstopte ik me snel in de struiken. Het bos was nu donkerder dan de lucht. De muziek kwam voorbij en ik zag mensen met gespleten hoeven over het pad dansen. Ze dansten op de onstuimige muziek.

De schemermensen vormden een fascinerend stelletje. Ze hadden vreemde gezichten. Onaffe gezichten. Of juist gezichten met te veel gelaatstrekken. Sommigen ontbrak het aan een neus, aan ogen, tanden of handen. Anderen hadden een overschot aan neuzen, oren en tanden. Er waren erbij met een buitensporig aantal benen. Misschien moesten zij het verste lopen. De meesten spraken met een nasaal geluid, alsof ze nog steeds niet aan hun neuzen gewend waren. Het leken wel geesten die delen van de menselijke anatomie hadden geleend.

Ze dansten niet allemaal op de muziek. Sommigen hoorde ik in de lucht snuffelen, met de bewering dat ze iets smerigs roken. Toen realiseerde ik me dat velen van hen geen ogen hadden en voor hun zicht afhankelijk waren van anderen mét ogen, zoals degenen zonder oren voor hun gehoor afhankelijk waren van hen die wel oren bezaten. Ze dansten voorbij, speelden hun melodieuze muziek, kibbelden en praatten door hun neus. Verscheidenen hadden voeten die zijwaarts of naar achteren waren gericht. Sommigen hadden geen tenen. Ik ving een glimp op van hun lange halzen en beschilderde gezichten. Een groot aantal had ogen op het achterhoofd als een mensenras dat zich alleen maar herinnert, dat alleen maar terugblikt naar het verleden. Sommigen hadden bevederde armen, als vogels die zijn vergeten hoe ze moeten vliegen. Anderen hadden hoofden met stekels als van een stekelvarken, alsof hun gedachten altijd puntig zouden zijn. Ik zag enkelen met lange, omhoogkrullende teennagels en benen als van een schaaldier. De meer ontwikkelden onder hen droegen een bril.

Bij sommige vrouwen groeiden kinderen uit de rug. Anderen hadden knobbelige benen van de verschrikkelijk lange afstanden die ze hadden afgelegd. Weer anderen waren doormidden gesneden alsof ze incompleet door het leven moesten. Eén vrouw had drie handen en een uitgezakte kin. De vooraanstaande vrouwen droegen vliegenmeppers, de lofzangers klepperden met duimkleppers. De hele meute danste langs me alsof ze terugkeerden van een uitgelaten bijeenkomst, of naar een fantastisch geestenfeest gingen, of op zoek waren naar dromen die ze konden binnenglippen, om op die manier hun bestaan in het wereldplan kenbaar te maken. Ik zat verborgen in de struiken, met de lamp verstopt onder mijn hemd. Niet dat ik daar reden toe had, want de lamp brandde heel zachtjes en regelde zijn eigen lichtsterkte.

De nachtwezens dansten verder met hun buitenissige maar schitterende opsmuk van kantwerk, armbanden, kauri's en edelstenen. Toen blies de wind schepsels met keverstemmen voorbij. Ze kwebbelden over de terugkeer van Madame Koto, over het kind van de bakker dat zo intelligent was dat sommige geesten er jaloers op waren, en over de dochter van de uithangbordenschilder die met de dag mooier werd omdat ze spoedig zou sterven. Ik hoorde ze roddelen over Latifa Malouf uit Mali die heerlijke pepersoep verkocht aan reizigers en onder de kapokboom bij de viersprong in de buurt van de Futa Jallon-bergen woonde. Ze zeiden dat ze over drie dagen ziek zou worden omdat ze zo verwaand was. De spookachtig fluisterende stemmen hadden het over het opzienbarende feest van de jongejuffrouw Rolufo Matumbe uit Swaziland. En ze vergeleken aantekeningen over het fabelachtige gemaskerde bal ter ere van de heer Harold Macmillan, de minister-president van Engeland, dat werd bijgewoond door tal van geesten die de stoffelijke omhulsels van zijn vrienden hadden geleend.

De stemmen passeerden. De rust keerde weer op het pad. Ik wilde net uit de struiken kruipen om onder de boom verder te wachten op Pa, toen ik iemand hoorde huilen. Ik bleef zitten en zag het mooiste kleine meisje ter wereld. Ze was gekleed alsof ze terugkwam van een bruiloft. En ze huilde omdat ze was verraden door haar toekomstige echtgenoot met wie ze voor haar geboorte in de geestenwereld een overeenkomst had gesloten. Hij was weggegaan en domweg getrouwd met de eerste vrouw met wie hij de liefde had mogen bedrijven. Toen ze voorbijliep kwam ik uit de struiken en vlijde me neer in het zilveren schijnsel van de lamp van de oude vrouw. Het meisje kwam terugtrippelen, ging tegenover me zitten en zei:

'Ik zag wel dat je je verstopt had.'

Ik zei niets.

'Op wie zit je te wachten?' vroeg ze.

'Op mijn vader,' antwoordde ik.

'Waar is hij naartoe?'

'Naar het huis van de oude vrouw.'

'Is hij al lang weg?'

'Ja.'

Ze glimlachte en reikte me een stuk brood aan dat ze uit haar zak had gehaald. Ik was hongerig, maar telkens als ik het brood in mijn mond wilde stoppen viel het uit mijn handen. Toen het voor de derde maal op de grond viel zag ik dat het onder de mieren zat.

'Loop maar achter me aan,' zei het meisje.

'Waar naartoe?'

'Naar mijn huis.'

'Waar is dat?'

'Aan de overkant van de rivier.'

'Heb je een kano?'

'Ik heb drie kano's. Ik woon in een grote stad. We hebben licht en het leven is er makkelijk. Dood en verderf bestaan er niet. Iedereen is gelukkig in mijn stad.'

'Ik wacht op mijn vader,' zei ik.

'Waarom zou je wachten op een vader die je in het bos heeft achtergelaten?'

Ik zweeg.

'DOOF DIE LAMP!' gebood ze plotseling.

Ik probeerde het, maar de lamp wilde niet uitgaan. Ze begon weer te huilen. Toen haalde ze een heupflesje uit haar zak.

'Jij hebt een grote zak,' zei ik.

'Alles wat we nodig hebben zit erin.'

Ze wilde net wat wijn in mijn mond gieten toen ik iemand mijn naam hoorde roepen.

'Is dat jouw naam?' vroeg het meisje.

'Nee,' zei ik.

Ze staarde me aan.

'KIJK!' zei ik.

Ze draaide zich om. Het was Pa. Hij maakte een vermoeide indruk en kwam langzaam op ons toe lopen.

'Dat is mijn vader,' zei ik tegen het meisje.

'Tegen wie praat je?' vroeg Pa.

Ik draaide me om. Het meisje was verdwenen.

'Zag je haar niet?' vroeg ik aan Pa.

'Wie?'

'Het meisje.'

Hij staarde me aan.

'Nee,' zei hij, waarna hij naast me ging zitten.

Zijn ademhaling klonk uitgeput. Na een poosje zei hij: 'Ik ben twee rivieren overgestoken, heb een witte heuvel beklommen en kwam toen bij een heilige plek met dezelfde standbeelden als we vandaag hebben gezien. Precies dezelfde.'

Hij zweeg even.

'Er stroomde water over de rotsen van de witte heuvel en toen we bij een boom vol witte vogels kwamen zei de oude vrouw dat ik haar neer moest zetten. Ze verdween in het struikgewas en kwam niet meer terug. Ik zocht haar en wachtte. Toen bedacht ik dat ze misschien niet wilde dat ik wist waar haar huis was. Daarom ben ik maar teruggegaan.'

'Hoe heb je de weg naar hier teruggevonden?'

'Dat weet ik niet. Ik herinner me er niets van. Het is net alsof ik in een droom ben teruggelopen.'

Er viel een lange stilte. De wind blies woorden in mijn oren en ik zei: 'Je bent dezelfde rivier tweemaal overgestoken.'

'Je bedoelt dat ik tweemaal in dezelfde rivier ben gestapt?'

'Nee.'

'Je bedoelt dat ik gelijktijdig in twee rivieren ben gestapt?'

'Nee.'

Pa wierp me een onderzoekende blik toe en zei toen: 'Rivieren veranderen soms hun loop, mijn zoon, om redenen die wij niet begrijpen. Is dat wat je bedoelt?'

'Nee.'

Hij keek me aan alsof ik ziek was.

'Je brengt me in de war, mijn zoon,' zei hij. 'Kom, we gaan naar huis.'

We kwamen overeind. Hij droeg me op zijn schouder en ik hield de lamp omhoog zodat hij het pad voor hem kon zien.

'De oude vrouw heeft me veel dingen verteld,' zei hij.

'Wat dan?'

'Ze zei dat we al op voorhand zullen boeten voor onze toekomstige fouten. Ze zei dat zwarte mensen de kleur van de vruchtbare aarde hebben. Ze had gehoord over ons gezin.'

We liepen zwijgend verder. De geest van de wervelwind passeerde ons onderweg en zei niets. Hij had een gemene uitdrukking op zijn gezicht en ik maakte me zorgen om de mensen bij wie hij op bezoek zou gaan. Pa probeerde de weg naar het heiligdom weer te vinden zodat we daar een poosje konden uitrusten voordat we terugkeerden naar huis. We liepen in cirkels en volgden het pad dat ons naar de bladerengrot voerde, maar we slaagden er niet in de marmerheuvel en het witte heiligdom van de standbeelden terug te vinden. Pa wist niet dat de oude vrouw de onzichtbare poorten van het labyrint had gesloten. We zouden die magische plek nooit meer op dezelfde manier kunnen terugvinden.

4

De verdwenen steen

De lamp verlichtte het pad. Er klonken geen stemmen in de boslucht. Zelfs de krekels zwegen. We kwamen bij de plek waar Pa de timmerman had begraven die hij vermoord zou hebben. Het graf was omgewoeld alsof er een reuzenslang onder de grond had huisgehouden. Of alsof er op die plek een boom met wortels en al was uitgerukt. We lieten de lamp staan aan de zoom van het bos. We kwamen veilig thuis, sliepen en ontwaakten op een nieuwe dag met fanfares en de rampzalige terugkeer van Madame Koto.

Vandaar dat we ons pas veel later realiseerden wat ons meteen al had moeten opvallen toen we het bos verlieten. De zwarte steen waarmee Pa het graf van de timmerman had gemarkeerd, was verdwenen.

En doordat de verdwijning van de steen ons niet was opgevallen, waren we niet voorbereid op de catastrofes die ons te wachten stonden.

5

Een slotfrase zonder woorden

De catastrofes kwamen in onze straat in de vermomming van mooie muziek en felle kleuren. Er zijn kleuren die mensen nog steeds niet kunnen zien. Pa beweert vaak dat we niet alle kleuren meer kunnen zien die onze voorouders zagen. Er bestaat muziek die zo wonderschoon is dat ze gewag maakt van een ophanden zijnde dood. We herkenden de muziek niet toen we haar hoorden.

Evenmin hoorden we de nieuwe stilte in onze levens.

Toen het ernst werd met het omkappen van de bomen viel het bos voor altijd stil. Het is mogelijk dat deze stilte de oorzaak was van de woelingen waarin onze levens werden ondergedompeld, en die een einde maakten aan tal van onze verhalen. De stilte dreef vele geesten tot waanzin. De geesten begonnen ons tot waanzin te drijven. En toen werden we een volk dat kleuren kon onthullen die nooit eerder door mensenogen waren aanschouwd, en dat melodieën kon oproepen die nooit eerder door mensenoren waren gehoord, maar we werden ook een volk dat de zeven bergen van zijn uitzonderlijke lotsbestemming over het hoofd zag.

Boek 4

I

Een engel verlost ons bij voorbaat uit ons lijden

Madame Koto keerde terug naar onze wijk met een fanfare van bellen, keteltrommels en lofzangers. Op de dag van haar terugkeer vloog er een engel over onze straat om ons bij voorbaat uit ons lijden te verlossen.

Met veel muziek werd er feestgevierd in Madame Koto's beruchte bar. We zagen haar gezelschap vrouwen, allemaal in rode wikkeldoeken en witte blouses. Er werd flink toegetast. We hoorden dat er twee geiten en een varken waren geslacht als offergaven.

Ma was fortuinlijk die dag. Ze ging de straat op met haar koopwaar en kwam vroeg thuis omdat ze was uitverkocht. Twaalf maal had ze die dag voorraden ingeslagen bij de groothandelaars en ze snel aan de man gebracht. Ze kwam thuis met cadeautjes voor ons. Ik kreeg een nieuwe broek en leren sandalen om mijn voeten te beschermen tegen de verzengende weg. Pa kreeg een nieuw jasje – een beetje krap onder de armen, maar het verschafte hem een zekere deftigheid. En later die dag, daartoe aangespoord door de geheimzinnige vlaag voorspoed, begroef Ma haar kostbare slaapstenen weer in het bos. Ze begroef ze vlak bij een tombe, in de hoop dat de gewijde aarde hun krachten zou herstellen.

Iedereen was aardig die dag. Overal klonk gelach. Het milde zonlicht en de koele bries openden onze zintuigen voor de verborgen genietingen. Het was zaterdag. De kinderen trokken hun mooiste kleren aan. Mensen waren in staat hun vijanden in de ogen te kijken zonder verbittering en zonder elkaar in de haren te vliegen. Madame Koto stuurde haar vrouwen naar onze kamers met papieren bordjes met gebraden geitenvlees en gebakken rijst. Dat was haar manier om ons op de hoogte te brengen van haar terugkeer. Het was tevens haar manier om de gemeenschap te laten delen in haar dankbaarheid, omdat ze van haar ziekte was genezen. Wij stonden hier allemaal zo welwillend tegenover dat we haar offermaal aten zonder er nadelige gevolgen van te ondervinden. Pa glimlachte veel die dag. Ma bereidde een overheerlijk kipgerecht. Nadat we hadden gegeten ging ik buiten spelen op de eerste van vele dagen waarop zich kleine wonderen zouden voltrekken.

Het was een periode waarin onenigheden werden opgeschort. De zon zuiverde de atmosfeer van haatgevoelens en boze dromen. De sterren stonden gunstig. En op alle terreinen van het bestaan leek er een wapenstilstand te heersen tussen de strijdende mythologieën. Aanhangers van twistende politieke partijen raakten op raadselachtige wijze in elkaars gezelschap verzeild, drinkend en grappen makend. Zelfs de oude blindeman toonde zich vriendelijk die dag.

De oude blindeman was wekenlang uit onze wijk weg geweest. Hij beschikte over zulke toverkrachten dat we zijn afwezigheid niet eens hadden opgemerkt tot we hem met zijn zwarte hoed, gele zonnebril, rode das en witte pak weer over straat zagen strompelen. Er lag een typische glimlach op zijn gezicht die onthulde dat het grootste deel van zijn ondertanden ontbrak. Het leek wel alsof hij in de war was toen hij alleen naar huis wandelde en alles enigszins overdreven beroerde met zijn tovenaarsstok, struikelend over het opgehoopte afval. Hij verraste ons toen hij regelrecht ons woonerf op liep en tikkend op onze deur afging. Wij liepen achter hem aan. Hij keerde op zijn schreden terug maar zette toen opnieuw koers naar onze deur. We waren stomverbaasd toen we hem hoorden zeggen: 'Iemand heeft hier de hele boel op z'n kop gezet!'

Hij stond bij onze deur met een verdwaasde uitdrukking op zijn gezicht. Wij waren zelf te verbouwereerd om iets te zeggen. We begrepen er pas iets van toen hij opmerkte dat hij zijn huis niet kon vinden omdat iemand het had weggehaald.

Voordat we hem echter te hulp konden schieten begon hij een tikkeltje hysterisch te lachen. Alsof hij geconfronteerd werd met grotere en bezadigder krachten dan hij zich ooit had kunnen voorstellen. Alsof die krachten de wereld door elkaar hadden geschud en hem tot het mikpunt van een goddelijke grap hadden gemaakt. Terwijl hij met zijn vrije hand in de lucht klauwde wankelde hij van ons erf. Hij liep naar de straatkant en draaide op één plek grinnikend in de rondte. Toen priemde hij met zijn tovenaarsstok in de lucht en zei: 'Ik herken het hier niet!'

Aangespoord door het heldere zonlicht renden we naar hem toe en leidden hem naar zijn eigen woonerf. Maar voordat we daar arriveerden kwamen zijn volgelingen al uit het huis en brachten hem naar zijn geheime vertrekken.

Twee uur later kwam hij weer tevoorschijn met een rode bloem in zijn knoopsgat. Hij werd begeleid door een lange vrouw van een buitenissige schoonheid. Getweeën gingen ze van huis tot huis, begroetten iedereen en stelden belangstellende vragen over de kinderen, het werk en de gezondheid. Als een volmaakte heer betoonde de oude blindeman de vrouwen zijn respect, gaf snoepgoed aan de kinderen en herkende de naam van alle mensen aan de klank van hun stem.

Hij herinnerde zich ook bijzonderheden omtrent ziekten, sterfgevallen en zwangerschappen in de familie. Hij vroeg ons ernaar en bood zijn hulp aan. Degenen wier leven er op een of andere wijze op vooruit was gegaan wenste hij geluk. Hij sprak hartelijke woorden tegen de vreemden in ons midden. De mensen lachten om zijn grapjes.

Later haalde hij zijn trekharmonica tevoorschijn, zette voor zijn huis tafels en stoelen neer en speelde betoverende wijsjes voor ons. Hij speelde melodieën waarvan hij zwoer dat hij ze nooit eerder had gehoord, melodieën die als vanzelf uit zijn harmonica leken te komen. Flarden van zijn harmonieuze gemoedsstemming zweefden door de straat. Om hem heen vormden zich concentrische cirkels drinkende mensen.

De oude blindeman verbaasde ons met zijn onvermoede vrijgevigheid. Hij kocht bier en ogogoro voor de menigte en beval dat allen te eten moesten krijgen tot ze niet meer konden. Geïnspireerd door het zonlicht op zijn gezicht deinde hij vrolijk heen en weer op zijn stoel en bespeelde de harmonica met de gelaatsuitdrukking van een wijze hagedis. Hij perste er heerlijke deuntjes en variaties, welgekozen cadansen en contrapuntische melodieën uit, en liet zich helemaal gaan in zijn muzikale overgave. Zijn harmonica maakte ons erg gelukkig die dag.

Hij leek bezeten van de geest van de muziek en bespeelde zijn instrument met de uitbundige schokkerigheid van een bezielde marionet. De muziek wierp een verrukkelijke betovering over onze werkelijkheid. Ze legde een gouden waas over het schelle gemekker van de geiten, over het gedrens van onzichtbare zuigelingen en over de hoekige mannen- en vrouwengezichten. De muziek beroerde onze dagelijkse werkelijkheid op ongebruikelijke manieren. Ze beroerde de van kranten gemaakte vliegers in de lucht. Ze beroerde de vogels die ogenschijnlijk afgunstig maar waarschijnlijk uit nieuwsgierigheid om de vliegers heen cirkelden. Ze beroerde onze gezichten en verzachtte de scherpe kantjes van ons lijden. En de glanzende ruimten in ons binnenste gloeiden door ons zweet heen en vingen het licht op manieren die ons versteld deden staan.

En aldus, gedurende een hemels moment, herstelde de muziek van de oude blindeman ons geloof in de democratie en de gerechtigheid van de tijd. Zijn muziek was zo aanstekelijk dat wij al deuntjes begonnen te neuriën vlak voordat hij er zelf op stuitte, alsof we in volmaakte harmonie waren afgestemd op hetgeen er binnen het bereik van zijn inspiratie lag. Dit was dezelfde oude blindeman wiens ogen onze nachtmerries vervulden met angst voor de dingen die hij werkelijk zag. Hij was zo gelukkig als een gier en speelde alsof hij werd meegevoerd op de onzichtbare bulten van de wind. Het kwam ons niet eens vreemd voor dat hij het was die onze vreugde vergrootte met muziek die alleen maar afkomstig kon zijn uit hemelse sferen.

We dronken en zongen die dag zoveel onder de bescherming van een goedgunstige betovering dat we niet eens dronken werden van de alcohol. We werden alleen maar blijer. Er vonden geen ruzies en gewelddadigheden plaats. Er heerste slechts vrolijkheid en er werd veel gelachen om de angstwekkende gezichten die de oude blindeman trok onder invloed van zijn muzikale ontdekkingen.

2

'Het instinct in het paradijs'

De engel die over de stad heen vloog verschafte ons genoeg vastberadenheid om er het toekomstige lijden mee door te komen, en hij begiftigde de Gouverneur-Generaal met een onverhoedse ontvankelijkheid voor de bekoorlijkheden van het continent. Staande voor het grote erkerraam waarvan de kozijnen na de onverklaarbare brand opnieuw waren geverfd, zei hij tegen de lege kamer: 'Hier zou ik voor eeuwig kunnen wonen.'

Voor het raam zag hij een Afrikaans kind op het verschroeide gazon zitten. Het kind was hem nooit eerder opgevallen en het zonlicht verschafte het gezengde gras een gouden tint. De Gouverneur-Generaal, getroffen door een visioen van Afrikaans zonlicht op de pracht van een besneeuwd Engels landschap, liep weg bij het raam en ging naar zijn werkkamer.

'Ik neem aan dat het tijd is om dit land te verlaten,' zei hij toen hij zich neerzette om te beginnen aan een nieuwe versie van het herschreven verhaal van onze levens.

En terwijl hij schreef en zijn gedachten uiteenvielen in

woorden die zich losmaakten uit het ambtelijk jargon, vulden zijn ogen zich met een onverklaarbaar geel licht dat hij voor altijd zou associëren met de beste jaren van zijn leven. Ergens in de verte, in de bediendenverblijven, hoorde hij stemmen zingen in een gouden samenzang. Hij was dermate geroerd door het gezang (dat hem zo wonderschoon in de oren klonk dat hij het geen moment in verband bracht met zijn bedienden), dat hij tijdens het herschrijven van ons bestaan even pauzeerde, opkeek, een gele mot om zijn hoofd zag cirkelen en een zin opschreef die hem totaal overrompelde. Stomverbaasd over de openbaring die zijn gemoedsstemming in hem naar buiten had gebracht stond hij op en schonk zichzelf een whisky in. Kijkend naar de mot, luisterend naar het gezang en naar het geknerp van geesten in de enorme lege kamers van zijn grote witte huis, las hij de zin opnieuw en slaakte een lange zucht.

'ZODRA JE VERLIEFD WORDT OP EEN PLEK DIE JE DIEPE WONDEN HEBT TOEGEBRACHT, IS HET WELLICHT TIJD OM TE VERTREKKEN,' zo luidde de zin.

Het gezang zwol aan, een harmonische rei van vrouwenstemmen viel in en een vaag getinkel van bellen klonk onder de stemmen van een hemels koor in de verafgelegen bediendenverblijven. Hij was er nooit geweest. Hij had nooit gezien hoe ze leefden. En piekerend over de zin bedacht hij opeens dat hij weliswaar vijftien jaar op het continent had doorgebracht maar geen flauw benul had van de ware aard ervan.

Die gedachte hinderde hem en ik zag hem tot twee keer toe opstaan en weer gaan zitten terwijl hij nadacht over de rituele geluiden van de Afrikaanse nacht die zijn dochter altijd uit de slaap hadden gehouden. Toen herinnerde hij zich de ceremonie die hij had bijgewoond in een dorp, diep in de rimboe van het zuidelijke krekengebied, waar hij door een stam tot stamhoofd was uitgeroepen in ruil voor een hun welgevallige beslissing in een hoog oplaaiend grensconflict met een andere stam. Hij herinnerde zich de reuk van kippenbloed en van de zwetende Afrikaanse mannen met hun ontblote bovenlijven. Blozend ervoer hij opnieuw de lustgevoelens die de viriliteit van de mannen bij hem had opgewekt, en de sensualiteit van de met antimoon ingesmeerde vrouwen, en de sterke geur van de oude bomen. Hij herinnerde zich ook een gelegenheid waarbij zijn vrouw was flauwgevallen. Ze hadden 's nachts zo'n tachtig kilometer over slechte wegen door het oerwoud gereden. Net voordat ze bezwijmde beweerde ze spoken te zien langs de kant van de weg, en geesten in de koppen van de op de voorruit geplette insecten. En dan waren er nog de hallucinaties van zijn dochter. Haar ontzetting omdat de vuurdemonen bezit van haar hadden genomen. Vlak daarna hadden ze haar naar huis gestuurd, naar een school in Winchester.

Inmiddels hoorde hij het gezang niet meer, want het was deel van zijn geest en zijn toekomstige verlangens geworden. Hij was zo ontroerd door zijn eigen gevoelens die plotseling zulke onvermoede diepten in hemzelf bezetten dat hij, terwijl de gele mot nog steeds om zijn hoofd cirkelde, dingen over onze levens begon op te schrijven die hij naar zijn eigen overtuiging vanuit onwetendheid bedacht maar die hij bij nader inzien waarheidsgetrouwer achtte dan de dingen die hij zou hebben opgeschreven indien hij de ziel van het land had gekend. De meest lyrische passages schreef hij over de goedgunstige geest van het nachtelijke continent. Hij kreeg het opeens erg warm. Het zweet brak hem uit. Even had hij de gewaarwording dat een reusachtig wezen zijn intrek had genomen in de ruimte waarin hijzelf resideerde – de ruimte die zijn lichaam was. Maar al schrijvend was hij zich niet langer bewust van de inwoning, de hitte en het zweet, wat nog werd versterkt door het gezang. Hij schreef bloemrijke passages over de gulle overvloed van het land, over de abnormale vruchtbaarheid. Hij schreef over de onschuldige ogen van de ouderen, over de oude ogen van de jongeren, over de door leed en verdraagzaamheid zo weergaloos gebeeldhouwde Afrikaanse gezichten, en over de sensuele atmosfeer. Hij stortte een symfonie van woorden uit over de meegaandheid van de Afrikanen en hun ontzag voor de blanke mens, over hun mythologiserende aard, hun lofprijzende ziel, hun ontroerende gehoorzaamheid, hun vriendelijke natuur, hun oneindige en uiteindelijk zichzelf vernietigende vergevingsgezindheid, want ze vergaven zelfs degenen die hun lot hadden verwond. Hij bejubelde hun liefde voor muziek, hun onwetenschappelijke denkwijze, hun onbedaarlijke lachbuien, hun voorkeur voor de mythe boven de werkelijkheid, voor het verhaal boven het feit, voor de mystificatie boven de verklaring, voor de dans boven de onbeweeglijkheid, voor de vervoering boven de bespiegeling, voor de metafysica boven de logica, voor het vele boven het ene. Hij verheerlijkte hun polygame denkbeelden en hun polygame goden en maakte melding van hun buitensporige medeleven, hun kritiekloze aardigheid, hun goddeloze gevoelsrijkdom, hun angstwekkende vroomheid, hun betreurenswaardige voorkeur voor het gesproken boven het geschreven woord, hun taalgevoeligheid, hun belabberde wiskundige inzicht, hun onmatige interpretatiedrift, hun doordringende directheid, hun jammerlijke gewoonte om alle gebeurtenissen te beschouwen als al te betekenisvolle voortekenen, hun enorme talent voor lijden, als waren het heiligen, hun filosofische fatalisme, hun transcendente optimisme, hun onbedwingbare gevoel voor humor, hun kinderlijke wondergeloof, hun dol makende naïviteit, hun dubbelzinnige en van magie vergeven kunst.

De Gouverneur-Generaal hield even op met schrijven. De gele mot vloog naar de deur. Hij rook vuurvliegjes in de lucht. Hij probeerde zijn geschrijf te hervatten maar bemerkte dat hij die uitzonderlijke gemoedsstemming kwijt was. Hij had zijn passage opgestuwd naar een duizelingwekkend crescendo van gevoel dat hem vreemd was, en de gemoedsstemming was verdwenen net voordat hij de muzikale top van zijn waarnemingen had bereikt. In een flits drong het tot hem door dat het gezang was gestopt. De afwezigheid ervan vervulde hem met rusteloosheid. Hij stond op en liep naar de deur. Toen hij deze opendeed vloog de gele mot naar buiten en verhief zich in de rijpe gouden lucht van die unieke zaterdag.

Het gezang begon opnieuw, als op een teken van een dwingende dirigent, en de Gouverneur-Generaal volgde het langs de trap naar beneden en vandaar naar buiten. Zonder te weten waarom dwaalde hij naar de bediendenverblijven. De gele mot fladderde achter hem aan. De Gouverneur-Generaal bleef staan. Van een afstandje gluurde hij bij een van de bediendenkamers naar binnen. Door het slordig uitgehouwen raam zag hij rond een tafel met zes brandende kaarsen een groep Afrikaanse mannen en vrouwen met witte doeken om hun hoofd. Hij was verbaasd ze te zien zingen in die krap bemeten kamer. De schoonheid van hun gezang bezorgde hem een brok in de keel. Hij zag hun glanzende gezichten en priemende ogen. Hij aanschouwde de ingehouden opwinding van hun viering en de intensiteit van hun gelaatsuitdrukkingen. En wellicht was hij naderbij geslopen om een betere blik te kunnen werpen op het leven van zijn bedienden als hij zich er niet terstond bewust van was geworden dat hij zelf werd begluurd, aandachtig bekeken. Zijn stemming sloeg om en in zijn nek nestelde zich een vaag gevoel van angst. Hij draaide zich onverhoeds om waardoor hij de gele mot die om zijn achterhoofd cirkelde aan het schrikken maakte. Even werd de Gouverneur-Generaal gewaar hoe het hete bloed hem naar het hoofd joeg. Hij voelde zich duizelig, alsof hij vanaf een grote hoogte naar beneden tuimelde.

Toen hij zijn waardigheid had hervonden en zich herinnerde dat hij de leiding had over een gekoloniseerd land, zag hij hetzelfde Afrikaanse kind dat hij al eerder had gezien. Het zat nog steeds op het gazon, omgeven door een gele gloed. De Gouverneur-Generaal keek op en merkte dat de Afrikaanse nacht, die zich zachtjes voortbewoog in zijn immense indigoblauwe mantel, op het land was neergedaald. In een verre hoek van de hemel bevonden zich nog enkele gouden strepen licht. De jongen zat roerloos tussen de schaduwen van het verschroeide gras. De Gouverneur-Generaal liep naar hem toe. Toen hij vlak bij hem was bleef hij staan, staarde de jongen in het gezicht en was geschokt omdat het ontzag in zijn ogen ontbrak.

Verward door de hardnekkigheid van de gele mot, verstoord door het besef dat de gemoedsstemmingen van het land hem bijgelovig maakten, en van zijn stuk gebracht door de serene ogen van de Afrikaanse jongen met zijn gele gloed, strompelde de Gouverneur-Generaal het huis weer in, gevolgd door de mot. Een gevoel van verhevenheid deed zijn hart sneller kloppen. En terwijl een overweldigende voldaanheid zich van hem meester maakte ging hij verder met schrijven, hervatte hij zijn werk bij het crescendo, zonder één moment van aarzeling, en schreef hij over de mogelijkheid dat zich onder de verschoppelingen der aarde engelen in vermomming bevonden, engelen die optraden als spionnen van God, getuigen van leed en onrechtvaardigheid en van de arrogantie van de overwinnaars. Hij sprak over bovenaardse wezens op de meest onwaarschijnlijke plekken op aarde. Midden in een paragraaf waarin hij uitweidde over rioleringsproblemen, een slechte hygiëne en de onverschilligheid van de mensen jegens hun sanitaire omstandigheden, merkte hij dat hij over engelen in Afrika schreef, over de naamlozen in menselijke gedaante die met hun ogen doordringen in de menselijke geest en de volle naaktheid van het hart en het geweten kunnen zien. Toen loste zijn geest op in een indigoblauwe ruimte en schreef hij zonder het zelf te weten de volgende twijfelachtige zinnen.

'Wat gebeurt er met wereldrijken, met machtscentra die zich ten doel stellen over de wereld te heersen? Rome, Griekenland, Egypte? Rome is nu een opgehemeld schouwspel van ruïnes. Griekenland is een weggekwijnd land waar niets meer herinnert aan het verbazingwekkende verleden. En Egypte is een necropolis. Ze veroveren de wereld en worden later door diezelfde wereld onder de voet gelopen. Omdat ze willen heersen over de wereld worden ze veroordeeld te leven met de negatieve feiten van hun overheersing. Ze zullen worden veranderd door de wereld die ze wilden koloniseren. Hun omvang neemt af, en hun vroegere glorie verwordt tot een boze schaduw. Is dat het lot van de imperialisten – de onvermijdelijke desintegratie van hen die hun doel voorbijschieten? Is het mogelijk dat degenen die wij koloniseren ons later onder de voet zullen lopen? Zullen wij hetzelfde lot ondergaan als allen die hun doel voorbijschieten – de onvermijdelijke verbleking van de geest? Zullen wij, evenals het oude Rome, ontdekken dat de mensen die wij als barbaren aanduiden onze krachten tegelijk verslinden en nieuw leven inblazen?'

De Gouverneur-Generaal pauzeerde weer even. Hij was zich er niet van bewust dat vlak boven hem een engel hing – een en al hemels vuur en goud. De engel zweefde in het raam dat uitzicht bood op een hemel van Afrikaans blauw en op een verschroeid gazon waar de Afrikaanse jongen in een andere gedaante overeind was gekomen. De gemoedsstemming van de Gouverneur-Generaal werd intenser. Zijn gedachten waren afgedwaald naar een onbekende plek. Wellicht had Novalis deze plek in gedachten toen hij schreef: 'Het instinct is de schutsengel in het paradijs.' Ontroerd door de bekoring van die onbekende plek schreef de Gouverneur-Generaal weer verder. Hij schreef dat op momenten waarop de wind veranderde en op zijn vleugels een prachtige nacht aandroeg, hij zich een Afrikaan voelde en de verborgen verhalen in de zoete geurigheid van de oranjebloesem en tuberoos kon doorgronden. Zwevend en in gedachten verzonken schreef hij dat de schepper in den beginne de grote legpuzzel van het mensdom en de menselijk genialiteit onder alle volkeren op aarde had verspreid en dat niet één volk het complete beeld voor zich kon opeisen. Hij schreef: 'Pas als alle volkeren van de aarde elkaar ontmoeten, van elkaar leren en elkaar liefhebben, pas dan krijgen we enig idee van dat ontzagwekkende beeld. Noem het het beeld van de goddelijkheid, of zo u wilt van de menselijkheid, maar evenals het toverpoeder waar de Afrikanen soms op zinspelen, is deze grote legpuzzel onder ons allen verdeeld; en wellicht is het één aspect van onze lotsbestemming op deze aarde om iets gewaar te worden van dat grootse beeld, of van de muziek van onze collectieve ziel, of van onze oneindige mogelijkheden, onze onmetelijke rijkdommen. Niet één mens, niet één volk bezit de uiteindelijke weg, het grote sleutelbord of het exclusieve eigendom van deze legpuzzel van de menselijkheid. Slechts gezamenlijk, als één volk van deze aarde dat openstaat voor ons aller benarde situatie en een verlossende liefde, kunnen we gebruikmaken van deze universele gift, van deze landkaart van onze aardse reis en glorie.'

Veel later, in zijn geboorteland, sloeg de schrik de Generaal-Gouverneur om het hart toen hij op deze passage stuitte. Hij had geen idee waarom hij haar geschreven had en wist zich niet te herinneren wanneer of hoe hij haar geschreven had. En toen zijn memoires uitkwamen en met enige kritiek werden ontvangen, speet het hem zeer dat hij het de redacteur van de kleine uitgeverij had toegestaan juist deze passage te schrappen, waarvan hij meende dat het meest bezielde inzicht van zijn koloniale diensttijd erin tot uiting kwam.

Ik sloeg hem gade die dag, en ik zag hem 's nachts door de ogen van de gele mot. Ik lag in het donker van onze kleine kamer in het getto, terwijl hij in de witte ruimten van zijn koloniale herenhuis koortsachtig over onze levens schreef. Ik zag hoe hij, zwetend in zijn werkkamer, zonder veel succes Byrons regels over de tweede dans van de vrijheid in zijn eigen woorden trachtte te vatten. Zijn geïnspireerde gemoedsstemming had hem verlaten en het gezang was gestopt. De mot was van hem weggecirkeld naar het open raam. Hij was naar buiten gevlogen in een lucht die was gemagnetiseerd door een ongewone verzadiging van het gele stof der engelen.

3

Een schoonheid grenzend aan verschrikking

Het magnetische veld van de engel die over onze stad vloog omwikkelde de oude vrouw in het bos met een deemoed dieper dan wijsheid. De dieren waarvoor verstikking had gedreigd herstelden zich na afloop van de hittegolf; ze voelde hun aanwezigheid tussen de bomen rond haar hut. Ze zag dat de kruiden hun diepgroene kleur weer terug hadden; vogels floten temidden van de dichte takken.

Het bos ademde een nieuwe geur. Voor het eerst in vele jaren ontwaakte ze op een met zacht zonlicht overgoten ochtend zonder wanhoop of bitterheid in haar hart. Ik zag haar verbijstering om de muziek die opklonk uit de dorpen aan de andere kant van het bos. De muziek en het gezang maakten herinneringen in haar los aan feestdagen in haar eigen dorp, toen dorpsoudsten hadden gesproken over de heilige man die 's nachts een engel had gezien en precies wist op welke dag en welk uur hij zou sterven. Ze herinnerde zich dat ze vertelden hoe de heilige man iedereen bijeen had geroepen om voorbereidingen te treffen voor die speciale dag. In haar eenzaamheid merkte de oude vrouw dat haar hut werd bevolkt met oude geesten; ze zag heilige mannen in lijkwaden die geschenken bij zich hadden voor een onzichtbare koning. Ze ging naar buiten en zocht in de hemel naar tekenen van een visitatie. Een kat streek langs haar been. En toen zag ze gedurende een angstaanjagend ogenblik een witgele gedaante in de lucht boven haar hut zweven, een gedaante met machtige vleugels, even oogverblindend als de schittering van zuiver maanlicht. In een oogwenk was hij verdwenen.

Daarna hoorde ze stemmen in de bomen. Ze strompelde naar de zoom van het bos en zag vrouwen in witte gewaden over de paden vlieden. Even leken haar ogen haar in de steek te laten. Ze zag hoe de intensiteit van de vrouwen een wonderbare turbulentie in de wind teweegbracht. De bladeren ritselden. Toen slaakten de vrouwen eenstemmig een welluidende kreet, hun lichamen verhieven zich van de grond en ze repten zich voort op de lucht van zacht zonlicht. Hun transformatie ging gepaard met een explosie van geel stof dat de oude vrouw verblindde. Ze strompelde terug naar haar hut, haar handen tastend in de lucht. Maar haar hart was vredig. Een wonderschone verschrikking gloeide in haar geest.

Toen ze thuiskwam ging ze op bed liggen. Haar hoofd was vol visioenen van engelen van wie de vleugels hier en daar waren besmeurd met mensenbloed, het bloed van stervende onschuldigen. Haar hoofd was rijk aan visioenen van een engelachtige aanwezigheid in menselijke gedaanten, van engelen die van streek waren door de heftigheid van het menselijke lijden.

Ze bleef op haar bed liggen tot het licht in haar ogen weerkeerde. Ik sloeg haar gade door de ogen van de kat toen ze naar buiten strompelde en met haar meest opzienbarende weefwerk begon. Ze weefde taferelen van een angstaanjagende schoonheid, een schoonheid grenzend aan verschrikking. Onverdroten, en met een ongewone bedrevenheid voor iemand van haar leeftijd, weefde ze haar mooiste stuk over goede mensen die slechte tijden overleven door hun onschuld en geduld, en door zich te transformeren. Ze weefde idyllische landschappen en heuvelruggen met gele en blauwe bloemen. Bevallige mannen en vrouwen lagen op het gras, omgeven door een gouden gloed. Boven hen glinsterde de lucht. Ze weefde alleraardigste ontwerpen voor toekomstige Afrikaanse steden. Ze weefde de rijke droom van een stad waar magisch water uit de fonteinen spoot. De bewoners straalden in het volle besef van hun sluimerende mogelijkheden. Ze weefde dorpen met huizen gemaakt van blauwe spiegels. Bomen die er vanbinnen uitzagen als paleizen. Kalme rivieren die langs deugdelijke wegen stroomden. Straten met aan weerszijden bloeiende bomen. Bloemen in de middenberm van lanen. Ze weefde nog een stad met zeven heilige heuvels als bedevaartsplaats. Ze werkte gedurende die hele schitterende dag.

'sMiddags, terwijl wij luisterden naar de muziek van de oude blindeman en de Gouverneur-Generaal zijn bedienden bespiedde, weefde de oude vrouw zich in een vredige hallucinatie. Ze schiep engelengedaanten die over een toekomstige stad vlogen en in hun wezen iets van het stof en de atomische straling van onze menselijke geschiedenis in zich opnamen, die de beroering en chaos van onze rusteloze geest in zich opnamen. Ze weefde taferelen waarin engelen zich in mensen begaven of door hen heen zweefden en enigszins verward over hun tijdelijke menselijkheid weer tevoorschijn kwamen, terwijl de mensen met schrik waren vervuld door hun plotselinge engelachtige eigenschappen, door hun gemoedsstemming van een gouden eeuwigheid. De oude vrouw weefde een fascinerend stuk waarin geiten in mensen veranderden, en mensen halfengelen werden met zwarte vleugels, blakend van een intens gele gloed. Het was een verbluffende wirwar van engelen. Engelen met vrouwenvoeten; met één adelaars- en één engelenvleugel. Hun gezichten stonden verbaasd en verrukt. Hun ogen waren doodsbenauwd en vol verwondering. Deze taferelen van verlossing door schoonheid – deze verschrikking van engelachtige wezens – werden omgeven door scènes van bloedbaden, armoede, oorlog, corruptie. En dit alles was gevat in gouden draden, een oogstrelend raamwerk als een eeuwige zomerse dageraad.

De oude vrouw werkte de hele dag. Haar gezichtsvermogen liet haar in de steek en herstelde zich weer. Het werd maanwit en groen. Verzonken in haar visionaire gemoedsstemming schiep ze de omgang van mensen met engelen. De engelen gingen gebukt onder het wrakgoed en de gebreken van de menselijke geest. En de mensen werden opgebeurd door de engelen die alternatieve dromen van een schitterende toekomst in de roerige atmosfeer bliezen.

En pas toen ze aan het einde van haar krachten was en de tranen haar over het gezicht stroomden waardoor ze weer helderder kon zien, pas toen zag ze iets wat haar met stomheid sloeg. Ze zag dat ze in haar bezielde gemoedsstemming engelen in allerlei kleuren had geweven. Blauwe engelen. Vuurrode engelen. Zwarte engelen. Gele engelen. Al haar kleuren waren doorgelopen, alsof haar verfstoffen waren vergiftigd door de lucht. Toen ze dit zag kwam ze schreeuwend overeind. Het meisje met het houten been haastte zich naar haar toe, bracht haar naar de hut en bereidde een sterk kruidendrankje waarvan ze in een diepe slaap viel. In de krochten van haar slaap werd ze omringd door de veelkleurige engelen die ze had geweven.

Die avond, toen ik dronken werd van de wijn van de oude blindeman, zag ik een engel met een kleur die nog nooit door mensenogen is aanschouwd. In onze hele straat waren mensen dronken van de gemoedsstemming der engelen.

4

Einde van een betovering

De geesten van het land bevonden zich vreedzaam in hun eigen sferen. De lucht was fris. En in een verre hoek van de hemel dreef een gele wolk. De gemoedsstemming van de engelen hield verscheidene dagen aan in onze levens. We schenen een paradijs te hebben ontdekt dat verscholen lag in het hart van onze ellende. Zij die de geschiedenis boekstaven hebben zich altijd geconcentreerd op de grote gebeurtenissen en veronachtzamen de dagen waarop een onvermoede gelukzaligheid, als een betoverde droom, zich doet gelden in mensenlevens.

Er was veel muziek in die tijd. Het aantal vreemden onder ons nam toe. En iedereen zag er prachtig uit. Maar niemand was mooier dan Madame Koto toen ze in het openbaar verscheen op deze dagen van vergeving. Wie zou de pracht van haar goudomzoomde wikkeldoek kunnen vergeten. Haar zijden blouses. En haar opzienbarende kapsel dat voor de gelegenheid in een piramidevormige aureool was gevlochten.

Als een onduidbaar teken maakte ze tijdens onze goede dagen haar hernieuwde opwachting in ons midden. Een optocht van spantrommels kondigde haar herrijzenis aan. Haar lofzangers brachten allerlei heldendichten over haar legendarische kracht en goedgeefsheid ten gehore. De muziek uit haar bar klonk echter steeds luider en verspreidde een ruwe onstuimigheid in onze wijk. En toen werd onze met licht overgoten dronkenschap gaandeweg aanmatigend. Hoe luider haar muziek weerklonk, des te sneller het serene licht verdween. En de dagen die als een heerlijke droom waren, veranderden onmerkbaar en werden onaangenaam toen bij een handgemeen het eerste bloed vloeide doordat twee vreemden ruzie kregen over de politiek.

Er wordt wel beweerd dat geluk de vakantie van de geest is, een gelukzalige droom van de zenuwen. Maar na de gemoedsstemming van de engelen daalde er overal op het continent karmisch geel stof neer dat onvoorspelbare effecten sorteerde die door de historici als spontane gebeurtenissen werden aangemerkt. Wij bleven te lang vasthouden aan de vakantie van onze geest en aan de melodieuze muziek van onze dagen. We merkten het niet toen alles veranderde. We merkten het niet toen de dans overging in een stormloop, toen de lieflijke liederen opruiend werden, toen de muziekinstrumenten zich van een andere taal bedienden en het brein en de handen botte opdrachten gaven. We merkten het niet toen de gemoedsstemming versomberde en de diepe vreugde die bedoeld was om al het toekomstige lijden het hoofd te bieden, overschaduwde.

II

Boek 5

I

Het verhaal van de Regenkoningin

Madame Koto verscheen weer aan ons op de derde dag van de engel en haar maanstenen fonkelden rond haar hals alsof ze brandden. Haar ogen fonkelden eveneens en haar huid was geolied en glad. Ze was enorm. Haar gipsverband was verwijderd en haar zieke voet was nog steeds opgezwollen, maar van haar gezicht was geen pijn af te lezen. Ze was hoogzwanger en bewoog zich voort als een statig slagschip, beladen met exotische geschenken. Ze liep met behulp van een wandelstok – met een knop in de vorm van een krokodillenkop – haar armen waren bedekt met gouden armbanden en overal om haar heen glinsterde het licht, alsof ze spiegels droeg.

Madame Koto's oogwit was zo wit dat het wel een maansteen leek die was schoongemaakt voor de komst van een nieuw visioen. En toen we haar in de ogen keken stonden we als aan de grond genageld door hun melkige, lijkwitte schoonheid. Ze scheen wezenlijk veranderd sinds ze was hersteld van haar gekte. Ze keek de wereld in met een tegelijk serene en doodse blik, alsof ze had gezwommen in de nachtmerriemelk van de afgrond en visioenen had gezien die alleen verblijfhouden in het innerlijk van ondoorgrondelijke goden.

Madame Koto gloeide en zweeg in de pracht van haar zwangerschap. Ze gloeide fel en de intensiteit van haar aanwezigheid, die ons verblindde met haar ijs en vuur, was gelijk één groot afscheid.

Ze werd omringd door de melodieuze staccatomuziek van haar lofzangers, een muziek die door merg en been ging en gewag leek te maken van een ophanden zijnde dood of een abnormale geboorte. Net zoals de regenbogen in de lucht tijdens de muziek van een zacht regenbuitje gewag maken van machtige, barende olifanten, diep in het bos.

Madame Koto zweeg toen ze zich onder ons begaf, omzwermd door troepen kinderen en nieuwsgierige volwassenen. Maar die hele dag hoorden we geruchten, die werden gevoed door de geheimzinnige syncopen van de spantrommels, dat ze een fantastische bruiloft aan het voorbereiden was. We wisten niet met wie ze ging trouwen. Maar we hoorden wel dat de grote gebeurtenis zou plaatsvinden na de verkiezingen, waarvan de resultaten al bij voorbaat waren bepaald in alle domeinen van de gemanipuleerde werkelijkheid.

Madame Koto zweeg in haar vlammende schoonheid en deelde zakken met snoep uit aan de kinderen toen de lucht betrok. De donkere wolken keerden terug en zeilden door ons zwerk als de vloot van een vijandige zeemacht. De muziek uit haar bar had de lieflijke muziek van die dagen verstoord.

Ik weet niet precies op welk moment alles veranderde, maar op een ochtend hoorden we in plaats van muziek het gekraak van megafoons. De politici waren terug en brulden hun tegenstrijdige beloften in onze levenssfeer – terwijl ondervoeding de kinderen verslond, terwijl armoede de hoop van de bewoners de bodem insloeg, terwijl de vrouwen afgetobd raakten door zonnesteken, fnuikende huishoudelijke taken en een gebrek aan vrijheid.

Het was Pa die me op dat laatste idee bracht. Op een avond kwam hij na zijn sjouwwerk thuis en ging op zijn legendarische stoel zitten. Ma veegde de kamer aan. Pa keek naar haar grimmige, onverbiddelijke gezicht. Toen doorbrak hij een van zijn langdurige perioden van stilzwijgen en zei: 'Wij richten onze vrouwen te gronde.'

Ma hield op met vegen en ging op het bed zitten. Pa zuchtte.

'Waarom zei je dat?' vroeg Ma.

Pa zweeg. Zijn ogen waren dof in de door kaarsen verlichte kamer. Na een poosje kwam Ma weer overeind en zei: 'Mannen zijn praatjesmakers.'

Ze ging verder met vegen. Toen ze klaar was pakte ze de potten met soep uit de kast. Ze wilde net naar de keuken gaan toen Pa opnieuw het woord nam.

'Heb jij ooit een vrouw gewild?' vroeg hij haar.

Ma kwam de kamer weer in, zette de potten neer, nam Pa aandachtig op en zei: 'Waarom stel je me zulke vragen?'

Pa zweeg even voor hij zei: 'Iemand vertelde me vandaag een verhaal waardoor ik aan allerlei dingen moest denken. In het zuidelijk deel van ons continent leeft een machtige Regenkoningin die zestien vrouwen heeft.'

Ma zei niets. Pa ging niet verder met het verhaal. De stilte maakte me ongedurig.

'Is Madame Koto een Regenkoningin?' vroeg ik.

Ma en Pa staarden me lange tijd nadenkend aan. De vuurvliegjes knetterden in de kamer en cirkelden om Pa's hoofd. Buiten hoorden we opnieuw de megafoons die hun beloften in onze nachtruimte brulden. Ma zuchtte. Pa zoog minachtend op zijn tanden. Ik stond op en liep naar de deur.

'Kom terug!' zei Ma.

Ik bleef staan.

'Laat hem gaan,' zei Pa. 'De weg roept hem.'

'Laat de weg maar het kind van een ander roepen,' luidde Ma's repliek.

Ik stond bij de deur, terwijl mijn neusgaten zich vulden met de smerige lucht die door de politici naar ons erf was meegebracht. De stank was zo hevig dat Pa opdracht gaf alle ramen open te zetten.

'We zullen sterven van de muggen,' zei Ma.

'Liever dat dan sterven van de smerige stank van die politici,' luidde Pa's weerwoord.

'Ik heb honger,' zei ik.

'Azaro, als je je mond houdt en stilzit, dan zal ik je het verhaal van de Regenkoningin vertellen,' beloofde Pa.

Ma verdween met de potten, en Pa ging haar helpen koken. Ik zat in de kamer en had last van de muggen, de muskieten en de politieke kwade reuk. Ik rammelde van de honger. Ik ving een vluchtige blik op van de oude vrouw. Het leek net alsof ze door het raam naar me stond te loeren. Ik liep naar het raam, keek naar buiten en zag niets. Een grote kikker kwaakte buiten op de afvalhoop. Een hagedis schoot langs de muur omhoog en bleef zitten in een verre hoek, vanwaar hij me in de gaten hield. Ik had de vage notie dat iemand me, ergens, door de hagedissenogen bespiedde. De hagedis zat onbeweeglijk. Door zijn onbeweeglijkheid viel mijn oog op een spin in een andere hoek van de kamer. Muggen cirkelden om mijn hoofd, een verzameling vuurvliegjes vloog van hot naar haar, en gedurende een kort ogenblik zag ik de Gouverneur-Generaal bij het erkerraam van zijn grote witte huis staan met een zwarte pijp in zijn mond, peinzend over een natie waarvan de slaap elk moment kon veranderen.

Ma en Pa kwamen terug met het eten. Ik at gehaast, waste de borden af en ging met mijn rug tegen het bed zitten. Ik staarde naar Pa en merkte na een poosje dat ik niet de enige was die staarde. Ma staarde ook. Evenals de hagedis achter ons op de muur. Pa schraapte zijn keel. Zijn gezichtsuitdrukking bleef hetzelfde, maar in zijn ogen verscheen een wazige blik, alsof ook hij mensen kon zien met wie hij een raadselachtige band had, mensen die hun leven elders leidden, zich er niet van bewust dat verre ogen hen in de gaten hielden. Toen Pa op z'n allerwazigst keek zei hij opeens, alsof hij in gedachten naar het zuidelijk deel van het continent was gevlogen: 'De machtige Regenkoningin woont in een grote hut diep in het bos. Ze woont onder een reusachtige, tweeduizendjarige boom die krachtige, giftige vruchten draagt. Nu zijn er in de wereld vele Regenkoninginnen, maar zij is de moeder van allen. Ze kan met de regen praten, ze kent de taal van de geest van de wervelwind, ze kan de wolken donker maken, ze kan het laten weerlichten, ze bewaart het geheim van de donder in een witte pot, en ze heeft zestien vrouwen en talrijke kinderen. Ze is stokoud en oppermachtig. Ze kan zich begeven in de dromen van landen en continenten. Ze heeft de hand in alle belangrijke gebeurtenissen in het leven van haar onderdanen. Haar geest wordt overal ter wereld gevreesd, zelfs door mensen die nog nooit van haar hebben gehoord. Eens in de zeven jaar geeft ze een groot feest, wat meestal betekent dat er ergens iets ongelooflijks gaat plaatsvinden of al heeft plaatsgevonden, waar echter niemand weet van heeft. Maar voor ze het feest organiseert wacht ze op een teken, een voorbode. Vaak openbaart het teken zich in de gedaante van een wonderbaarlijk dier dat bij haar hut verschijnt. Op een keer stak een giraf zijn kop door haar deur. Niemand wist hoe hij daar verzeild was geraakt. Een andere keer werd er een slapende kameel naast de gemeenschappelijke waterput aangetroffen. Vele jaren geleden kwam er een blanke man met geschenken van goud en smaragdgroene kralen. Er wordt zelfs beweerd dat de geest van hun grote god ooit sprak door de mond van een tweejarige dreumes. Het feest dat ze na dit bijzondere voorteken gaf was zo ongeëvenaard dat er heden ten dage nog over gezongen wordt, in honderd verschillende versies, overal op het continent. Grote gebeurtenissen bereiken mensenoren niet alleen via mensenmonden. Soms reizen ze via dromen, door onzichtbare kabels in de lucht of via de fluisterende monden van geesten.'

Pa zweeg en keek naar ons met ogen die even oplichtten van een profetische kracht. Toen keerde hij terug naar zijn wazigheid en zweefde weer weg naar het wonderbare zuiden.

'Nog niet zo lang geleden vertrokken mannen en vrouwen uit allerlei landen, van verre continenten, van vreemde plekken in het universum, op pelgrimstocht naar haar beroemde heiligdom. Toen de pelgrims één voor één arriveerden verwonderden haar onderdanen zich over de fantastische geschenken die ze meebrachten. Ze verwonderden zich over de grote verscheidenheid van mensen die er op deze wereld bestaat. Toen deze verbazingwekkende mensen begonnen te arriveren wist de Regenkoningin dat dit geen gewoon voorteken was. In feite was haar al heel lang geleden te kennen gegeven naar juist dit voorteken uit te kijken. Toen de pelgrims weer vertrokken gaf ze een sober feest. En tijdens dit feest deed ze de verbijsterende uitspraak dat het haar tijd was om de aarde te verlaten teneinde zich bij haar illustere voorvaderen te voegen. Ze stelde haar onderdanen voor een raadsel. Ze zei dat bij haar geboorte was voorspeld dat wanneer het haar tijd was om te sterven, ze de keuze had om de vruchten van de giftige oude boom te eten, of de hoogste heuvel te bestijgen en zonder voedsel of water de ladder van de goden op te klimmen naar het rijk van de illustere wezens. Tot op de dag van vandaag weet niemand welke keuze ze heeft gemaakt. Dit is mijn verhaal, en het is echt waar.'

Toen Pa zijn verhaal had beëindigd deed hij het raam dicht en blies de kaars uit. Die nacht droomde ik dat Madame Koto een Regenkoningin was wier stervensuur was aangebroken. Ik zag haar branden in de vlammen van haar maanstenen, terwijl er achter haar een rode engel stond. Daarna zag ik hoe de reusachtige engelenvleugels zich om haar heen sloten terwijl zij met fonkelende ogen, in een doodse, onmenselijke stilte verbrandde.

2

Hoe Ma moest boeten voor mijn achteloze woorden

Ik speelde de volgende dag op straat toen ik geesten Madame Koto's bar zag binnenstromen. Ik herkende er niet één van. Ik liep ze achterna, maar toen ik de bar binnenging was het er zo goed als uitgestorven. Een van Madame Koto's vrouwen kwam van de achterplaats, kreeg me in het oog en joeg me weg. Ik vertelde Ma over de geesten, maar ze sloeg me op mijn hoofd en liet me beloven met geen woord te reppen van hetgeen ik had gezien. Ik vertelde Pa over de geesten en hij zei: 'Ze gaat een feest geven.'

Die avond zag ik Madame Koto. Ik zag haar branden in haar onnatuurlijke schoonheid. Ze waggelde naar me toe, gehuld in zeven beschermingsspreuken en een parfum dat afweer bood aan alle kwaad. Ze pakte me bij de hand en zei met een mannenstem: 'Ik ga binnenkort bevallen.'

'U gaat binnenkort sterven,' zei ik.

Met een gesmoorde kreet, haar gezicht verwrongen in zo'n lelijk masker dat ze de nacht dichter bij mijn ogen bracht, liet ze mijn hand los en deinsde achteruit. Haastig trok ze haar spreuken om zich heen en met een ongeëvenaarde beweging van haar armen hield ze de naderende golven van gekte op afstand, hervond zichzelf en schonk me een vreeswekkende glimlach.

'Je moeder zal boeten voor wat jij hebt gezegd,' luidde haar reactie.

Het liet me koud. Opeens voelde ik een stekende pijn in mijn hoofd. Even lichtte het duister op door een verblindende bliksemflits. En toen het weer donker was stond ik alleen op een hete plek op straat. Madame Koto was weg. Haar verdwenen aanwezigheid werd zelfs niet verraden door haar parfum.

Die nacht, toen we allemaal lagen te slapen in een land met een overvloed van dromen, begon mijn moeder te raaskallen. Er waren zes mannen voor nodig om haar in bedwang te houden want ze vocht met de tijgerachtige kracht die gepaard gaat met gekte. Ze brulde de godganse nacht en beroofde ons woonerf van alle energie. De mannen waren uitgeput en hadden kapot gekrabde ogen, opengehaalde borstkassen en verstuikte polsen doordat ze Ma met bovennatuurlijke inspanningen in toom moesten houden. Ma schuimbekte en haar ogen puilden uit. Het leek alsof tal van krankzinnige geesten in haar magere lijf om de heerschappij streden.

Mijn moeder werd gek terwijl Madame Koto brandde in haar nieuwe schoonheid. Ze stopten een lepel in Ma's mond om te voorkomen dat ze haar tong afbeet, en in haar onbeheerste razernij maakte ze precieze tandafdrukken op het metalen voorwerp. Pa weigerde er een kruidendokter bij te halen. Zijn zwijgzaamheid werd allengs angstaanjagender toen hij Ma met zijn donkere ogen opnam. Ma was een volle dag buiten zinnen. De politici kwamen weer terug met hun vrachtwagens en megafoons, hun traditionele kledij, hun melkpoeder van twijfelachtige kwaliteit en hun buitensporige beloften, terwijl Ma in vreemde talen tekeerging over vreemde dingen. Ik zag haar kronkelen op het bed, schoppend als een bezetene.

Tot mijn verbijstering bevrijdde ze zich van haar knevels van henneptouw en begon de kamer te vernielen. Ze duwde de kast omver, smeet het bed tegen de muur, schoof de eettafel naar de verste hoek van de kamer en gooide kleren omhoog tegen het plafond. Ze ontwikkelde opeens een obsessie voor de starende hagedis en joeg hem over de muren, wierp haar schoenen naar hem toe en miste. En 's middags, toen de hitte onverdraaglijk was, kwam Ma tot bedaren en begon een klaaglied te zingen met zo'n duizelingwekkende melodie dat we ons om haar heen schaarden en ons afvroegen wat voor soort demon bezit had genomen van haar geest. Ik zag Ma's ogen ronddraaien in hun kassen tot alleen het wit nog zichtbaar was.

En toen ze weer begon te mompelen en zich teweerstelde tegen het opkomende tij van de waanzin, barstte ze uit in de vertrouwde taal van haar voorvaderen en sprak van een hete zwarte steen die in haar baarmoeder groeide, een steen die steeds heter en groter werd. Ze sprak van verdwaalde geesten die in haar lichaam ronddoolden en het spoor bijster waren. Ze mopperde over tromgeroffel in haar hoofd. En toen ze sprak van een grommende luipaard in haar hart, waarmee ze een vloed van oude wensen en dromen losmaakte, toen veranderde Pa's gelaatsuitdrukking. Zijn stilzwijgen boette in aan kracht. Het was uit zijn schuilplaats tevoorschijn gekomen.

's Avonds barstte Ma uit in een maalstroom van profetieën. Ze schreeuwde over opgehangen mensen op verre continenten, en over anderen die met de schoonheid van hun huid hadden moeten betalen voor onrecht. Ze schreeuwde over vrouwen die in beesten waren veranderd, louter door de druk van de ontelbare dagen, over brandende torens en vloeibaar goud dat uit de donkere, slapende aarde omhoogspoot, over tijdperken van ongehoorde corruptie, ongelooflijke devaluatie, slachtpartijen door regeringstroepen op klaarlichte dag, sluipmoorden en oorlogen en wormen in het levende vlees van kinderen, over mensen die hele kolonies van ziekte en razernij kweekten, over marktvrouwen die de regeringsgebouwen bestormden, over arme landen waarvan de grond, de zee, de delfstoffen en de lucht voor tweehonderd jaar waren verpacht aan buitenlandse mogendheden, over aardbevingen die hele steden met de grond gelijkmaakten en alleen kinderen onder de zeven in leven lieten. En toen ze begon te krijsen over de huiveringwekkende tijd van karmische afrekeningen, over de ondermijning van de oude godsdiensten, toen ze door haar maalstroom van profetieën en wartaal werd meegesleurd, toen verbaasde het geen mens dat het buiten begon te regenen, dat het begon te gieten, dat het met bakken uit de hemel kwam, een wolkbreuk die gaten in de daken sloeg, huizen ineen deed storten en de straten onder water zette.

Toen het werkelijk leek alsof de hemelsluizen openstonden zaten de meesten van ons ineengedoken op de vloer, doodsbenauwd door de abnormale heftigheid van het noodweer. Terwijl Ma rustig op het bed lag en haar mond toonloze woorden vormde, kwam Pa plotseling tot leven en stiet zijn krachtige bezweringen uit. Hij raakte bezield, alsof zijn geest eindelijk wakker was gepord. Hij greep Ma bij haar middel, wierp haar over zijn schouder en rende het noodweer in, tot aan zijn liezen door de ondergestroomde straat wadend, schreeuwend met zijn machtige stem.

Ik ging hem achterna en zag hoe klein hij was onder de kolkende lucht, onder de lage, straatlange bliksemflitsen die alles uiteenreten en zowel de zichtbare als onzichtbare domeinen onthulden. De bliksem toonde Pa een weg naar het bos. Grommend, alsof hij in een beest was veranderd, bracht hij Ma naar een punt waar vijf paden bijeenkwamen. Aan het begin van elk van de paden stonden bladen met offergaven. Pa legde Ma neer op de doorweekte aarde onder de duizendjarige boom, waarna hij zelf in het bos verdween. Zijn stem weergalmde in het ondergespoelde labyrint.

De stortbui onttrok Ma aan mijn zicht en de donderslag boven mijn hoofd joeg me terug naar de straat en ons woonerf. Ik bleef in onze overhoop gehaalde kamer. Uren later verhief ik me uit mezelf, cirkelde door de lucht en zag een zilveren gedaante boven Ma zweven. Het was de oude vrouw uit het bos. En toen Pa terugkeerde van zijn zinloze zoektocht naar de hut van de oude vrouw, merkte hij dat Ma niet meer bij de vijfsprong lag.

De bliksem schiep die nacht nieuwe wegen in de lucht en de oude vrouw vloog met Ma's geest zijn vertakkingen binnen, naar het wonderbaarlijke middelpunt en de oorsprong van het weerlicht. En toen onze straat baadde in de weerschijn en de aarde en de bomen verbleekten door explosies van licht, toen zag ik Ma tot aan haar nek in de geheime bronnen van het duizendjarig heiligdom en hoorde ik haar roepen met een gelouterde stem.

Niet lang daarna hoorde ik Ma en Pa door onze straat komen aanlopen. Ma was vanaf haar schouders gehuld in een witte doek. Haar haren waren kort geknipt, haar gezicht vertoonde verscheidene snijwonden en blauwe plekken, haar ogen stonden kalm en ze zong een klaaglied van eenzelfde lieflijkheid als de melodieën van de meerminnen uit de grote rivieren.

Het regende niet meer toen Ma thuiskwam. Op het moment dat ze de kamer binnenstapte weerspiegelde zich in haar ogen een diepe ergernis om de chaos die ze aantrof. Ze wierp Pa een boze blik toe, wat mij duidelijk maakte dat ze zich haar eigen razernij niet herinnerde. Ze herinnerde zich haar waanzin niet eens als een droom. Ik was schuldig aan Ma's leed. Ik haatte Madame Koto zo erg dat ik wilde dat ze bleef leven.

3

Waakzaamheid

We zeiden niets tegen Ma over haar kortstondige gekte. We deden ons best haar niet als een halvegare te behandelen. Maar we waren wel op onze hoede, we letten op onze woorden, we waren voorzichtig met onze gebaren, we verstopten alle spiegels een tijdje, en Pa bedacht allerlei manieren om een discrete waakzaamheid te waarborgen. Dit alles was overbodig, want Ma's eendaagse vlaag van waanzin was voorgoed uitgewoed en wij hadden voor de zoveelste keer een van Madame Koto's heksentoeren overleefd.

Ik sprak met geen woord van Madame Koto's dreigement, maar ik veranderde wel mijn wens. 's Nachts bad ik dat haar schoonheid haar tot een hoopje gouden as zou verbranden.

4

Geesten uit oude verhalen

Madame Koto was inderdaad teruggekeerd en daar viel niet aan te ontkomen. Op de klassieke wijze van de machtigen, door toedoen van Ma's geraaskal, liet ze weten dat ze haar nachtmerrieachtige beproevingen had doorstaan en de verschrikking tot haar bondgenoot had gemaakt.

Ze stuurde ons een mand uien ten geschenke. Ik gooide ze naar buiten en op diezelfde dag begonnen ze uit te spruiten op ons achtererf. Ik trok de behekste uien uit de grond, holde naar Madame Koto's bar en smeet ze naar binnen. Toen ik wegvluchtte hoorde ik rondom haar gelach in de wind.

Het was een bijzondere dag voor Madame Koto. De kracht van haar vlammende geest had berichten doen uitgaan naar alle domeinen waar ze connecties had. En die dag, alsof onze straat het centrum van de wereld was geworden, alsof in ons midden een schaduwgodsdienst in het leven was geroepen, zagen we een verbluffende pelgrimsoptocht van mensen naar haar bar gaan. Ze kwamen aanvankelijk als geesten, een legioen van schaduwwezens.

Ik zag de geesten van offerdieren. Ik zag de geesten van de

ongeborenen. Ik zag de schare geestenkinderen die aan één moeder en één plek geketend waren, een samenvloeiing van verschillende verhalen. Het leek wel alsof hun levens de oplossing moesten bieden voor al die elkaar kruisende wegen en geschiedenissen. Ze kwamen allemaal in stilte, schaduwen zonder lichaam, geesten zonder geheugen en zonder dromen. Ze losten op in Madame Koto's bar, ze kleefden aan de muren of zweefden in de lucht.

Ik zag ze allemaal en was bang dat mijn laatste uur had geslagen, dat mijn dood me besprong in visioenen van een laatste vaarwel, een laatste thuiskomst – wat een pelgrimage in feite ook is. Ik wachtte tot de geesten weer zouden weggaan, maar ze bleven. En pas later realiseerde ik me dat ze zichzelf vooruit waren gereisd, dat hun stoffelijke omhulsels hen nog moesten inhalen.

De volgende ochtend zag ik de echte mensen Madame Koto's bar binnenstromen. Het waren verschijningen. Het begon met een man die half geest, half mens was. Op zijn gezicht lag de glimlach van de oplichtersgod. Hij droeg een bonte uitdossing bestaande uit een geruite broek, een felrood hemd, een gele hoed en een witte parasol. Hij was heel lang en mager en ik herkende hem als de laatste man met wie Pa buiten Madame Koto's bar had gevochten in de schemering van de vroege jaren. Ik was zo getroffen door zijn terugkeer dat ik bleef staan om te zien hoe hij werd onthaald. Hij had amper een voet in de bar gezet toen er twee dwergen langs me liepen. Ook zij koersten af op Madame Koto's bar. Daarna kwam de man die zijn ogen eruit kon halen, gevolgd door het vlekkerige albinopaar dat van gelaatstrekken kon wisselen, de vrouw met het hoofd als een yam en de tandeloze man met in zijn nek een oog dat eruitzag als een glinsterende knikker wanneer hij geeuwde. Toen maakte de gedrongen man van wie het hoofd op een kamelenkop leek zijn opwachting. Ik begreep niet waarom al deze mensen na hun lange afwezigheid weer terugkeerden naar de bar. En terwijl ik me daar het hoofd over stond te breken, kwamen er twee blinde mannen met zonnebrillen naar me toe en vroegen me de weg naar Madame Koto's bar. Ze zeiden dat ze al een maand onderweg waren.

'Hoezo dat?' vroeg ik.

'We kregen een boodschap,' antwoordden ze.

'Wat voor boodschap?'

'Waarom wil je dat weten?' vroegen ze kregelig.

'Omdat het me interesseert,' zei ik.

Ze werden ongeduldig van mijn vragen en daarom legde ik ze uit hoe ze moesten lopen. Omhoogblikkend naar de lucht, alsof de aarde zich daarboven bevond, liepen ze naar de bar. En toen herkende ik hen. Het waren de mannen van wie het gezichtsvermogen verbeterde naarmate ze meer dronken.

De mensen die terugstroomden naar Madame Koto's heiligdom arriveerden aanvankelijk druppelsgewijs. De meesten kwamen in het gezelschap van hun muzikanten die xylofoons, accordeons, gitaren, kora's en de gekste trommels op hun rug droegen. Ze kwamen alleen of in groepjes. Ze kwamen in glitterende gewaden en met machtsinsignes zoals scepters, staven, schilden, vaandels, banieren, vlaggenstokken en vlaggen met raadselachtige emblemen. En ze kwamen allemaal alsof het verhaal van het ontstaan van onze gemeenschap opnieuw in scène werd gezet.

Vervolgens kwamen ze in drommen, in stromen, in massa's. De bar puilde uit, vandaar dat ze hun opmerkelijke kunsten buiten vertoonden. Hun acrobaten maakten salto's in witte pakjes en buitelden om en om door hoepels gevlochten van olifantsgras. Hun jongleurs lieten felrode eieren rondgaan in de lucht. Hun muzikanten, met spookachtige gezichten van het antimoon, speelden vreemde doch lieflijke wijsjes die zich vastzetten in je hoofd. Ze veranderden Madame

Koto's bar in een kermisterrein. En ze hadden allemaal geschenken bij zich waar we geruchten over hoorden die ons vervulden met verbazing.

Ze brachten monsterlijke lobben kolanoten mee, gouden kauri's, schalen met machtige Soedanese zoetigheid, kooien met zeegroene papegaaien, apen met rode hoeden en driedelige gele kostuums, grammofoons, magische stenen die licht veranderden in regenbogen, bronzen krukjes, een pasgeboren kameeltje, een witte merrie, een fetisj met een demonische, androgyne glimlach, een koe zonder staart, een stier met een roodgeverfde kop, een kip die in plaats van eieren stenen legde, balen met kant, een mand vol slakken, schildpadden in groene emmers, rode en bruine zonnebrillen, mutsjes en hoofddoeken, Deense geweren, door de bliksem geëlektrificeerde kapmessen, palingen, zangvissen, een goudkleurig geverfde dode haai, blauwogige honden, katten met een iriserend glanzende vacht, en beeldjes van de boodschappers der nieuwe goden, gehouwen uit zwarte steen die opgloeide in het donker.

Daarnaast brachten ze ook nog zilveren armbanden mee en trommels met strakgespannen vellen, enorme kalebassen en antilopenhoorns, krokodillentanden en gouden snoeren, zand uit de Nijl en stenen uit de omgeving van de grote Egyptische piramiden. Ze brachten de eerste modellen van telefoontoestellen, balpennen, allerlei elektronische apparaten en elektrische gloeilampen mee. Ze brachten landkaarten mee van toekomstige landen en door de Gouverneur-Generaal ondertekende documenten betreffende geheime economische overeenkomsten tussen de kolonisator en de gekoloniseerde – handelsakkoorden, militaire afhankelijkheid, monopolies – documenten waarvan de Gouverneur-Generaal meende dat hij ze vernietigd had. Ze brachten papieren mee met de handtekeningen van toekomstige staatshoofden. Ze brachten lijsten mee van toekomstige gebeurtenissen, staatsgrepen, executies, schandalen, oorlogen en opstanden. Ze brachten kranten mee met toekomstige koppen over de talloze bloedbaden onder oproerige studenten, over de economische ineenstorting van het land, over het wegsluizen van nationale fondsen naar privé-rekeningen in het buitenland. Ze brachten foto's mee van de sleutelfiguren in de vierjarige oorlog die door de natie al bij voorbaat slinks in het leven werd gedroomd. Ze brachten luchtfoto's mee van toekomstige olievelden en gedetailleerde beschrijvingen van toekomstige handelspartners. Ze brachten papieren mee betreffende toekomstige modellen van oorlogstuig en militaire technologie, papieren betreffende de bouw van de huizen waarin de toekomstige staatshoofden zouden wonen, en uitgebreide kaarten van de getto's waarvan alle uitgaande wegen in rood waren getekend. Ze brachten nog vele andere geschenken mee die ogenschijnlijk niets met de schenkers van doen hadden; en de schenkers zelf waren allen vreemden uit het verleden.

Gaandeweg begon ik ze te herkennen in hun veranderde gedaanten, geesten uit oude verhalen. Sommige dwergen waren iets gegroeid, sommige lange mannen iets gekrompen. Voormalige barmeisjes van Madame Koto waren inmiddels vet van zelfgenoegzaamheid. Misdadigers waren veranderd in politici, moordenaars in priesters. Er liepen heksen en tovenaars rond met een glanzende huid en muurgekko-ogen. Honden en geiten waren er ook. Katten aan touwtjes. Pauwen. Mensen zonder benen. Worstelaars en volmaakte heren. Witharige goochelaars met zwarte capes. Meerminnen op hoge hakken, overdag van een adembenemende schoonheid, maar 's nachts toonden ze hun andere kant. In mensen veranderde dieren liepen ongemakkelijk op hun in grote laarzen gestoken hoeven. Ik zag ze allemaal. Het contact met Madame Koto had ze veranderd in personen met invloed in vele sferen, in spionnen van de heersende machten.

Alle lagen van de samenleving waren vertegenwoordigd: karrenvoerders, metaalarbeiders, ambtenaren, drekophalers, straatvegers, koeriers, venters, politieagenten, moordenaars, bankiers, allen die de ogen, handen en oren van de heersers waren en de bescherming genoten van tovenaars en geheime genootschappen, partijleiders en magnaten. Ik zag ze allemaal, de vroegere bezoekers van Madame Koto's bar. Ze waren stuk voor stuk veranderd, evenals de bar onherkenbaar was veranderd in een bizarre plek van vele bezweringen.

Ook een groot aantal van Madame Koto's prostituees kwam terug. Het waren boetiekeigenaressen, machtige marktvrouwen, hotel- en restauranthoudsters geworden. Vrouwen die al geruime tijd niet meer voor haar werkten maar nog steeds de lange arm van haar invloed voelden, keerden eveneens terug. Velen van hen hadden heimelijke banden met haar grote ondergrondse netwerk. Ik zag de legendarische marktvrouwen met hun angstaanjagende ogen en stukken pakpapier rond hun kolossale lijven, vrouwen die roken naar gedroogde rivierkreeft en geld dat door vele handen was gegaan. Ik zag de vrouwen die met behulp van Madame Koto een eigen bedrijfje hadden opgezet en nu een bar bezaten of geld uitleenden, allemaal volgelingen van haar geheime religie. Er waren ook mensen die ik niet herkende, die van een andere planeet schenen te komen of uit gebieden op aarde waar het zonlicht niet doordrong.

Beladen met geschenken hadden ze allemaal een lange en moeilijke reis achter de rug. Ze hadden hun woelige privélevens achter zich gelaten om Madame Koto hun respect te betonen, alsof ze van tevoren op de hoogte waren gebracht van haar ophanden zijnde feest. In feite maakten ze allemaal een mystieke pelgrimage naar hun oorsprong.

Tot mijn verrassing zag ik onze huisbaas in hun midden. Ook hij was veranderd. De huur liet hij inmiddels ophalen door tussenpersonen van een twijfelachtig allooi. Hij verwaardigde zich niet meer in eigen persoon te komen. Hij bestierde een aantal gokhuizen aan de rand van het getto en bezat grote stukken moerasland waar zich in de toekomst een uitgebreide chemische industrie zou vestigen.

Dingen sijpelen vanuit de toekomst terug in het heden; het verleden duwt alles naar voren; en de toekomst dwingt tot een zoektocht naar de verloren oorsprong.

5

De zwarte raadselsteen

De terugkeer van al deze mensen vervulde ons met verwarring en ongerustheid. Wijkbewoners verzamelden zich op straat voor Madame Koto's bar en vroegen zich af wat deze nieuwe invasie van het verleden te betekenen had. Het bleek dat er niet alleen personen uit het verleden waren gekomen. Er waren ook mensen bij die ik nog nooit eerder had gezien. Volslagen vreemden. Zonderlinge pelgrims. Feestgangers. We sloegen hen zwijgend gade. We sloegen hen gade toen de avond viel en het feestgedruis toenam. We sloegen hen gade toen ze apen en schapen offerden. We keken naar de angstaanjagende schaduwen van het grote vuur van hun offerriten.

Hun bezigheden fascineerden ons. Verdenkingen en vergeten nachtmerries dienden zich in ons midden aan. We keken nauwlettend naar de vrouwen die inmiddels een eigen bedrijf of een hoge positie bezaten, en naar de mannen die dorpen bestuurden, zo ver verwijderd van de hoofdstad dat de nationale volkstelling en de belastingen aan hen voorbijgingen.

Pas toen Pa schreeuwde van afschuw om iets wat hij op

Madame Koto's achterplaats had gezien, iets wat op huiveringwekkende wijze werd verlicht door het enorme vuur, begon het mij te dagen. Pa had de onheilspellende zwarte steen gezien die hij had gebruikt om het graf van de timmerman in het bos te markeren. En toen hij de steen zag, zagen we hem allemaal. Daar lag hij, op de achterplaats, tintelend van helsheid. Zijn pokkige oppervlak sidderde. Hij verspreidde een merkwaardige gele gloed in het flakkerende licht van de vlammen. Hij siste en rilde, alsof hij bezield was of in zijn onverbiddelijke hardheid een bijzondere levensvorm gevangenhield die zich trachtte los te wringen.

6

Een geheime keten van droomwerelden

En toen bedacht ik dat alle mensen uit nabij- en verafgelegen plaatsen, van wie de impuls om op reis te gaan in direct verband stond met de tijd die het ze zou kosten om bij ons te arriveren, alle geesten en verschijningen, allen die in ons midden vreemden waren, die luisterden naar onze hartslag en de strekking kenden van onze politiek, onze honger, onze dromen en onze razernij – dat allen gehoor hadden gegeven aan de oproep van een ophanden zijnde geboorte van een geestenkind, een drievoudige geboorte, één voor elk der sferen.

Ik heb horen beweren dat elke werkelijkheid twee schaduwwerelden heeft. Ik heb eveneens horen beweren dat elke mogelijkheid een realiteit is die naast de werkelijkheid bestaat.

In onze wijk werd een natie geboren. Elders stierf een avatar, en een andere stond klaar om zijn plaats in te nemen in een oneindige geheime keten van droomwerelden die, op het juiste moment, zou uiteenspatten in een nieuwe levenswijze, in een wereldwijde droom. En de dromers zijn zich dikwijls volstrekt niet bewust van de krachten die ze ontketenen in het ondermaanse, want grote waarheden behoeven tijd voor ze zich in onze trage realiteit kunnen openbaren. En wanneer ze zich openbaren is hun effect door het tijdsverloop nooit helemaal zuiver.

7

Waar begint een geboorte?

Waar begint een geboorte? Een geboorte begint met een dood. De door ons onjuist benutte ruimte moet eerst worden leeggemaakt alvorens er iets nieuws kan worden geboren. Een geboorte begint met een dood en die nacht hoorden we in de lucht luide klaagliederen weerklinken die een naderende dood voorspelden. Intussen zweefde Madame Koto in haar rituele atmosfeer in de walmen van cederhout en wierook, brandend in haar schoonheid. Intussen hoopte het gele stof van karmische engelen zich op in haar geest.

Uit de bar klonk een vrolijk feestgedruis. We hoorden vele stemmen. Mensenstemmen. Dierenstemmen. Stemmen van de doden die mensenlichamen hadden geleend om de thuiskomst bij te wonen. We hoorden zelfs de nasale stemmen van geesten die maar niet kunnen wennen aan de kleine neus van de mens.

Er klonken ook vele talen. Voor ons volstrekt onbegrijpelijke talen. Talen waarvan we af en toe een woord verstonden. Talen uit de uithoeken van de wereld. De talen van Eskimo's en Pygmeeën, uit Babylonië en het oude Griekenland, van Kelten en Indianen. Talen van de doden en ongeborenen. Talen van macht en dromen. Maar de geestverschijningen hadden geen moeite elkaar te begrijpen in Madame Koto's bar.

Ik stond tussen de toeschouwers. We bewaarden allemaal het stilzwijgen in het aangezicht van zo'n krachtig vertoon van verbondenheid. Bij tijd en wijle ving ik iets op van de taal van de doden, geesten en halfmensen. Deze heilige pelgrims uit het schimmenrijk van onze geschiedenis waren gekomen om de grote Madame Koto hun respect te betonen. Hoerenmadam. Machtsmanipulator. Priesteres van een nieuwe en schrikwekkende levenswijze.

Ze waren allemaal gekomen ter ere van deze vrouw die erin was geslaagd onder het toeziend oog van onze geschiedenis een totale metamorfose te ondergaan. Ze waren gekomen om haar ritueel te bezielen, om hun verstrekkende bondgenootschappen te tonen aan de vooravond van de grote politieke bijeenkomst, en om onze wereld te verruimen ter wille van de geboorte van hun heerschappij. Ze waren gekomen om haar te roemen en om de verdragen van geheime organisaties te bezegelen, verdragen betreffende een bevredigende verdeling van de territoriums van deze wereld.

Ze kwamen en bleven twee dagen. Zoals altijd waren wij buitenstaanders die naar binnen keken, naar een verwarrende werkelijkheid.

8

Het laatste feestmaal

Op de derde dag richtte Madame Koto, die een kroon van parelsteentjes droeg, een groot feestmaal aan. Het was een overdadig banket. Er werden vijf stieren, drie koeien, zeven geiten en talloze kippen geslacht, toebereid en opgediend. Hele stukken van onze straat waren vol gezet met klapstoelen en uitschuiftafels. Die avond leek het net alsof de straat was veranderd in een marktplein of een bazaar.

Het was een ware schranspartij. Her en der lagen kippenbotjes, antilopenschedels en gebroken bierflesjes. Flarden oosterse muziek, indringende pijporgelklanken en opmerkingen over een laatste avondmaal zweefden naar de gele wolken van de schemering. De gasten waren luidruchtig en dronken. Ze twistten over de verdeling van macht, over stammenrivaliteit en territoriale zeggenschap. Ze ruzieden over hun loyaliteiten, hun prestaties en hun interpretaties van de nieuwe Afrikaanse levenswijze, waarbij eeuwenoude meningsverschillen weer de kop opstaken. De lucht weergalmde van de botsingen tussen hun mythen en ideologieën.

Madame Koto probeerde iedereen in het feestmaal te laten delen. Die avond ontbood ze Ma, om haar vergiffenis te vragen aan de vooravond van de grote politieke bijeenkomst. Ze liet op alle woonerven kommen met rijst en geurig kippen- en antilopenvlees naar de kamers brengen, met het verzoek om vergiffenis en steun. Niemand reageerde.

Toen het donker werd nam de luidruchtigheid van de gasten vreemd genoeg af. Alleen de dronken muzikanten volhardden in hun optreden. Aan verschillende tafels gezeten speelden ze hun disharmoniërende muziek, met elkaar wedijverend, klaagliederen beantwoordend met lofzangen, treurzangen aanvallend met jachtliederen, heldendichten van geroutineerde koraspelers belagend met slepende hekeldichten van de accordeonisten, de geheugenkunst van de dynastieke muzikanten ondermijnend met liedjes over wellust en werk. De verschillende muziekgenres bevochten elkaar in hun heimelijke ideologieën en levensbeschouwingen. Ze voerden oorlog met muziek, zetten de strijd voort waar de hoofdgasten waren gestopt. Ze zongen over dood en macht, over veroveringen en moed. Ze zongen over vermaarde koningen en heroïsche geslachten. Ze boden ons de rijke stroom van al onze liederen, verhalen en filosofieën. Ze kruidden de lucht met gezegden. Ze zongen over geboorte en inwijding, maar ze zongen niet over liefde. Ze zongen over de politiek, maar ze zongen niet over de armen en het lijden.

Mij is het ontgaan, maar het gerucht ging dat er een gele vogel over Madame Koto's hoofd vloog en op haar kroon van parelsteentjes scheet toen het duister vanuit het aangetaste bos op ons neerdaalde. Ik merkte echter wel dat de muzikanten stilvielen, alsof hun muziek door de wind en de nacht teniet werd gedaan, werd weggevaagd uit de lucht. Er wordt beweerd dat toen de gele vogel wegvloog in het donkerende uitspansel, een van de gasten uit Bamako schreeuwde: 'EEN SLECHT VOORTEKEN!'

Ik hoorde de stilte die daarop volgde. Algauw hoorde ik

alleen nog de wind die over de gasten met hun dronken maar wakkere ogen heen blies.

Madame Koto, die met een kom stoofvlees in haar handen had gestaan, ging zitten en kwam weer overeind. Enkele vrouwen snelden toe om de vogelpoep van haar kroon te vegen, maar Madame Koto hield ze tegen met een handgebaar. Toen begon ze met haar toespraak.

Ze sprak, maar haar woorden waren toonloos. Ze schraapte haar schorre stemorgaan. Ze sprak opnieuw, maar haar woorden waren nog steeds toonloos. Er verspreidde zich een eigenaardig voorgevoel onder de gasten. Het werd nog donkerder. De wind floot zachtjes door de bomen. En toen gebeurde er iets merkwaardigs.

De vrouwen het dichtst bij Madame Koto begonnen te zingen waarop zij, zonder enige aanleiding, in tranen uitbarstte.

Aanvankelijk verroerde niemand zich. Geen mens die haar troostte. De vrouwen zongen en Madame Koto snikte luidkeels, sloeg met haar armen op de tafel en smeet onder het gerinkel van haar armbanden voedsel op de grond. Toen de vrouwen stopten met zingen viel ze stil. Ze huilde geluidloos, met een verwrongen gezicht, terwijl de tranen op haar vettige wangen glinsterden.

Het licht flatteerde haar. De lampen deden de treurnis van haar rijpe schoonheid beter uitkomen. Toen ze ophield met huilen ging ze staan en probeerde opnieuw te spreken. Ze opende haar mond, maar in plaats van woorden ontsnapte er een vlaag dierlijke pijn. Ze hield haar buik vast, wankelde naar achteren en viel over een stoel. Moeizaam hees ze zich overeind. Haar vrouwen kwamen aansnellen, dromden om haar heen en brachten haar naar huis, terwijl boven de rest van ons de regenwolken zich samenpakten. Op het moment dat ze werd weggevoerd begon een muzikant, zichzelf begeleidend op de kora, met een stem die ons door merg en been ging, één zin uit een gezegde te zingen, eindeloos herhaald: 'Als je achterom kijkt, pelgrim, verrek je je nek...'

En toen de muzikant ophield met zingen was Madame Koto verdwenen. Er viel een korte stilte waarin de wind oproerige woorden in de lucht fluisterde, woorden die Pa later zou oppikken van de tijdgeest.

En de apen die niet waren geofferd omdat ze een of andere unieke eigenschap bezaten – een talent voor spotternij of de gave van het voorspellen – alsook de pauwen en de vogels in hun bolronde kooien, begonnen allemaal te krijsen en te kwetteren. Ik kon hun taal niet verstaan. Maar uit hun angstaanjagende geluiden stak een wind van gekte op, en alle gasten werden met stomheid geslagen door de voorgevoelens die nu rondzweefden in het nachtblauwe duister van het feest.

Niet lang daarna kwam er een boodschap van Madame Koto die onder de gasten werd doorverteld. Hun gezichten veranderden bij het vooruitzicht van de lange reis naar huis. Madame Koto stond erop dat de gasten bleven doorfeesten zonder haar. Ze droeg hun op hun gewichtige taak, hun belangrijke werk voort te zetten, namelijk hun invloed en macht in de vele sferen te vergroten.

Het feest eindigde abrupt. Zij die dronken waren, zich hadden overeten en nog een lange weg hadden te gaan, beseften dat hun pelgrimage voorbij was.

Die nacht bleef Madame Koto alleen in haar kamer. Haar ziekte verergerde en ze verging van de pijn in haar voet. En terwijl de ontberingen van haar zwangerschap bijna ondraaglijk werden, maakten de ontnuchterde gasten buiten zich op voor de lange terugreis naar huis.

9

De wind fluistert oproerige woorden in de lucht

Op die derde avond gingen de geestverschijningen weg. Ze kwamen met geschenken en vertrokken in stilte. Ze keerden terug naar hun schimmenrijken waar de geschiedenis een eeuwige wond is op de gezichten van de bewoners, en waar mooie toekomstdromen de wind en het stof nauwelijks in beroering brengen. Ze keerden terug naar hun schemerwerelden waar eeuwenoud lijden is samengevloeid in strenge religies van talloze wegen en levenswijzen. Elke levenswijze roept vragen op. Op elke weg vloeit bloed van de voeten van mannen en vrouwen, pelgrims die niet weten waarom ze reizen, wat ze zoeken of wat de gouden deuren van het graf voor hen in petto houden.

De geestverschijningen lieten dodelijke schaduwen achter in ruimten die waren doortrokken van de geur van boskruiden. Ze waren gekomen met ogen van een ondoorgrondelijke onverschilligheid. Ze merkten de rest van ons niet op; ze hadden geen oog voor de eeuwige buitenstaanders die naar binnen kijken. Binnen hun gezichtsveld bestonden wij niet. Ze zouden lange tijd over delen van onze wereld heersen zonder ons te zien. Hun schaduwen zouden zich schuilhouden in onze lucht, weggestopt in stukken van ons bewustzijn, in afwachting van een gruwelijke uitdrijving.

En toen de geestverschijningen vertrokken, was onze wereld niet meer dezelfde: het stof uit hun schrikwekkende dromen zou ons voor altijd blijven hinderen. Die avond sprak Pa voor het eerst van de revolutie, een woord dat hij uit de lucht had opgepikt. Het was een nieuw woord en telkens wanneer hij het in de mond nam zag ik vreemde sterren aan de hemel. Die hele avond, bij alles wat hij zei over de visitaties waarvan wij zelf getuige waren geweest, gebruikte hij het woord alsof het een nieuwe boksstoot was, door hem persoonlijk uitgevonden. Hij bleef inbeuken op de lege ruimten van onze kamer, sloeg wartaal uit, pepte zichzelf op. Toen we hem vroegen wat hij aan het doen was begon hij te praten over de voorbereiding op een grootser gevecht, een verhevener strijd. Alle lessen en technieken van het boksen wilde hij aanwenden ten behoeve van de ware revolutie.

Toen Pa die nacht eindelijk zweeg, Ma door de donkere kamer ijsbeerde en de rook van de muggenspiralen te snijden was, hoorde ik de geesten die in onze woonruimte ronddwaalden het woord aan elkaar doorvertellen. Ze mompelden het, maakten er liedjes van, speelden ermee, verkortten en verlengden de lettergrepen, de ene stem nam het over van de andere tot het in de lucht zweefde als de klank van een nauwelijks hoorbaar koor. Alles viel stil toen Pa opnieuw het woord nam.

'Revolutie. Dat kost tijd en één seconde.'

Ik begreep hem niet. Hij heeft het woord nooit meer in de mond genomen. Het leek wel alsof hij besefte dat het noodzakelijk was het woord te zeggen, het los te laten in de lucht, om het daarna te laten neerdalen in een krachtige stilte, zoals zaad in de vruchtbare aarde valt; het moest sterven om met kracht en doelgerichtheid te worden herboren. Het leek wel alsof hij zelf de behoefte had het woord te zeggen, het in de lucht te laten groeien, het een stem en een leven te geven, het in alle domeinen van de werkelijkheid te laten rondzweven, beladen en als een regenwolk kracht verzamelend tot het de volmaakte omstandigheden zou vinden om zich daadwerkelijk en op de juiste wijze te manifesteren. Pas dan – en alleen dan – zouden wij als specialisten van de vechtersgeest ons opmaken voor de wonderbare strijd en de bestorming van de hoge muren van de dodelijke en zelfzuchtige machten, tot onze levens voor altijd in heerlijkheid zouden zijn veranderd.

Toen ik een kaars aanstak vertoonde Pa's gezicht een zachte droefenis. Ik wist wat hij dacht: dat hij de dag waarop wij genoeg vrijheid zouden bezitten om ons bij de grote hervormers van deze aarde te voegen, wellicht niet meer zou meemaken.

10

Een rivier van onverenigbare dromen

Ik bleek die nacht tijdens onze slaap in Madame Koto's kamer rond te cirkelen. Haar geest trok me naar binnen. Ik tolde rond in de maalstroom van haar ziekte, haar oprispende nachtmerries, haar pijn. Ze lag alleen in een dauwkoele ruimte op een zijden doek, omringd door fetisjen en vijf brandende rode kaarsen in zilveren nissen. In het hart van haar eenzaamheid zag ik een visioen ontstaan.

Ze droomde dat haar kinderen haar van achteren hadden neergestoken toen ze door een zilveren bos liep.

Toen droomde ze dat ze het leven schonk aan een natie. Een woelige natie, rijk aan verscheidenheid. Een benauwde droom van een natie met een overvloed van hulpbronnen en geweldige mogelijkheden, maar eveneens met een neiging tot verspilling en nalatigheid. Ze ondernam geen pogingen de droom te veranderen. Ze kon onze slaap beïnvloeden en met krachtige bezweringen ons diepste wezen onder haar macht brengen, maar ze kon haar droom niet naar een hoger plan tillen. En wij die ontvankelijk waren voor de resonanties van haar geest, werden geïnfecteerd met dit onvermogen onze dromen te veranderen. Zij was er de oorzaak van dat wij onze dromen als werkelijkheid beschouwden, en de werkelijkheid als een droom. We interpreteerden onze voortekenen als profetieën, die op hun beurt feiten werden. Zij die hun kwade dromen niet kunnen transformeren zouden ruw moeten worden gewekt.

Ik probeerde haar wakker te maken door het woord 'revolutie' in de luchtgaten van haar geest te schreeuwen. Maar op datzelfde moment werd ik me ervan bewust dat de bewoners van het vruchtbare land de natie ook tot leven droomden en de aard van hun dromen niet in twijfel trokken. Zij droomden er hun toekomst in. En ik wist niet waar ik het zoeken moest in die woordloze veelheid. De rivier van dromen kende geen richting. De dromen waren te talrijk, te verschillend, te tegenstrijdig: de natie bestond niet uit één volk maar uit verscheidene volkeren die door de stichters van het Rijk in een kunstmatige eenheid waren verenigd en in kaart gebracht. De veelheid van dromen werd een koortsachtige samenvloeiing van onverenigbare wateren. De koorts had zijn weerslag op de dromers, maakte hun dromen intenser. Allen die de natie droomden, schiepen haar al dromend – en allen wilden dat hun goden de overhand kregen, dat hun stam de scepter zwaaide, dat hun ideeën toonaangevend waren, dat hun ideologieën overheersten, dat hun wraakzucht een uitlaatklep kreeg, dat hun vijanden werden omgebracht, dat hun oogsten die van alle anderen overtroffen, dat hun huizen het grootste waren, dat hun kinderen de meeste macht bezaten, dat hun families de meesters waren, dat hun clans de eeuwige roem verwierven, dat hun verwantschapsverbanden de top bereikten, dat hun oorlogen werden uitgevochten, dat hun geheime genootschappen zich de gouden zetel toeëigenden, dat alleen hun zielen tevredenheid kenden, dat alleen hun monden mochten proeven van de druipende honingraten van het land. Allen schiepen de natie zoals ze haar droomden, en allen die deze bekrompen dromen droomden, vingen ons die later kwamen in hun koortsachtige stalen webben van zelfzucht en hebzucht.

11

Onverenigbare dromen (2): god van de insecten

Mijn geest tolde van de gewelddadige dromen over de nieuwe natie toen ik mezelf aantrof in wat ik ervoer als een koele ruimte. Ik trof mezelf aan in het grote witte huis van de Gouverneur-Generaal.

De Gouverneur-Generaal lag te slapen in zijn ruim bemeten slaapvertrek. Hij droomde dat Afrika niet werd bewoond door mensen, maar door een monsterlijke variant van zwarte insecten. De insecten dwarsboomden zijn alleenheerschappij over het continent. In zijn droom bevond hij zich midden in een oerwoud waar primitieve trommels het rituele geroffel van de kannibalen ten gehore brachten. Hij trok dieper het oerwoud in, tot hij op een open plek zijn dochter zag die door de inboorlingen was vastgebonden. Hij schreeuwde, en zijn droom veranderde. Nu zag hij overal de reusachtige zwarte insecten. Ze hadden de gezichten van zijn bedienden en bewakers. Ze hadden angstaanjagende vleugels en droegen grote laarzen. De insecten daalden op hem neer en hij loste een schot met zijn dubbelloopse jachtgeweer, waarna de lucht opklaarde. Hij draaide zich om op het bed.

Terwijl er bloed sijpelde uit de talloze plekken op zijn lichaam waar hij door de insecten gebeten was, droomde de Gouverneur-Generaal vervolgens van een luxueuze weg over de oceaan, een weg die uit alle delen van Afrika werd gevoed. Een macadamweg van fijngemalen diamant, zilverpoeder en gelaagde topaas. Een weg waaruit de lieflijke liederen van meerminnen en zeenimfen opklonken. Onder deze wonderbare weg bevonden zich dode kinderen en barbaarse fetisjen, primitieve maskers en gebroken ruggengraten, aaneengeregen aderen en samengeklitte hersenen, gebalsemde vrouwen en mannen in staat van ontbinding. Het was een weg gemaakt van de tanden en schedels van slaven, van hun huid en geweven ingewanden. In de droom van de Gouverneur-Generaal was het een heroïsche, prachtige weg, een mijlsteen in de geschiedenis van het menselijk kunnen.

Aan het begin van de weg stond een gigantisch bord met de tekst:

HART VAN DE WERELD

Het was inderdaad een schitterende weg. Hij was aangelegd door de inboorlingen, onder toezicht van de Gouverneur-Generaal. Hij droomde dat via deze weg alle rijkdom van Afrika – het goud, de diamanten, de delfstoffen, het voedsel, de energie, de arbeid, de intelligentie – vervoerd zou worden naar zijn eigen land, teneinde het leven van zijn volk aan de overzijde van de groene oceaan te verrijken.

Diep verzonken in zijn aangename slaap droomde de Gouverneur-Generaal over het meenemen van de Gouden Zetel van de koning der Ashanti, de denkmaskers van de Bamako, de verhalenstenen uit Zimbabwe, de symfonische Victoriawatervallen, de fraaie olifantstanden uit Luo, de sluimerende bomen uit oeroude bossen, de lome rivier de Niger, de duurzame piramiden van de Nijl, alle olierijke delta's, de door metalen apocalyptisch opengespleten bergen, de van goud blinkende mijnen, de voorouderlijke grafheuvels van Kilimanjaro, het lexicon van Afrikaanse rituelen, het onbekende achterland van Afrika's onoverwinnelijke geesten. Hij droomde over het meenemen van Afrika's boomachtige mannen met hun granaatappelvrouwen, hun vruchtbare beeldhouwkunst, hun droefgeestige liederen, hun geestenwerelden, hun bosdieren, hun tovenarij, hun mythen en hun krachtige dansen. Hij droomde dat de inboorlingen al deze tastbare en ontastbare schatten zouden vervoeren, op hun hoofd of op draagbaren, lopend over de grote weg, achter elkaar in een keurige rij, drieduizend mijl, naar de overkant van de Atlantische Oceaan. Hij droomde dat al deze rijkdommen naar zijn land werden gebracht. Sommige zouden worden weggeborgen in airconditioned kelders, voor Afrika's bestwil, want de Afrikanen wisten niet hoe ze er optimaal gebruik van konden maken en bovendien was zijn volk beter in staat ze te beschermen. Hij droomde dat ze lagen opgeslagen in het depot van een groot museum, ter bestudering en – op een ondoorgrondelijke manier – ter bevordering van de ontwikkeling van het menselijk ras.

Hij droomde van de grote weg waarlangs alle weelde van het Afrikaanse leven zou worden weggevoerd om de slaap van zijn eigen dierbare land te veraangenamen. Hij droomde niet van de honger die hij zou achterlaten.

Aan het einde van deze gedenkwaardige weg stond een ander bord met de tekst:

HEERLIJKE NIEUWE DUISTERNIS

Boven de slapende gestalte van de Gouverneur-Generaal vloog een insect. Het streek neer op zijn ooglid en zoog het bloed uit zijn visioen. De bijzonderheden van de droom veranderden opnieuw. In de nieuwe droom werd de Gouverneur-Generaal een lichtende god die zich moest verkwikken met zielen en bloed teneinde het menselijk ras nieuw leven in te blazen. Hij werd een stralende demiurg die de onzuiverheid behoefde om zijn eigen zuiverheid te bewaren. Hij werd een zonnegod die het primitieve diende te verzwelgen teneinde het paradijs te kunnen scheppen. Het bloed van het continent was precies het elixer dat hij nodig had om zijn goddelijke status in het universum van de mensheid te behouden. In zijn droom zoog de Gouverneur-Generaal het bloed uit de inboorlingen van het continent en laafde zich aan de ziel van het continent zelf. Toen spon hij een ragfijn gouden web dat het machtige land verdeelde en omstrikte. Daarna infecteerde hij de inboorlingen met zijn deïsme. Hij maakte gelovigen van ze. Hij zorgde ervoor dat ze zichzelf naar zijn beeld wilden herscheppen, dat ze het bloed wilden van hun eigen soort, ten bate van zijn goddelijke status, alsook van zijn volk aan de overzijde van de mythische oceaan.

Zijn dromen schokten hem, maar hij ondernam geen poging ze in iets beters te veranderen. Zij die hun kwade dromen, met de potentie om werkelijkheid te worden, niet kunnen transformeren, zouden ruw moeten worden gewekt.

De Gouverneur-Generaal droomde verder. En terwijl hij droomde lag het karmische engelenstof te wachten in de kosmische kamers van de tijd.

De dromen van de Gouverneur-Generaal zaaiden misère in de domeinen waar dromen werkelijkheid worden. Hij leefde lang genoeg om getuige te zijn van de eerste dubbelzinnige oogst van het karmische engelenstof.

12

Onverenigbare dromen (3): goed vermomd als kwaad

Toen het insect al het bloed uit het ooglid had gezogen, vloog het naar de lippen van de Gouverneur-Generaal. Het was net bezig het bloed uit zijn uitlatingen te zuigen toen de Gouverneur-Generaal plotseling wakker werd. Hij baadde in het zweet waarvan hij dacht dat het bloed was. In zijn verwarring meende hij dat het op de witte muren krioelde van de zwarte insecten. Hij vluchtte halfnaakt het huis uit, schreeuwend in de nacht, waarmee hij mij aan het schrikken maakte.

Ik zweefde in het domein van de dromen, cirkelde rond in de overvolle ruimten van de atmosfeer, tot een zacht briesje me naar de oude vrouw in het bos blies. Zij droomde van een nieuwe mensensoort. De schepper-god smolt de bestaande, verdorven mannen- en vrouwengedaanten om en bedacht betere, met een scherper verstand en een universeel gevoel voor humor. Ze droomde als kwade dromen vermomde goede dromen. Ze droomde van de toekomstige chaos, van de korte heerschappij van een koloniaal bewind, van de koortsen en ontgoochelde geesten die de natie zouden teisteren. Ze droomde van het toekomstige lijden dat de mensen ofwel bewust zou maken van de noodzaak hun leven in eigen hand te nemen, of hen afhankelijk zou maken van de wereldmachten, zodat ze voor altijd de zwaksten zouden zijn. Ze droomde van nieuwe regeringsvormen, gebaseerd op de oude, die ontvankelijk waren voor goede ideeën van over de hele wereld. Ze droomde van een nieuwe verhaalkunst en een nieuwe poëtica, van nieuwe denkbeelden, ontsproten aan de oude voedingsbodem van onze oude filosofieën en tradities. Ze droomde vele jaren vooruit, tot in het nieuwe millennium, wanneer de dubbelzinnige giften van karmische engelen de vroegere wereldmachten zouden hebben verzwakt en de redding van de aarde zou berusten bij de rechtschapen volkeren van deze wereld die zonder het te weten de hoeders waren van de mooiste geheimen van het leven. Ze droomde van een tijdperk van vuur, waarin de zon de aarde dichter was genaderd en door de beschermende luchtlagen heen brandde. Haar droom verhitte mijn geest.

13

De engel en het heiligdom

Ik wervelde omhoog op de luchtstromen van het dromende land. Telkens opnieuw probeerde ik in mijn lichaam terug te keren, maar in plaats daarvan trof ik mezelf weer aan in Madame Koto's kamer. Ze was uit haar benauwde droom gewekt door een sputterende kaars. Ze was ontwaakt in een diepere droom. Achter zich hoorde ze een hemelse stem een indringend lied zingen. Op het moment dat ze achterom keek, en haar nek verrekte, besefte ze dat ze in de huiveringwekkend mooie ogen van een gele engel blikte.

Madame Koto bespeurde een ongewone hitte in haar ruimte. De gele engel keek met stralende ogen naar haar fetisjen en maskers. Hij staarde naar het beeld van een grote vrouw, met rode stenen als ogen. Ze droeg een spiegelende zonnebril, hield een kapmes in de hand en uit haar hoofdtooi staken pauwenveren. Beestenbloed en talloze plengoffers parelden op haar lichaam. De engel liet zijn blik op dit afgodsbeeld van een geheime religie rusten.

Madame Koto was zo bang voor de lichtende aanwezigheid van de engel dat ze het uitschreeuwde, niet wetend of ze waakte of droomde, en in afgrijzen deinsde ze achteruit. Maar de gele engel omhelsde haar met zijn brandende gouden vleugels. Madame Koto wendde haar hoofd af, terwijl haar hart ontvlamde.

Even later was ze weer alleen. Ze lag op bed. Aan haar hele lichaam likten de zachtjes knetterende vlammetjes van een goudkleurige as. Met haar verrekte nek sliep ze stilletjes schreiend in, haar hoofd begraven onder de kussens.

14

Veerkrachtige as

Ik sliep slecht die nacht. Mijn hoofd deed pijn, het gloeide koortsig na. Ik zag de engel boven onze wijk zweven. Hij verontrustte de geest van de oude blindeman, die later onder de gele puisten naar buiten zou komen.

De engel hing boven onze straat en veranderde nauwelijks merkbaar onze dromen. Hij plantte diep in onze zielen onoverwinnelijke alternatieven, hij sprenkelde veerkrachtige as over onze slapende lichamen, hij strooide het witte poeder van de muziek en de schoonheid in onze harten en bracht onbekende regenererende krachten in ons bloed – opdat wij al het toekomstige lijden zouden doorstaan.

15

De verrassingsaanval van de werkelijkheid

's Ochtends werden we wakker door de gouden gloed van de zon. Ik merkte dat Pa was veranderd. Zijn geest, al bijna gebroken door het toekomstige lijden, was zuiverder geworden. De gouden as die zijn gezicht sinds zijn gevangeniservaring had besmeurd, was veranderd in een groene woekering. Ook Ma was anders. Ze was vuriger en meer geconcentreerd.

Ondanks het feit dat de gouden gloed van de zon ons wekte, zou het geen gewone dag worden. Ons leven was allang niet meer gewoon. Voortaan zou er een nieuwe koorts in onze aderen en onze dagen woeden.

Terwijl we ons opmaakten voor de nieuwe dag hoorden we de spantrommels, de megafoons, de fanfare van instrumenten, het gekletter van metaal en de snerpende stemmen van de morgenzangers die ons lieten weten dat het zover was. Indringende nachtmerries en onopgeloste geschiedenissen hadden de tijd versneld. Opeens drong het moment van de langverbeide politieke bijeenkomst zich aan ons op. Het overviel ons midden in onze dromerij.

Boek 6

I

Haal diep adem voor een nieuw lied

Ik ben een geestenkind dat ronddoolt in een ellendige wereld. Haal diep adem, want mijn nieuwe lied is afgestemd op de vleugels van de vogels der profetie, vogels die wegvliegen in een nieuwe dageraad en in hun vlucht de gedaante van toekomstige eeuwen aannemen.

2

De roep van de politieke bijeenkomst

Op een geweldige droom volgt dikwijls een geweldige chaos. Ons onvermogen de mooiste dromen van ons leven helemaal te volgen tot aan zee, is wellicht een van de verborgen frustraties van de engelen.

Met de roep van de bijeenkomst diende zich een nieuwe cyclus in ons universum aan. Zonder het te weten betraden we een tijdperk van onverbiddelijke chaos. Al slapend waren we verdwaald in een groef van de tijd waar het razende hart van onze problemen zich openbaarde in de gedaante van nachtmerries. De nachtmerries kwamen in ons midden tot leven.

Die hele middag van de nieuwe dag was Pa van slag door de groene woekering op zijn gezicht. Bovendien brachten de aanhangers van de Partij van de Rijken hem uit zijn doen. Ze hadden bezit genomen van de straten. Ze waren overal, in angstaanjagende aantallen. Ze stroomden naar buiten uit de vertrouwde huizen. In onze hele wijk doken ze op als een voorheen onzichtbaar leger.

Ze hadden in ons midden geslapen, schijnbaar onschuldig. En nu, met de roep van de bijeenkomst, denderden ze onder krijgsgezang over de wegen. Uit vrachtwagens en bestelbusjes, die knarsend de straten op en neer reden, schalde het partijlied. Krakende megafoons spoorden ons aan allemaal op de partij te stemmen, de enige partij die stabiliteit en voorspoed kon garanderen. Die beloften hadden we al duizend keer eerder gehoord. We hadden ze gehoord van de politieke misdadigers.

In de hele wijk vonden aanvaringen tussen strijdende groeperingen plaats. Mensen deden hun deur op slot. Kinderen mochten niet naar buiten. Degenen die al eerder lucht hadden gekregen van de moeilijkheden waren gevlucht naar hun dorpen. Slechts een handjevol van onze bekenden bleef om getuige te zijn van het geweld in dit nieuwe seizoen. Maar Pa, snakkend naar een gevecht dat hem opnieuw zou definiëren, gaf openlijk blijk van zijn afkeuring van de partijleden. Hij noemde ze lafaards en bullebakken omdat ze mensen onder bedreiging dwongen op hen te stemmen.

Het was een rumoerige dag. Trommels en trompetten zweepten de waakzame partijleden nog verder op. Overal renden benden diknekkige mannen rond met vlaggen in hun hand, en met spandoeken die al bij voorbaat van een overwinning spraken. De weg werd die dag doodmoe van alle voetstappen, van al het gedender en geraas. Grote groepen vrouwen, met jurken in de partijkleuren, stroomden de straat op, verzamelden aanhangers en zongen partijliederen. We hoorden geruchten dat de rivaliserende partij, de Partij van de Armen, vlak in de buurt een eigen bijeenkomst organiseerde. We zagen vrachtwagens vol grimmig kijkende politieagenten en soldaten in gevechtstenue. Ze kwamen om de gebeurtenissen in goede banen te leiden, om de menigte in bedwang te houden en om oppositiegroeperingen te bestrijden. Ze kwamen met geweren, zwepen, wapenstokken en traangas.

Toen we 's middags in de kamer naar de kakofonie van de

verschrikking zaten te luisteren, zei Pa: 'Er zullen vandaag rare dingen gebeuren.'

We zwegen, luisterend naar de honderden voetstappen die allemaal dezelfde kant op gingen. We luisterden naar de samenzang van de marktvrouwen, naar de razernij van de trawanten en loopjongens van de partij.

Pa zei dat niemand van ons de bijeenkomst mocht bijwonen. Hij zat met gesloten ogen in zijn stoel, terwijl de spieren onder zijn hemd zich spanden. De groene woekering op zijn gezicht was duidelijk zichtbaar. Zwetend maalde hij met zijn kaken in een poging zijn opstandigheid te beheersen. Ma zweeg. Vliegen gonsden in de kamer. Het schemerde. Terwijl ik naar Pa zat te kijken kwam er iets door de deur naar binnen, als een lichtgevend briesje. Na een poosje hoorde ik een opgetogen stem fluisteren: 'De regenbogen komen eraan.'

Het was Ade, mijn dode vriend. Ik keek de kamer rond maar zag hem nergens.

'De zeskoppige geest heeft naar je gevraagd,' zei hij op een ongelooflijk pesterig toontje.

'Hoezo?'

'Hoezo wat, Azaro,' vroeg Ma.

'Omdat je hem iets verschuldigd bent,' antwoordde Ade.

'Liegbeest!'

'Ik heb nog nooit tegen je gelogen, mijn zoon,' zei Ma.

'Je zult mijn vader vandaag te zien krijgen.' Ade ging gauw over op een ander onderwerp.

'Waar dan?'

'Op het podium.'

'Gaat hij optreden?'

'Nee.'

'Wat dan?'

Ma boog zich over me heen.

'Hij gaat de planken losbreken.'

'Waarom?'

'Azaro, wat is er met je? Praat je weer in jezelf?'

'Nee.'

'Jawel,' zei Ade vrolijk, in een poging me van mijn stuk te brengen.

'Waarom?' vroeg ik nogmaals.

'Waarom wat?'

'Waarom gaat je vader de planken losbreken?'

Ma legde teder haar hand op mijn wang. Pa draaide zijn grote hoofd in mijn richting.

'Zodat de vogels kunnen ontsnappen,' antwoordde Ade ten slotte.

'Waar naartoe?'

'Hou je mond, Azaro,' snauwde Pa.

'Naar de hemel, naar de sterren, waar ze thuishoren.'

Ik zweeg.

'Maar jouw vader zal vandaag bloed zien.'

'Nietes,' zei ik.

'Welles,' zei Ade.

Ma tilde me op en zwaaide me in de rondte.

'Als je zulke praatjes verkoopt dan hoepel je maar op!' riep ik.

Ma liet me zakken, hield me stevig vast en begon lieve woordjes in mijn rechteroor te fluisteren.

'Hoepel op!' schreeuwde ik. 'Hoepel op.'

Ma hield me stevig vast, fluisterde zoete woordjes en omringde me met tederheid. Na een poosje merkte ik aan de nieuwe stilte dat de geest van mijn vriend verdwenen was. Maar ik luisterde ingespannen om te horen of hij opnieuw zou gaan spreken. Ik sloot mijn ogen, verzonken in mijn geluister. In de verte hoorde ik de wind door de bomen gieren. Ik hoorde het politieke rumoer en het geschreeuw. En toen hoorde ik zeven paar voeten naar ons huis komen, tegen de richting van de doelbewuste menigte in.

'Er komen mensen hier naartoe!' riep ik.

'Wat voor mensen?' vroeg Pa.

'Vrouwen,' zei ik.

'Wat voor vrouwen?'

Op dat moment hoorde ik opnieuw dat zachte, pesterige stemmetje.

'Vrouwen die zullen verdwijnen,' fluisterde Ade me toe.

'Dat weet ik niet,' zei ik.

Ma zette me neer, liep naar de deur, keek naar buiten en zag niets.

'Azaro praat onzin,' zei ze.

Ik wachtte op de voetstappen; ik wachtte op Ades ongrijpbare geestenkindstem. We zaten in stilte. Ik had napijn van al het gesol in mijn slaap. Ik had het gevoel dat ik onder de blauwe plekken zat, maar er was geen blauwe plek te zien.

Ade zei niks meer. Mijn voeten wilden dolgraag op stap. De liederen van de weg riepen me. Plotsklaps werd er op de deur geklopt. Een tel later kwam de Fotograaf met zijn hagedissenkop en argwanende ogen binnen. Hij had zijn camera bij zich, en zijn zwarte tas met fotospullen.

'Waarom is iedereen hier zo stil?' vroeg hij. 'En waarom is de kamer zo donker, nou?'

Niemand zei iets tegen hem.

'Het wemelt vandaag van de vreemden in de wereld,' zei hij. 'Ik zag ze vrachtwagens vol aanhangers aanvoeren. Volgens mij komt er oorlog, nou?'

Pa staarde hem somber aan. Ma bood hem een biertje aan. Hij dronk peinzend. De stilte hield aan tot we voetstappen voor onze deur hoorden. En daar kwamen de lawaaiige stemmen van de zeven vrouwen binnen, die Ma hadden gevolgd tijdens haar campagne om Pa uit de gevangenis te bevrijden. Zonder te kloppen liepen ze onze kamer in, alsof we ze net nog hadden gezien. Ze kibbelden luidruchtig. Ze waren gekomen om Ma's hulp in te roepen voor de echtgenoot van een van hen, een vakbondsman die in de gevangenis zat omdat hij had deelgenomen aan een staking tegen de regering. Pa luisterde zwijgend, zonder een vin te verroeren. De Fotograaf leefde onmiddellijk op en bood aan met hen mee te gaan om zorg te dragen voor de publiciteit van hun nieuwe campagne.

'Maar pas na de bijeenkomst,' zei hij. 'Anders raak ik mijn baan kwijt.'

De vrouwen waren niet in hem geïnteresseerd. Ma ging naar de badkamer om zich om te kleden. Toen ze terugkwam zag ze eruit alsof ze ten strijde ging trekken. Terwijl de zeven vrouwen nog steeds aan het ruziën waren over de manier waarop ze hun campagne het beste konden aanpakken, toog Ma, zonder een woord te zeggen, als een soldaat die blij is tijdens de gevechtsactie een uitstaande schuld te kunnen inlossen, samen met hen de straat op die huiverde van alle gebeurtenissen. De Fotograaf dronk haastig zijn bier op en snelde achter de acht vrouwen aan.

'Die komen niet ver,' luidde Pa's enige, gemelijke commentaar.

Ik sloeg hem gade in de stilte. Ik zag hem draaien en kronkelen in zijn stoel. Ik hield hem in de gaten toen hij plotseling begon te kreunen. Hij had een onverklaarbare pijnaanval, die wel een uur duurde. Ik ging liggen en viel in slaap bij de geluiden van de bijeenkomst, de weergalmende stemmen, de ruwe krijgsliederen, het gekletter van metaal op metaal, het wilde gebonk op deuren, de donderende voetstappen en het waanzinnige tromgeroffel waarin de syntaxis van een gewelddadige taal doorklonk. Opeens hoorde ik Pa schreeuwen. Ik sprong overeind en zag hem zweten. Hij kwam naar me toe, iets mompelend over de luipaard, en hij gromde in mijn gezicht.

'Als jij vandaag deze kamer verlaat zal ik je afranselen met mijn ijzeren riem, begrepen?'

Ik wist niet eens dat hij er een had. Ik knikte. Hij beende

de kamer uit, deed de deur op slot en nam de sleutel mee. Het duurde maar even of ik kroop al door het raam naar buiten.

De weg riep me in zijn koortsachtige droom. De weg zong om me heen, ontwakend uit zijn slaap, terwijl er overal opschudding heerste. De weg riep ons allemaal. Ik hoorde zijn roep met een bijzonder genoegen.

Ik ging de straat op. De huizen en marktstallen leken kleiner. Mijn blik werd vertroebeld door de merkwaardige dingen die telkens binnen mijn gezichtsveld opdoken. Gehoor gevend aan de roep van de bijeenkomst volgde ik de mensenmenigte naar de plek waar onze nachtmerries werkelijkheid werden in de harde wereld van de stoffelijkheid.

3

De dode timmerman

Zonder enige notie waar de bijeenkomst werd gehouden, en in verwarring gebracht door de vele routes die de menigte volgde, liep ik achter een groep vrouwen aan die kennelijk omwille van het spektakel gingen, met de bedoeling hun waren te verkopen. Ze droegen schalen met levensmiddelen op hun hoofd en kinderen op hun rug. De hoofdweg was volgepakt met mensen die allemaal één kant op stroomden. De chaos vierde hoogtij, alsof we waren bezet door een buitenlandse troepenmacht, of alsof er een burgeroorlog was uitgebroken.

Licht glinsterde op metaal. In de lucht hing een dichte rook. De verwachtingen van de menigte waren zo hooggespannen dat ik hun wensen en verlangens hoorde sissen en hun honger hoorde zieden.

Verderop op de weg, temidden van een mensendrom, zag ik de dode timmerman. Hij stak boven vrijwel iedereen uit, lichtgevend in zijn witte pak, met zijn vuisten zwaaiend in de lucht. Ik zag hem schreeuwen. De menigte golfde om hem heen. Ik probeerde me naar hem toe te dringen, maar ik werd door de mensenmassa in de goot langs de kant van de weg geduwd. Tegen de tijd dat ik me weer bij de hoofdstroom had gevoegd, was de dode timmerman uit het zicht verdwenen.

Bij een wegkruising zag ik Madame Koto. Ze zag er schitterend uit in haar goudomzoomde jurk en werd omringd door woeste vrouwen en luidruchtige mannen. Ze had 's nachts onrustig geslapen en bovendien een spier in haar nek verrekt waardoor ze haar hoofd nauwelijks kon bewegen. Ze had die dag niet de straat op moeten gaan, maar de roep van de bijeenkomst en de hoofdrol die ze zichzelf had toebedacht bij de festiviteiten na afloop, dwongen haar zich in de veranderende wereld te begeven. Ze had een witte handdoek om haar nek. Haar voorhoofd rimpelde zich van ellende. Haar ogen lagen diep verzonken en haar hoofd droeg ze opgeheven met de verbeten waardigheid van iemand die pijn lijdt.

4

De grote bijeenkomst

De avond veranderde de gezichten van de mensen in maskers. Er woei een zacht briesje en er heerste een enorme verkeersdrukte. Madame Koto stapte samen met haar beschermers in een bestelbusje; het busje reed door de menigte, baande zich een weg door de opeengepakte lichamen.

Mensen praatten over een beter leven, hun dromen dampten in hun geestelijke worsteling. Ik voelde me duizelig door al die mensen en de opgewarmde geuren van hun onverdraaglijke levens joegen me angst aan.

Het bestelbusje van Madame Koto verdween tussen de lichamen. In de verte zag ik het bedelmeisje Helena en haar troep bedelaars. Ze stonden op een kluitje voor een laag huis in aanbouw. Ze liet niet blijken dat ze me herkende. Haar ogen schitterden wraakzuchtig. Haar uiterlijk was veranderd; ze was van top tot teen in het rood gekleed en leek wel een vleesgeworden oorlogsgodin. Ze zag er treurig en gebroken uit, ziek en mager en mooier dan een vrouw kan zijn in zulke kommervolle omstandigheden. Toen ze me zag – alsof ik een voorbode was – gebaarde ze naar haar bende bedelaars, haar kameraden die sterk waren toegenomen in getal. Ze sloegen een zijweg in en ik volgde ze door de doolhof van lichamen, door de labyrinten van straten in het eeuwig uitdijende getto. Ik volgde ze tot ik het gevoel kreeg dat ik verdwaald was. Het duister viel in en ik liep nietsvermoedend een ander gebied binnen. Ik liep een terrein op dat werd bevolkt door duizenden mensen. Ik was bij de bijeenkomst gearriveerd.

Hoog boven de menigte bevond zich een groot houten podium met microfoons en felle lichten. Honderden auto's waren her en der geparkeerd. De menigte duwde en vocht. In de lucht gonsde het van miljoenen stemmen, van geschreeuw en gezang, van spreekkoren en geblèr uit luidsprekers en megafoons. Soldaten met geweren paradeerden langs de randen van de mensenmassa. Ze hadden ook wapenstokken en rietjes. Daarnaast was er oproerpolitie met helmen, geweren en rijzwepen. Waar ik me ook wendde, overal stuitte ik op een muur van reusachtige lichamen. De mensen waren zo lang dat hun baarden net donkere boombladeren leken. Er was absoluut geen ontsnappen mogelijk uit het gedrang en gewemel. Ik was nietig temidden van die gigantische wezens. Ik moest vechten om ruimte met ontvelde, bloederige voeten vol aaltjes, die waren aangetast door de zoute regens en de zure ondergrond van moeraspaden.

Naarmate het donkerder werd begon de menigte er eigenaardiger uit te zien. De mensen leken wel buitenaardse wezens, geestverschijningen uit andere sferen, ondoordringbare sferen van vergelding – zo gesloten en onbewogen waren hun opgezwollen gezichten, zo intens en dof waren hun uitpuilende ogen. Het duister maakte ze hybridisch. Mannen met twaalf armen, vrouwen met vier hoofden, volwassenen met zes voeten die allemaal verschillende schoenen droegen. Ik zag dwergen tussen de benen van de menigte door kruipen; ik zag zakkenrollers en gauwdieven mensen beroven die helemaal opgingen in hetgeen zich op het grote podium afspeelde.

Er was alom een bizar feest gaande. Mensen van allerlei slag waren aanwezig: timmerlui, stokvisverkopers, textielhandelaren, luidruchtige straatventers, heimelijke heksen en tovenaars, oude mannen en vrouwen, jongemannen en meisjes, marktvrouwen, vissers, slagers, technici, bouwvakkers, karrenvoerders, onbekende leden van geheime genootschappen, schooiers, bedelaars, misdadigers, dieven, journalisten, prostituees, soldaten en mannen die zo uitgehongerd waren dat ze zetmeelbrood hadden meegebracht dat ze opaten met boos malende kaken terwijl ze stonden te kijken naar de gebeurtenissen op het grote, verlichte podium van de bijeenkomst.

Het donker maakte ons anoniem, vormeloos, deed onze gezichten en lichamen vervagen. Ik voelde mijn geest wegsmelten in de stroom van anonieme wezens. Mijn gevoelens behoorden mij niet meer toe. De impulsen die zich kriskras door dat grote beest van een menigte slingerden stroomden door mij heen, waardoor mijn emoties oplosten in een brak getij van een nauwelijks beheerste onrust. De donkerte was overal en maakte ons tot naamlozen. Maar het verlichte podium verleende de daarop aanwezige mensen in hun fraaie partijkleding individualiteit. De felverlichte partijvlaggen wapperden hoog in de lucht. De spandoeken met het machtsembleem bolden op in de wind. En ook de banieren toonden zich fier in de wind.

'WIJ ZULLEN HET LAND VEROVEREN!' brulde een van de mannen in een microfoon.

De luidsprekers kraakten. Toen hij verderging, moest zijn stem het opnemen tegen een fluittoon.

'DE ZEGE IS AL AAN ONS. WIJ HEBBEN GEWONNEN. WIJ GEVEN HET VOLK MACHT. WIJ BRENGEN WELVAART EN STABILITEIT. ZIJ DIE OP ONS STEMMEN ZULLEN ER HUN VOORDEEL MEE DOEN, ZIJ DIE NIET OP ONS STEMMEN ZULLEN UIT VUILNISBAKKEN ETEN!'

Een luid gejoel verspreidde zich van voor uit de menigte. De rest van de mensenmassa versterkte het, zwakte het af, siste ertegen, gaf blijk van zijn goed- of afkeuring en schreeuwde tot de weg onder ons zachtjes begon te wiegen. Het viel niemand op.

De luidsprekers deden raar. Het leek wel alsof er geesten in waren gekropen die flauwe spelletjes uithaalden met de mensenstemmen. Tal van sprekers kwamen naar de microfoon, hielden lange redevoeringen en stonden te zweten onder de gloeiendhete lampen, en wij verstonden er niets van. Hun woorden veranderden voordat ze ons bereikten. We hoorden dingen die onze honger beschimpten en ons geduld belachelijk maakten. We hoorden onszelf uitgemaakt worden voor dwazen omdat we gebruik trachtten te maken van ons democratisch kiesrecht, omdat we kritisch trachtten te zijn. We hoorden onszelf bestempeld worden als idioten omdat we verwachtten dat de andere partij een alternatief te bieden had. Ik wist niet meer welke partij hier eigenlijk een bijeenkomst hield. Het leek wel alsof ik op verschillende bijeenkomsten tegelijk was, een schemerwereld van negatieve bijeenkomsten.

De politici op het podium waren identiek gekleed, ze zweetten en ze praatten allemaal onzin. Ze deden net alsof wij van geen enkel belang waren voor de uitkomst van de verkiezingen. Het werd al vrij snel duidelijk dat wij voor de sprekers niet bestonden. Wij, de mensenmenigte, waren de geesten van de geschiedenis. Wij waren de stoffelijke omhulsels uit wier naam de politici en soldaten regeerden; wij waren niet echt. Wij konden onze wensen niet kenbaar maken, behalve door de intensiteit van ons gejuich of gefluit. Wij waren schaduwen in de wereld van de macht; wij waren louter toeschouwers van fenomenen, wij waren de slachtoffers van de toespraken. Wij werden slechts verondersteld om te luisteren, niet om te spreken. Wij werden niet verondersteld om te voelen, te denken, te redetwisten of het ergens mee oneens te zijn. Onze instemming was het enige waar we goed voor waren. En onze gezichten, door de nacht in maskers veranderd, vonden eindelijk hun ware identiteit in de wereld van de macht; wij waren standbeelden, onafzienbare rijen gebeeldhouwde lichamen. Wij waren lichamen zonder dringende behoeften. Vanaf het podium moeten we die indruk hebben gemaakt.

Geplet tussen al die mensenlijven had ik moeite iets te zien. Ik moest worden opgetild door een buurman die me herkende. Toen zag ik voor de eerste keer het bizarre schouwspel van de politiek, de goocheltrucs van de macht, de macht van de illusie. Het podium was versierd met lichtjes, alsof een beroemde goochelaar op het punt stond wonderen te verrichten voor onze allesverterende honger.

Ach, die keur van dromen in de gele weerschijn van de lucht, de oplichtende muggen, de vuurvliegjes, de motten en de schaduwen van de massale bijeenkomst. En op het podium – politici met zonnebrillen en wandelstokken met dierenkoppen. Ze werden omringd door magiërs in witte gewaden, met veren hoofdtooien en amuletten om hun nek. Onder het uiten van bezweringen wapperden ze aan één stuk door met vliegenmeppers.

Partijkandidaten kwamen naar voren en spraken in de microfoons, ons onderdompelend in klankloze decibels. De menigte deinde heen en weer. De buurman die me op zijn schouder had gedragen zette me neer, maar in die chaotische mensenmassa raakten we elkaar algauw kwijt. Ik drong me langs de knobbelige knieën van volwassenen en kwam bij een buigzame boom waarin ik via de takken omhoogklom. Vanaf mijn hoge uitkijkpost keek ik over de vijfduizendkoppige menigte naar het podium. En toen werd mijn hoofd opeens door een warme luchtstoot naar achteren geslagen en zag ik een enorme zwerm vogels die wild door de lucht wiekten. Ik voelde mezelf vallen. Toen ik mijn ogen opendeed was alles veranderd. Op onverklaarbare wijze was alles warmer en donkerder geworden, intenser, alsof de collectieve dromen van de hongerigen op elk moment spontaan konden ontvlammen.

5

Schaduwwezens in alle lege ruimten

Ik had inmiddels een beter zicht op het podium en onderscheidde gedaanten van schaduwwezens en geesten die ons wel konden zien, maar wij hen niet. Ik onderscheidde ze in de ruimten tussen de mensen op het verlichte platform. Toen viel het me op dat er zich schaduwwezens bevonden in alle lege ruimten, en zelfs in de ruimten die wij met onze lichamen in beslag namen. De schaduwwezens maakten deel uit van de menigte, waren met alles verstrengeld, maar leidden hun eigen leven in ruimten die werden opgevuld door talloze samengeperste lichamen. Door dat besef schreeuwde ik het uit, maar niemand hoorde me. Op het podium flitste licht, en boven op een muur zag ik de Fotograaf zitten. Daarna onttrokken de schaduwwezens zich een tijdje aan mijn blik. In plaats van hen ontwaarde ik op het podium Madame Koto, temidden van de luisterrijke politici.

Toen zag ik de oude blindeman met een horde magiërs en realiseerde me wat het brandpunt van zijn rol was. Om zijn hals droeg hij amuletten en een magische vliegenmepper. Hij orkestreerde bepaalde gebeurtenissen achter de schermen. Zijn ware rol was van het hoogste belang; hij was een politieke magiër en reguleerde alle fenomenen. Terwijl zich in het donkerende uitspansel gelige wolken boven ons samenpakten, en geen regen maar duisternis op ons lieten neerdalen, drong het tot me door dat de oude blindeman onze geest onder controle hield, dat hij de regen tegenhield, alle ruimten vulde met een afschrikwekkend duister en onze lichamen doordrenkte van dromen over de heerschappij van zijn partij.

In alle sferen streden de rijzende machten om onze instemming. In de geestendomeinen ontketende de oude blindeman een schare angsten, schaduwen en verschijningen die onderwerping in onze lichamen fluisterden. Intussen boden de overige magiërs weerstand aan de bezweringen van de andere politieke partij, ze boden weerstand aan hun macht om het te laten regenen en leidden de donderslagen die naar het podium werden geslingerd een andere kant op. Ze stuurden beschermende schilden de lucht in ter afwering van de bliksemstralen die over het podium flitsten en gericht waren op de presidentskandidaat. En ze sloten alle ruimten af opdat er geen demonen in de lichamen van de politici konden glippen om hun hoofden te vullen met onzin waardoor ze op het podium de verkeerde dingen zouden zeggen.

En terwijl wij daar bijeen waren, gewone burgers in tegenwoordigheid van onzichtbare machten, waren de ons omringende hogere sferen slagvelden van oproerige, ontastbare brandhaarden. In de lucht zag ik gestalten van heksen, tovenaars en kruidendokters, makers van de werkelijkheid, dromers van bezweringen en opzwepende liederen. Ze vochten op leven en dood en bestookten elkaar met bliksemschichten. Ik zag de schaduwkogels, de vuurballen, de gevleugelde bliksemstralen en de speren van geestenmaterie. Ik hoorde de scherpe woorden en de dierenkreten.

Een volstrekt nieuw domein ontvouwde zich voor mijn ogen. En de strijd om de werkelijkheid, die in de stille ruimten boven onze hoofden werd uitgevochten, nam enige tijd in beslag voordat hij zich deed gelden op een concreet niveau.

6

Het rebelse gelach van de doden

Op het podium stond, discreet opgesteld tussen de nieuwe heersers van het nieuwe tijdperk, de Gouverneur-Generaal. Ik herkende hem meteen aan de onzichtbare zwarte insecten die er aan zijn lichaam kleefden. Hij zag er zo onschuldig uit in zijn grijze pak. Ik zag hoe hij zich krabde, zich niet bewust van de zwarte insecten. Toen begreep ik waarom ik me soms, ongewild en zelfs ongemerkt, in zijn dromen of nachtdomein bevond. Want ook hij was een werkelijkheidsmaker, een handelaar in fenomenen. Misschien was het vanwege zijn aanwezigheid op het podium dat de plaaggeesten van onze nachtdomeinen ontwaakten.

De Fotograaf was erin geslaagd dichter bij het podium te komen. Ik zag de flits van zijn camera. Geesten kregen gestalte in het licht en schaarden zich rond de Gouverneur-Generaal. Ze klommen in hem, onderwierpen hem aan een onderzoek, bestudeerden hem aandachtig. Ze keken nieuwsgierig naar zijn gestreepte das en lachten zich een ongeluk toen hij naar de microfoon liep en een korte toespraak hield over iets wat ons totaal ontging. De geesten zouden hun ondeugende onderzoek van zijn lichaams- en schaduwgeuren hebben voortgezet als ze niet waren opgeschrikt door tromgeroffel. Bekkenslag en trompetgeschal attendeerden ons erop dat het buitengewone spektakel dat was bedoeld om ons tot instemming te verleiden, een aanvang had genomen.

Dwergen met woest beschilderde gezichten kwamen in rijen van zes dansend het podium op. Hun kapmessen fonkelden van het antimoon. Na hen maakten de mooie vrouwen van het land hun opwachting. Ze waren halfnaakt en ze zweetten. Ze droegen ruches om hun enkels en feestarmbanden om hun polsen en ze dansten met een geweldige seksuele energie voor het hongerige oog van de menigte. Aanvankelijk raakte de mensenmassa buiten zinnen. De dwergen sprongen op en neer, de muziek nam een hoge vlucht, de luidsprekers kraakten, de vrouwen dansten en gemaskerde figuren droegen vlaggen met het partijembleem rond. Een man op een wit paard reed het podium op en spuwde vuur over de hoofden van de menigte.

'Zal al deze onzin ons voeden?' zei een boze stem onder me.

De vraag bleef onbeantwoord. Het moment van een groots schouwspel was aangebroken en gaf vrij spel aan de wervelwind van de gramschap. De grote bijeenkomst en de strijd om onze toekomst hadden de geesten van de wervelwind opgeroepen, de stormgeesten, de geesten van uitgestorven diersoorten en de schaduwwezens. Ze bevonden zich in ons midden. Ze waren gekomen om de bijeenkomst bij te wonen die het land op zijn grondvesten had doen schudden en onderdrukte wraakgevoelens de vrijheid had gegeven.

Op dat moment brachten de organisatoren van de bijeenkomst dansende boeren voor het voetlicht met reusachtige plastic yammen en papaja's, symbolen van de overvloed die er onder het partijbewind zou heersen.

De menigte viel stil. Toen steeg er her en der uit de mensenmassa een eigenaardig, geïsoleerd gelach op. De mensen draaiden zich om naar de lachers. De dansende boeren schenen tegelijk gegeneerd en blij dat ze met hun plastic oogst op het podium stonden. Hun dans nam de vorm aan van een vruchtbaarheidsritueel en centreerde zich rond een vrouw met een kroon van vruchten. De lachers begonnen nog harder te lachen. Hun gelach klonk zo kil dat het overal stilte en lege ruimten schiep. Door het gelach bood het podium een verlaten en kale aanblik, verwerd het hele spektakel tot iets ordinairs en goedkoops.

De dansende boeren verlieten het podium. Een presentator kwam op en kondigde het volgende nummer aan waar sommigen uit de menigte om moesten lachen. Superlenige dansers die hun lichaam in een knoop konden leggen alsof ze van rubber waren kwamen op en vertoonden hun kunsten onder het uitzinnige gebrul van de lachers. De superlenige dansers, met hun merkwaardige kevergezichten en kleine oogjes, voerden hun unieke act op. Ze wrongen zich in allerlei bochten en beeldden aldus letters van het alfabet uit die tezamen de partijnaam vormden. Niemand vond het grappig behalve de geïsoleerde groepjes die lachten met een bizarre energie, die lachten alsof ze geen borstkas bezaten, wier lachaanvallen maar doorgingen alsof ze een onbeperkte hoeveelheid lucht in hun longen hadden.

Toen kwamen de vuurspuwers en vuurvreters. Ze sprongen op en neer op het podium. Ze slikten de vlammen van fakkels en toortsen in. Ze spuwden vuur over hun lichamen en dansten in extase. En die rare mensen uit de menigte kwamen niet meer bij van het lachen, ze krijsten het uit in een hilariteit die tegelijk uitbundig en vreugdeloos was.

Daarna kwamen de acrobaten uit het gebied van de zoutkreken. Ze droegen rode raffiarokjes en rode korte broeken. Hun gezichten waren beschilderd in rood en wit. Ze maakten fantastische salto's en buitelden over elkaar heen. En terwijl zij hun knappe kunsten vertoonden, lachten de eigenaardige mensen uit de menigte die de rest van ons louter met hun krankzinnige humor het zwijgen hadden opgelegd zó hard dat ze de onversaagde artiesten uit hun evenwicht brachten.

Een van de acrobaten zette een radslag in en maakte twee prachtige wentelingen in de lucht, maar doordat zijn concentratie werd verstoord wegens dat idiote gelach belandde hij op zijn rug, bleef even stomverbaasd liggen, sprong toen onverhoeds weer overeind en begon stuiptrekkende bewegingen te maken alsof hij de onaangename ontwrichting van zijn lijf van zich af wilde schudden. Een tel later beende hij druk pratend en gekke bekken trekkend over het podium. Iedereen dacht dat het hem in zijn bol was geslagen. Hij werd snel van het podium gevoerd, onder nog harder gelach.

Aanvankelijk meende ik dat de gevreesde geest van de lach in ons midden was opgedoken. Maar toen de presentator opkwam om zijn verontschuldigingen aan te bieden en het begeleidend gelach ontaardde in een soort kwaadaardigheid, toen viel me op dat alle lachers onberispelijk waren gekleed. Ze droegen witte hoeden, witte pakken, zwarte dassen, keurige blouses, kraakheldere hoofddoeken en om hun nek hingen gouden kettingen en kauri's. Ze hadden allemaal één ding gemeen: ze zweetten niet. Bovendien blaakten ze van gezondheid en zagen ze er al te stralend en proper uit. Hun gelaatstrekken waren zonder pijn. Ze waren te volmaakt om echt te zijn, te volmaakt om bij de bijeenkomst te zijn. Het leken mensen zonder twijfel, mensen die absoluut zeker waren van hun toekomst. Ze schenen te weldoorvoed en te helder van geest om iets lachwekkend te vinden. Ik meende de dode timmerman onder hen te herkennen.

Ik probeerde juist een beter zicht op hem te krijgen toen de beweeglijke trommelaars en de gemaskerden op stelten het podium op kwamen. Ze dansten op opzwepende deuntjes waarvan het effect verloren ging door het gelach van de homogene groep. De trommelaars raakten uit de maat, van de wijs, en de gemaskerden op stelten dansten onbeholpen, met angst in hun bewegingen en verbijstering in hun passen. Ze werden haastig afgevoerd. Religieuze leiders in vol ornaat kwamen op en baden om vrede en saamhorigheid, terwijl het gelach onverdroten doorging en aanzette tot oproer.

De oude blindeman, die woest met zijn waaier van adelaarsveren heen en weer zwaaide, bevond zich in een staat van razernij aan de rand van het podium. Pas toen hij zijn blinde gezicht naar de menigte toewendde en gebiedende gebaren met zijn handen maakte alsof hij golven van waanzin uit zijn blikveld wilde weren, begon ik er iets van te begrijpen. We hadden geluisterd naar het schrikwekkende gelach van de doden.

Ik zag hen nu door de ogen van de oude blindeman. Ze bevonden zich in de voorste rij en op de muren. Sommigen stonden alleen, maar de meesten waren in groepen, her en der verspreid in de menigte. Ze bleven maar lachen. De doden vonden alles geestig. Ze lachten om de politici met hun opgeprikte waardigheid en gekunstelde minzaamheid. Ze lachten om de politici en hun beloften, om hun aanspraak op gloriedaden zowel uit het verleden als in de toekomst, en om de zegeningen van hun bemoeizieke heerschappij. De doden lachten hysterisch waardoor rondom ons dreigende winden opstaken. Ze lachten om alles wat er op het podium gebeurde. Ze lachten om de religieuze leiders, om de rituelen die werden aangewend voor politieke doeleinden, en om de soldaten die op het podium verschenen teneinde tot kalmte te sommeren. Ze lachten om de Gouverneur-Generaal die met gesmoorde stem iets zei over de toekomstige grootsheid van het land en de hoop uitsprak dat de samenwerking op het gebied van handel en cultuur zich zou voortzetten.

De doden lachten zich werkelijk een kriek, onder aanvoering van de dode timmerman. Ik zag kinderen die in onze straat waren gestorven. Ik zag volwassenen die waren geveld door ondervoeding en ziekten, door politieke misdadigers en uitzichtloosheid. Ik zag mensen die waren gesneuveld in de oorlog in Birma, die waren omgekomen in gevangenissen en bij verkeersongelukken. Ik zag mensen die waren gestorven aan malaria en angst, aan armoede, melkvergiftiging, tyfus en geruchten, aan de gele koorts en bijgeloof, aan darmparasieten en lintwormen, aan geesteszìekten, gekte, honger, uitdroging, uitputting, te veel berusting en te veel hoop. Ik zag mensen die het slachtoffer waren geworden van mislukte oogsten, die waren gemangeld door wrede wetten en aantoonbare ongerechtigheid. Ik zag ook mensen die waren gestorven aan te veel of te weinig liefde, die waren gestorven in de openlucht, dakloos op deze uitgestrekte aarde. En hoe harder ze lachten, des te groter het aantal doden onder ons werd.

De hoofdpriester van een afvallige kerk stapte naar de microfoon en zei: 'OM DE POLITIEK VALT NIET TE LACHEN!'

En de doden overstemden hem met hun onstuitbare joligheid. Het dient gezegd dat de rest van ons, de levenden, deze gebeurtenissen niet amusant vond. Wij vonden niets amusant. De wind werd vinnig en geselde ons met de gloeiende as van een eeuwig vuur. De hitte werd abnormaal. Wij ervoeren een ondefinieerbare ergernis jegens het gelach van de doden. Het was verontrustend, maar de doden vonden onze ernst en onbewogenheid onverdraaglijk komisch. Het was hoogstmerkwaardig dat de doden de levenden komisch vonden. Waar ik ook keek zag ik de doden. Ze staarden ons aan met verwonderde ogen, alsof onze passiviteit en geestelijke luiheid hen als onbegrijpelijk en vreemd voorkwamen. Onze serieuze gezichtsuitdrukkingen, onze aanvaarding van onaanvaardbare levensomstandigheden, onze sjofele kleren en de honger in onze ogen bezorgden hun tranen van het lachen.

Het gelach van de doden veroorzaakte chaos onder ons, bracht onze emoties in beroering, verergerde de irritatie in ons brein, verontrustte de politici, bezorgde de oude blindeman aanvallen van dolle razernij, reduceerde de kolossale Madame Koto tot een hoopje ellende en joeg de Gouverneur-Generaal het schaamrood naar de wangen. Door het bizarre gelach van de doden begon het gebied rond onze ogen vurig te branden. De hitte verspreidde zich in ons brein. Ze kroop in onze nek, liet ons knipperen met onze ogen, wrong zich tussen onze oren en siste op onze kruin. Van de verkoelende briesjes kregen we het alleen maar warmer.

Een ergerlijke, negatieve energie verspreidde zich onder ons. Toen viel er even een onverklaarbare stilte. Uit de stilte steeg een zwerm insecten op, vliegende herten, muggen en ronkende kakkerlakken met donkere vleugels. Ze vlogen over onze hoofden het duister in. De negatieve energie verlichtte vaag de hoofden van de menigte. Toen leek het opeens alsof de hele wereld bij de bijeenkomst aanwezig was, luisterend naar de onheilspellende wind die over onze hoofden woei, wachtend tot er iets zou gebeuren. Donderwolken dreven langs de vaalgele hemel. Ik hoorde de eigenaardige lettergrepen van de doden die de stilte tergden en de lucht in beroering brachten met toekomstige turbulenties. In de verte klonk een knal en ik ervoer de stilte van de menigte als bijzonder angstaanjagend. Ik was juist bezig uit de boom naar beneden te klimmen toen een van de politici naar de microfoon liep. De luidsprekers piepten en de vreemde echo's van zijn vervormde woorden zetten aan tot een opstandig gemopper.

'HET GAAT ONWEREN!' riep iemand uit de menigte.

Ik keek achterom en zag een zwerm witte vogels door de lucht zeilen. De luidsprekers piepten weer en de politici maakten een bange indruk. De witte vogels waren opgestegen uit de hersenen van de doden. Ze vlogen tussen ons door en klapperden met hun vleugels in onze gezichten zonder de lucht in beweging te brengen. De vogels verwerden tot duistere gedachten aan het door ons voorvoelde onweer. En toen, als één gedachte, wiekten ze omhoog, lichtten op in de nachtlucht, cirkelden drie keer over de menigte en vlogen weg. Met het wegvliegen van de vogels werd de wereld kleiner.

7

De stilte van Tijgers

De luidsprekers piepten niet meer en we luisterden naar een langdradige toespraak van een politicus. De doden luisterden aandachtig zonder te lachen. De politicus sprak zo lang dat we vergaten wat hij zei en hem ten slotte helemaal niet meer hoorden. Hij ging maar door, spon holle frasen rond de microfoon, bevingerde zijn kralen, zweette als een otter, tot zijn toespraak de hitte naar onze huidoppervlakte trok. Hij sprak zo uitvoerig, vergetend waar hij was begonnen, de omwegen van de improvisatie bewandelend, doorbordurend op talloze andere toespraken die we hadden moeten aanhoren, dat we louter door de lengte van zijn redevoering bijna spontaan in opstand kwamen. Hij praatte alleen maar onzin. Het leek wel alsof hij een vreemde taal sprak waarvan de woorden onze werkelijkheid ontkenden, waarvan de gezegden onze honger verergerden, waarvan de uiteenvallende woordschikkingen onze hoofden vulden met lege ruimten waarin een oude woede begon te broeien.

Het valt onmogelijk te zeggen wat er gebeurd zou zijn als de politicus nog langer had mogen spreken. Want tegen de tijd dat er een partijfunctionaris op af werd gestuurd om hem bij de microfoon vandaan te sleuren was onze stilte onpeilbaar diep geworden. De hitte die voortvloeide uit zijn toespraak vormde een bedreiging voor de bijeenkomst zelf. Toen de politicus werd afgevoerd praatte hij nog steeds, was hij nog steeds aan het redevoeren. Onze stilte had hem kapotgemaakt. Het is mogelijk dat hij tot op de dag van vandaag met zijn toespraak bezig is.

Om voeding te geven aan onze geesten, waarin de rusteloosheid gevaarlijke vormen aannam, kwam de presentator het podium op gesneld en kondigde met een minimum aan woorden de beroemdste muzikanten van het land aan. De menigte hield zich stil. De muzikanten kwamen het podium op schuifelen en werden geconfronteerd met de kilte van onze stilte. De leider van de band maakte een grapje waarop niet werd gereageerd. Onze stilte woei in koude windvlagen over hem heen. Gejaagd morrelden de muzikanten aan hun instrumenten. Hun gemorrel werd vervormd door de luidsprekers. Zonder omhaal of verdere grappen zetten de muzikanten hun populairste deuntje in, in de hoop onze stemming te verbeteren.

8
De dodendans

Het was een amberkleurige nacht. Vogels cirkelden onopgemerkt boven onze hoofden. De geuren van het bos dreven naar ons toe. Indigoblauwe lichtjes stegen op uit onze stilte.

Toen de beroemdste muzikanten van het land hun populairste deuntje inzetten, rezen de verborgen doden uit de aarde. De geesten die de ruimte bewoonden waarin wij nu samendromden ontwaakten uit hun trance en zagen ons. Ze moeten met verbazing hebben waargenomen dat wij hun ruimte in beslag namen zonder hun schaduwwereld binnen te dringen. De doden waren onder ons. Temidden van onze levende menigte bevonden zich geesten, boze doden, onterechte doden, serene doden. Ze ontwaakten en wervelden rond op de pakkendste wijsjes van het land.

De muzikanten op het podium speelden met een dodelijke ernst. Met strakke gezichten staarden ze naar de menigte, die niet reageerde. Terwijl ze het geroffel van de trommels, het gejank van de gitaren, de klankkleur van de maraca's en het timbre van de accordeons lieten aanzwellen, gebeurde er iets heel raars. Wij, de levende menigte, hielden ons stil en onbeweeglijk, maar de doden begonnen als bezetenen te dansen. Ze dansten hun angstaanjagende dans temidden van ons. Ze dansten dwars door ons heen. Ze dansten op het podium, over de muzikanten heen, en verwonderden zich over de instrumenten, knoeiden met de geluiden, brachten de geesten van de muzikanten van slag en vervormden de muziek, veranderden die in een gekmakend soort chaos. De eigenaardige groepjes doden onder ons begonnen weer te lachen.

Het hernieuwde gelach van de doden schiep alom verwarring. Het bracht de politici van hun stuk en maakte de muzikanten aan het weifelen met het gevolg dat ze vals gingen spelen. De valse muziek had een verwoestend effect op de luidsprekers. De wanklanken vraten aan onze zenuwen. Danseressen werden het podium op geduwd en dansten onbeholpen op de vervormde muziek.

Ik sloeg de drievoudige werkelijkheid op het podium met afgrijzen gade. Ik zag hoe de muzikanten worstelden met de nieuwe weerspannigheid van hun instrumenten. Het zielloze ritme van de trommels. Het lusteloze gejengel van de gitaren. Het doffe gerinkel van de tamboerijnen. Om maar niet te spreken van de dreinende luidsprekers. De instrumenten begonnen de geluiden van de gekweld rondwervelende duivelskinderen voort te brengen, de lettergrepen van de doden, het onheilspellende indigo geneurie van de ontwaakte geesten. Muziek en geesten kwamen in botsing met elkaar. De instrumenten klonken doods, zwaarmoedig, onderkoeld; de doden werden uitbundiger.

Terwijl de halfnaakte danseressen rillend ronddraaiden in een slaapdronken versuftheid, sprongen de doden hysterisch lachend over het podium. De geesten en duivelskinderen, met hun vleermuizengezichten en slecht geproportioneerde lichamen, dansten met een huiveringwekkende en bizarre beweeglijkheid, ze kronkelden zich stuiptrekkend om de vrouwen heen, die hen niet zagen.

Hoe valser de muziek klonk, des te uitzinniger de ontwaakte geesten zich gedroegen. Ze lachten als waanzinnigen in hun viering, in hun ontwaken.

De politici keken ontzet naar het halflege podium. Het gezicht van Madame Koto was opgezwollen. De oude blindeman stond als aan de grond genageld. De Gouverneur-Generaal scheen verdoofd, alsof hij wortel had geschoten in die spookachtige sfeer.

9

De vergeten kracht van de lach

Het gelach van de doden werkte aanstekelijk en opeens kregen wijzelf de slappe lach om de valse muziek en de stuntelige danseressen. Het gelach van de doden brak door het beschermende schild van de magiërs en fenomenencontroleurs heen. Net voordat het buitenissige feest een verandering onderging, drong het tot mij door dat de makers van de werkelijkheid geen macht bezaten over de lach.

Terwijl het spektakel op het podium een bizar hoogtepunt bereikte, zag ik de camera van de Fotograaf flitsen. Een van de magiërs – gehuld in een zwart gewaad en met fonkelende magische stenen rond zijn nek – wees naar hem met een gekromde vinger en schreeuwde: 'Die man is een demon, hij is slecht! Grijp hem!'

De Fotograaf vluchtte van het podium de menigte in en verspreidde golven van opwinding onder de vele aanwezigen.

Toen daalde de gemoedsstemming van derwisjen en de geest van de wervelwind op ons neer.

10

De bijeenkomst ontaardt in een grillig oproer

Op het podium klonk een donderend geraas. De vloerplanken begaven het en de muzikanten, danseressen, politici en makers van de werkelijkheid verdwenen allemaal in het huiverende gat. De muziekinstrumenten reten onze oren uiteen met schrille geluiden. De luidsprekers ploften op de grond. De politieagenten en soldaten aan weerszijden van het podium stonden een lang moment als verlamd. Tijdens de daaropvolgende korte stilte kreeg ik de dode timmerman in het oog. Gele bloemen ontsproten aan zijn hoofd. Ik zag hem de planken omhoogtrekken en de apparatuur met een ongerichte energie alle kanten op smijten. Niemand anders scheen hem te zien. En toen de korte stilte voorbij was ontaardde een van de grootste politieke bijeenkomsten van onze tijd in een verzengend oproer.

Overal klonken schreeuwende stemmen. Politiefluitjes snerpten in onze oren. Soldaten losten schoten in de lucht. Allen die door het podium waren gezakt begonnen te gillen in dat zwarte gat, in die schemerwereld van fenomenen.

Onder me steeg een ware kakofonie van jammerende

vrouwen en tierende mensen op. Ik hoorde een man zeggen hoe gevaarlijk het was als je je te dicht bij de machthebbers waagde. Hijzelf bevond zich niet te dicht bij de machthebbers, maar desondanks liep de menigte hem onder de voet, vertrapte zijn lichaam, brak zijn benen. De mensenmassa vluchtte alle kanten op. Soldaten mepten met wapenstokken. Vogels krijsten in de lucht. Lichten flitsten in onze gezichten. Kinderen schreeuwden. Alles was in verandering. De wereld verwijdde zich en golven van hitte overspoelden ons.

De eerste die uit de brokstukken van het podium tevoorschijn kwam was de oude blindeman. Hij was witheet van woede. De golvende mensenmassa om hem heen veranderde in een driftig beest dat alles kapotmaakte en soldaten aanviel. Toen bestormden ze het podium en richtten hun razernij tegen alles waar ze de hand op konden leggen. De ontaarding van de bijeenkomst was werkelijk angstaanjagend. Het was een tumult van jewelste: de vrijgelaten gevangenen, de misdadigers, de bedelaars en de marktvrouwen raakten allemaal buiten zinnen. Ze vernielden dingen. Sloegen de voorruiten van auto's aan diggelen. Rukten spandoeken en partijvlaggen naar beneden. Staken voertuigen in brand. Braken stalletjes en keten af. Hun rumoer raasde door de nacht. De aanhangers van de ene partij keerden zich tegen die van de andere. Soldaten schoten in de menigte en doodden twee vrouwen en drie mannen. In de lucht gromde de donder. Daaronder weerklonk het kabaal van stenen tegen glas, van botsend metaal, van het geraas van instortende muren, van schreeuwende mensen die onder de voet werden gelopen, van jammerende mensen die de ogen werden uitgestoken, van aanzwellende boze stemmen, van een drenzend gejank, van gezichten die tot moes werden geslagen door wild rondmaaiende vuisten. De woede van de menigte richtte zich tegen zichzelf. Ik zag het allemaal vanuit de boom. Ik zag hoe het oproer ontelbare hoofden in ontelbare richtingen uiteendreef.

Door het oproer brak de boom waarin ik zat en ik viel op de grond en werd vertrapt door vele voeten. Ik rolde alle kanten op. Toen ik erin slaagde overeind te komen ontvouwde zich een rode nacht met geesten voor mijn ogen. Ik zag gemaskerden op witte paarden. Gemaskerden die mensen knuppelden. Soldaten die vrouwen ranselden. Boze mannen die de politie ophitsten. Geweerschoten die woeste gaten schiepen tussen de samengeperste lichamen.

Terwijl ik moeizaam voortploeterde werd ik door een man omhooggezwaaid en zat ineens op een paard. Toen ik me omdraaide naar mijn redder schreeuwde ik het uit. Hij had vijf koppen en tien gloeiende ogen. Ik vocht met hem en vond het onverdraaglijk dat de vijfkoppige geest die door mijn geestengezellen was gestuurd om me terug te brengen naar het dodenrijk, het nog steeds op me had voorzien en de moed nog niet had opgegeven. Terwijl ik Pa's boksersnaam schreeuwde bleef ik inbeuken op de vijfkoppige geest. Zijn paard reed door de menigte en vertrappelde mensen.

De vijfkoppige geest galoppeerde als een dolleman door de massa lichamen. We reden een indigoblauwe wereld binnen. Voor ons zag ik de dode timmerman. Ik riep zijn naam, ik schreeuwde dat ik Ades vriend was. Ik smeekte hem om hulp. De dode timmerman draaide zijn met gele bloemen begroeide hoofd naar me toe en lachte uitgelaten. Toen sprong hij op het paard. Door de klap vloog ik door de lucht en landde op de borst van een verschrompelde oude man. Toen ik achteromkeek zag ik dat de dode timmerman de vijfkoppige geest te lijf ging. Ze vochten zichzelf naar een andere wereld.

Onder me hoorde ik een diep gerochel. Ik rolde me van de oude man op wie ik terecht was gekomen. Hij lag amechtig te hoesten en sloeg zich op zijn borst. Ik kon me een poosje niet bewegen. Na nog een verscheurende hoestaanval draaide de verschrompelde oude man zich naar me toe en zei: 'Ze maken Afrika kapot!'

Hij lag doodstil. Daarna ging hij rechtop zitten. Toen hij een sigaret opstak herkende ik hem. Het was de kruidendokter die de auto van Madame Koto lang geleden ritueel had gereinigd. Hij was de man die had voorspeld dat het een doodskist zou zijn. Hij leek stomdronken. Zijn ogen puilden naar buiten. Hij scheen niet te weten of hij leefde of dood was. Zijn sereniteit leek ons te beschermen. De menigte denderde om ons heen zonder ons letsel te berokkenen. Hij rookte een poosje zijn sigaret en nam met kalme ogen alles in zich op. Toen zei hij: 'Ik heb een droom gehad. Een blanke man veranderde in een schildpad en vroeg me hem mijn land te geven. Hij had een geweer. Ik vocht met hem, en hij schoot me door mijn hoofd.'

Hij hield op met praten. Ik was gebiologeerd. Hij begon heftig te hoesten waardoor er een kogel uit zijn mond tevoorschijn sprong. Hij draaide de kogel rond in zijn hand. De kogel glom door zijn speeksel heen. Toen viel het me op dat de verschrompelde oude man onder het bloed zat. Ik zag dat hij drie ogen had. Het derde oog, midden op zijn voorhoofd, bloedde. Ik nam de benen toen het tot me doordrong dat ik had geluisterd naar de dromen van een dode. Hij kwam me achterna en riep mijn naam. Ik vluchtte in de wirwar van vechtende lichamen.

Mijn hoofd deed pijn. Een aanhoudend lawaai snerpte in mijn oren. Waar ik ook keek was de geestenwereld in beroering. Ik zag mannen met kippenkoppen. Geiten met soldatenlaarzen. Paarden met vrouwenhoofden. Ik bonkte met mijn hoofd tegen een muur om orde te scheppen in mijn visioen. En toen begon ik pas echt dingen te zien. Een priester in een rood gewaad, die een beeld van de bloedende Christus droeg en huilde omdat de wereld zijn boodschap verkeerd uitlegde. Rode schepsels met enorme buiken. Rode mensen die winkels plunderden, dronken van de gestolen wijn, gillend in de vlammen. Rode insecten in de nachtlucht. Ik knipperde met mijn ogen en bevond me in een andere ruimte waar ik boven de geweldsuitbarstingen zweefde. Ik zweefde boven de Gouverneur-Generaal, het toekomstige Staatshoofd en beider gevolg. Ze vluchtten weg in de nacht. Ze zaten ineengedoken aan de voet van afbrokkelende rode muren. Zij waren de bannelingen van de werkelijkheid. Bang. Omringd door rode geesten. Voortgelokt door de doden. Strompelend in de goten. Met gebogen hoofd op weg naar hun voertuigen.

Een speciale troep geesten volgde de Gouverneur-Generaal. Ze verwonderden zich over het lichtgevende gele engelenstof op zijn lichaam. De verheven leiders stapten in hun auto's, maar de menigte sloeg de voorruiten kapot en kantelde de voertuigen. De politieagenten haalden uit naar de mensen. Ranselden de bezeten vrouwen. Knuppelden de toornige mannen. De Gouverneur-Generaal en het toekomstige Staatshoofd slaagden erin door de oproerige mensenmassa heen een konvooi soldaten te bereiken, die onmiddellijk een beschermend kordon rond hen vormden. De leiders werden in een politieauto geduwd die met loeiende sirenes door de menigte scheurde en mensen omverreed. De auto bereikte al spoedig de hoofdweg waar hij geen last meer had van de opstandige menigte. De auto had een escorte van zes motorrijders met gillende sirenes. Het dichtst bij het voortracende voertuig bevonden zich tweekoppige motorrijders met zilveren laarzen.

11

Avonturen in de chaos

De rode menigte stroomde met een onverminderde woede langs me heen naar het centrum van de stad. Ze gaven zich over aan een krankzinnige vernietigingsdrang en vernielden alles wat ze aanraakten. Ze tierden om elk kind dat was gestorven door ondervoeding, om elke vernedering die ze hadden moeten ondergaan, om hun te lang doorstane honger, om elk onverhoord gebed, om elke bedrieglijke droom, om elke lijdelijk verdragen muskietenbeet, om elke slapeloze nacht, om hun niet-aflatende armoede, om hun dakloze hutten, om de herschrijving van onze levens, om de regen die in hun dromen druppelde, om de lange jaren van werkloosheid en onderbetaling, om al hun wanhoop, om alle beledigingen die gepaard gingen met hun machteloosheid, om alle frustraties omdat ze niet gehoord werden.

Zwevend in de lucht tierde ik met ze mee. Ze waren boos om alles, om de muren rond hun levens, om de vele strenge wetten die de armen onderdrukten en de rijken verhieven, om de krappe ruimten waarin te veel geschiedenis was samengepakt. Ze tierden ook om al het lijden, alle verspilling, alle verraad en alle toekomstige fiasco's.

Geen mens ontkwam zonder te bloeden. De kappers, uithangbordenschilders, marktvrouwen, karrenvoerders, kooplui van snuisterijen en sinaasappelen, ze bloedden allemaal, ze liepen allemaal klappen, zweepslagen en snijwonden op, ze vielen allemaal. De woede van de menigte was zo intens dat ik vreesde dat alles spontaan zou ontvlammen. Auto's werden aangestoken, huizen platgebrand, en mensen renden rond met vuur in hun handen. De dolle razernij van de mensen, de furie van de geesten en het schrille gegil van de doden vulden de wereld met een onbarmhartig licht.

Alles aanschouwend met een ongebruikelijke blik, was ik getuige van de rituele wedergeboorte van een oude god. De god van de chaos, met ontelbare handen en vijfduizend koppen. Waar kwamen al die handen vandaan, handen die als lamme vleugels de lucht in beroering brachten, handen die sloegen, in brand staken, verkeersborden omvertrokken, benzinestations in vlammen lieten opgaan, juwelierszaken en banken plunderden, de ramen van regeringsgebouwen ingooiden, zich meester maakten van het Onafhankelijkheidsplein? De god van de chaos nam bezit van ons allen en geselde onze gedachten. Op het Onafhankelijkheidsplein richtten we een brandend altaar voor hem op en verschaften hem daarmee een onderdak.

Waar kwamen al die voeten vandaan, die eeltige, door wormen aangevreten voeten, die meedogenloos op alle deuren van de aarde bonkten, de nachtmerries van de weg tot leven wekten, het land op zijn grondvesten deden schudden, de afgrond openwrikten, de hellepoelen uitdiepten en barsten veroorzaakten in de voorspoed van anderen overzee?

Waar kwamen al die gezichten vandaan, maskers van de nieuwe god, verbeten gezichten, mooie gezichten, triomfantelijke gezichten, grove en ingevallen gezichten, sluwe gezichten? Waar kwamen al die ogen vandaan, brandende ogen, extatische ogen, stralende jonge-meisjesogen, verwilderde misdadigersogen, de verslagen ogen van de gevallenen?

Ik zag ze allemaal, zag hun bezetenheid die werd veroorzaakt door de maanziekte van de nieuwe god, zag dat er geesten in hun lichaam en hart waren gevaren die hen aanzetten tot een nog grotere razernij. Ik zag vrouwen met tatoeages in hun nek en mannen met vurige inkervingen. De woede van de menigte laaide zo hoog op dat ik vreesde getuige te zijn van een metamorfose, een massale transformatie. Ik zag dat de lichamen een geel licht begonnen uit te stralen. De gele gloed was overal, maar hij scheen het felste waar de stormloop het onstuimigst was.

12

De processie van hogere wezens

Moordzuchtige kreten doorkliefden de lucht. Benzinetanks vlogen in brand. De weg rees en daalde. Ik knipperde met mijn ogen. Al het rood loste op, de opstandige mensen verdwenen. Gedurende een lang moment zag ik slechts een ontzagwekkende processie van hogere wezens in het duister. Ik zag majestueuze geestenkoningen en hun hovelingen. Vermaarde krijgers met hun wapenknechten. Eerbiedwaardige en illustere filosofen met hun volgelingen. Machtige figuren in gouden gewaden, op de rug van geestenpaarden met sjabrak. Mythische wezens. Afgezanten van de goden. Oermoeders. Meesters van het grote Afrikaanse schimmenrijk. Het verbluffende plenum van de ongeborenen die bijzondere levens zouden leiden. Een glinsterende stroom verheven personages, allen met een blauwe, vredige glans. Ze bewogen zich statig en gracieus, straalden een gouden gloed uit en werden gevolgd door zilverkleurige vogels.

Ik zag hoe de hogere wezens over de ongeregeldheden heen trokken. Hun priesters zwaaiden met wierookvaten die de geur van hun wondere filosofieën verspreidden. Ik zag ze door de lucht rijden, lopen, zweven. Ze zwegen. Ze bewogen zich plechtig, met lichte tred, alsof ze op weg waren naar een belangrijke vergadering. Ze passeerden ons bovenlangs, zich schijnbaar onbewust van ons bestaan. Ik aanschouwde deze luisterrijke wezens. De mystici van het verleden en de toekomst. De politieke denkers van de oude wereld. De strategen van Timboektoe en de wijsgeren van Songhai. De koningen van Groot-Zimbabwe. De farao's van het oude Egypte. De wetgevers en de gevoelige dromers. Al de onzichtbare wezens van wie de wapenfeiten verlichting brachten van Egypte tot het oude Griekenland. Ik aanschouwde hen allemaal. Ze vulden de lucht met de flonkering van topazen, smaragden, diamanten, aquamarijnen. Gouden en gele nevelen wervelden om hen heen. Ze stroomden over ons heen in kleuren het menselijk oog onbekend. Kleuren gezien in dromen, maar nooit in het geheugen opgeslagen.

In de ban van de processie volgde ik de hogere wezens, om te zien waar ze naartoe gingen. Een klap op mijn hoofd haalde me onverhoeds terug uit hun sfeer. Ik bleek midden op de weg te liggen. De rellen waren nog volop in gang. Auto's scheurden langs me heen en werden door de menigte bekogeld met stenen. Ik vluchtte van de weg af. Ik voelde dat mijn hoofd bloedde en begon te huilen. Ik riep om mijn moeder, maar ze hoorde me niet. Vrouwen met zwarte kappen bogen zich over me heen. Ik rende voor ze weg en verstopte me tussen een groep kwajongens die een winkel plunderden. Ik zag de politieagent die me vele jaren geleden in zijn huis had opgesloten om de plaats van zijn dode zoon in te nemen. Ik nam opnieuw de benen: ik scheen telkens weer mijn verleden binnen te lopen.

Er hing een eigenaardige geur in de lucht. Verderop zag ik een man wiens jas in brand stond. De weg rees en daalde weer. De lucht was in beroering. De weg zwaaide heen en weer, kromde zijn rug en veranderde in een ongedurige slang. Alles schokte alsof er een aardbeving was. Er vielen gaten terwijl de weg zich omhoogwrong als een dolgeworden beest. Auto's reden huizen binnen. De lucht, de maan, de mensen, de stoffelijke dingen, het leek wel alsof alles en iedereen begon te hallucineren.

Kan de wereld dromen, als ware hij een walvis? Zijn de voorwerpen en feiten van deze wereld bezield? Kan een ding in onze ogen een tafel of een baksteen zijn en tegelijk een levend schepsel in een ander rijk? Ik weet het niet. Maar die nacht hallucineerde de wereld. De wereld droomde zichzelf. En wij, die bezeten waren van de nieuwe god, droomden de wereld als een koorts en veranderden hem al dromend. We hadden de geestenbarrière doorbroken. Hogere energieën brandden in ons. We waren overal die nacht. We waren ontwaakt in een gruwelijke razernij en hadden de grens van het normale bewustzijn overschreden. We waren de volheid der macht en geest binnengetreden. Een duizendtal zonnen vlamde in ons. Bedwelmd door de nieuwe god waren we zelf goden van de chaos geworden. Onze lichamen, niet bestand tegen een dergelijke vurigheid, begonnen te brullen om een verkoelende slaap.

De weg werd een rivier en geselde ons met zijn brandende water in die nacht van de zes gloeiende manen. Ik zag ze alle zes, in conjunctie onder een gouden waas. Ik schreeuwde en wees omhoog. Toen zag ik de hogere wezens opnieuw. De oude Chaldeese astronomen. Zieners uit het oude Griekenland. Dromenuitleggers uit het oude Babylon. Wichelaars uit Damascus. Magiërs uit Mesopotamië. Soemerische hoeders van de mysteriën. Het was een illustere en ingetogen schare. Meesters in de kunst om hun grootste ontdekkingen te verbergen in de tijd. Ze trokken over ons heen, zonder acht te slaan op de samenvloeiing van de manen.

Waren wij, die onze geestenbarrière hadden doorbroken, gematerialiseerd in een ander rijk?

13

Nacht van de wonderbare transformaties

Toen kwam het bij me op dat er in andere sferen nieuwe werelden werden verzonnen, tot ontstaan werden gebracht. Dat er nieuwe dingen ontsproten aan de onrust van mensen die zich bedienen van de enige taal die iedereen begrijpt – de taal van het geweld. In andere sferen werden nieuwe realiteiten in het leven geroepen. In welke sfeer bevond ik mij? Het leek wel alsof ik in verschillende sferen tegelijk verbleef die elkaar overlapten, die samenvielen in dezelfde ruimte. Dit bracht me in verwarring. Ik dwaalde door de oproerige menigte. In mijn hoofd bevonden zich zes gloeiende manen.

Terwijl ik verloren ronddoolde zag ik het bedelmeisje Helena op me afkomen. Ze was alleen. Ze leek te mooi om echt te zijn. Ze schonk me een vriendelijke glimlach. Geheimzinnig. Betekenisvol. Toen verdween ze weer.

Met het verdwijnen van Helena veranderde de weg. De rivier hield op met stromen; de muskieten maakten me hoorndol. Een gemaskerde met een jakhalzenkop reed langs me op een wit paard. Zijn hoeven dreunden op de grond. Mijn hoofd zwol op. De weg veranderde opnieuw in een slang met een zwiepende staart. Zijn gekraterde rug deed denken aan een prehistorisch zeemonster. Toen veranderde de slang weer in een weg. Een lichtflits trof me in de ogen. Ik zag een groep furieuze vrouwen die oude krijgsliederen zongen, vastbesloten in hun razernij om de wereld te veranderen, om de werkelijkheid te wijzigen. Ze sprongen op me af als een leger wraakengelen. Een bataljon dat uit was op de overwinning en alles aan de kant veegde. Aanbidders van de nieuwe god.

De vrouwen boden een afschrikwekkende aanblik. Ik vluchtte weg over de woonerven tot ik weer op het terrein van de bijeenkomst belandde. In het donker waren in hun dagelijkse leven gedweeë mannen de restanten van het podium aan het slopen. In hun midden bevonden zich ook vrouwen met verwilderde haren, gescheurde blouses, aan flarden gereten wikkeldoeken en snijwonden en blauwe plekken op hun gezicht.

Toen werd de hitte van de zes manen allesoverheersend. De woede en opwinding van de relschoppers liepen zo hoog op dat hun lichamen het begaven en een andere vorm aannamen. Hun geesten kwamen stomverbaasd naar buiten buitelen. Onder mijn ogen veranderden mensen in geesten, en geesten in mensen. Nieuwe menselijke wezens manifesteerden zich in ons midden. Terwijl de lucht knetterde van de elektriciteit kwam een heel pantheon goden tot leven. Ze daalden neer op onze razernij. De kwikachtige hitte van de geesten werd nog intenser. In de nevelen van die nacht, in die gloeiende vuurhaard, met alom bijtende dampen, was ik getuige van angstaanjagende transformaties. De huid van de bedelaars barstte open. De stalen spieren van de politieke misdadigers knapten. En onder het geraas van kolkende lava zag ik mannen veranderen in stieren, in paarden, in tijgers, terwijl de haren op hun huid overeind gingen staan, terwijl ze brandden in de nacht. Met eigen ogen zag ik mannen in jakhalzen veranderen. Ik herkende ze direct als de aanbidders die ik bij Madame Koto's heiligdom had gezien.

Het was een nacht vol tovenarij. In de uitzinnige menigte zag ik mannen met ontzagwekkende hoeven en amandelvormige ogen. Ze stonden rechtop en hun vingers verdikten zich tot stompen toen ze in nijlpaarden veranderden. Ik zag halfmannen, halfbeesten, semi-mensen, makers van de werkelijkheid die zelf werden herschapen. Ik zag vrouwen nieuwe gedaanten aannemen, van antilopen en grote katachtigen. Van vraatzuchtige miereneters. Van jaguars en leeuwinnen. Van wezens met vlijmscherpe tanden en fonkelende ogen. Ik zag vrouwen veranderen in rook, in dwaallichtjes, in reusachtige vogels met gouden klauwen en zeegroene vleugels. Ze doken over me heen, om als bezetenen opnieuw van gedaante te wisselen. Mannen werden dwergen. Kregen een bochel. Veranderden in lange dunne monsters met verticale ogen.

De nacht der tovenarij verzengde mijn vlees. De transformaties kwamen op me afdenderen. Vogels met flarden wikkeldoek om hun scherpe klauwen vlogen over me heen, haalden met hun vleugels naar me uit en sloegen me neer. Ik krabbelde over de grond en vluchtte naar de huizen.

Bij een boom zag ik Sami, de gokbaas die er lang geleden met Pa's geld vandoor was gegaan. Ik zag hem veranderen in een reuzenrat, alsof hij gewoon zijn jas uitdeed, het omhulsel van zijn menselijke identiteit afrukte. Zelfs als rat was zijn gezicht direct herkenbaar. Toen hij merkte dat ik hem aangaapte stootte hij een monsterlijke, amper menselijke klank uit. Ik vluchtte opnieuw, ditmaal niet gedragen door mijn benen maar door een verschroeiende wind. De kwade dromen van de politici richtten een ravage aan op aarde. Een boom vloog in brand en in een verre uithoek van het naar as geurende uitspansel straalde een gele ster. Tijdens de barensweeën van een nieuwe natie ontstonden nieuwe werkelijkheden.

Op de hoofdweg zag ik de uitzinnige vrouwen weer. Met grote overgave zongen hun stemmen nieuwe dingen tot leven. Ze vergrootten de ruimten voor betere werkelijkheden. Ze rekten de baarmoeder van de wereld uit. Ik herkende enkelen van hen. Het waren de onvermoeibare landarbeidsters, de wilskrachtige marktvrouwen, de vrouwen die al hun hele leven in de zoutmoerassen werkten, de zeven vrouwen die Ma waren gevolgd tijdens haar campagne om Pa te bevrijden, de straatventsters die de eindeloze droom van de wegen afsjouwden terwijl hun hersenen sisten onder de onverganke-lijke taal van de zon. Het waren de eeuwige moeders, de nobele maagden, de versufte weduwen, moeders van priesters en misdadigers, moeders van de oneindig armen, moeders van bedelaars en kreupelen, van prostituees en katoenverfsters, moeders van de sterken en de bedeesden, van de sluwen en de zwakken, en allemaal waren ze in een roes door de incarnatie van de nieuwe god.

Ik zag de uitzinnige vrouwen, maar ik ontwaarde Ma niet in hun midden. De vrouwen kwamen op me afdenderen en ik vreesde voor de huiveringwekkendste transformatie van allemaal. Ik wachtte op het openbarsten van hun huid, op de scherpe stank, en op de onverhoedse vuurzee. Ik hield mijn adem in, stond als aan de grond genageld en wachtte tot de vrouwen me in de koortsachtige weg zouden vertrappen.

Toen gebeurde er iets. De ruimten dijden uit. De felle weerspiegeling van brandende auto's in halfgebroken ruiten flitste in mijn ogen. Ik hoorde een kreet. Alles in mijn blikveld veranderde en ik bewoog me zijwaarts in een andere realiteit. Voor mijn verbijsterde ogen namen de oproerige, buiten zinnen geraakte vrouwen op hun blote voeten een andere gedaante aan. Naarmate ze gewelddadiger werden begonnen ze te veranderen in reusachtige vlinders. De transformatie begon bij hun hoofd. Hun voeten verschrompelden en verdwenen. Hun armen fladderden in de lucht, spreidden zich uit en werden groter. Hun gezichten werden kleiner. Hun kleren vielen van hen af en hun vleugels kregen precies hetzelfde patroon als hun wikkeldoeken.

Terwijl de vrouwen op me afrenden, hun gezichten verlicht door de vuren, veranderden ze in enorme vlinders en stegen met wild fladderende vleugels omhoog in de lucht. Degenen die veranderden zaaiden paniek onder hen die nog niet veranderd waren. Opeens zag ik ze allemaal in een nieuwe gedaante, zonder kleren. Ze ondergingen een complete metamorfose in die tumultueuze atmosfeer van branden en kruidentovenarij.

Het was verbijsterend om waar te nemen. Om te zien hoe de voeten van de vrouwen aanvankelijk de grond nog raakten en zich het volgende moment in de lucht bevonden. Het was wonderlijk om meisjes in witte jurken, die rustig op me afkwamen lopen, zich tot vlinders te zien ontpoppen. Ze stegen allemaal op, vlogen omhoog in de hemel met zes manen en cirkelden driemaal over de chaos beneden hen, onder het slaken van doordringende kreten.

Toen doken de zeven vrouwen op me af. Ze grepen me beet met hun zachte, tangachtige klauwtjes en zweefden omhoog in de lucht. Ik rukte aan hun vleugels, waarna ze me lieten vallen. Ik viel langzaam. Ik viel door de processie van de hogere wezens heen. Ik raakte de grond en maakte een koprol. Het licht in mijn ogen veranderde, mijn geest verloor zijn evenwicht. Daar lag ik op de grond, met het gevoel alsof er iets uit me verdwenen was, of dat er iets bij me was binnengedrongen. Ik was volkomen de kluts kwijt. Het leek wel alsof mijn handen op de plek van mijn voeten zaten. Alsof mijn hoofd in mijn lichaam was verdwenen, of dat mijn lichaam helemaal overhoop was gegooid. Ik kon er geen touw aan vastknopen. Ik wist niet of ik nog steeds een mens was of dat ik was veranderd in een vlinder, een vogel, een vos, een geest of een warrig liedje. Terwijl ik daar lag en mijn geest oploste in het bruine licht van een nieuw domein, vloeiden de zes manen ineen. Ik zag de zeven vlinders omhoogvliegen in de lucht, almaar hoger en hoger. Toen werden het zeven nieuwe sterren die flakkerden aan het nachtelijk firmament. Ik zag de sterren stralen.

14

Een sympathieke invasie

Na een poosje werd ik gewaar dat de wereld trilde, alsof er een sympathieke invasie had plaatsgevonden. Het hele getto was vergeven van de blauwe en gele vlindertjes. Ze fladderden op onze gezichten en hechtten zich vast aan onze lichamen. Ik merkte dat er een deken van vlinders over me heen lag waardoor ik het gevoel kreeg te zijn ontwaakt in een nachtmerrie. Ik schreeuwde en schopte. Toen ik mijn ogen opende wemelde het in de lucht om me heen van de gevleugelde schepseltjes. Het drong tot me door dat de vlinders waarmee ik was overdekt in feite bezig waren me te verslinden. Met al mijn energie, opgewekt door mijn angst, gilde ik het uit en sprong overeind.

Meppend naar de ritselende zwerm fluweelvleugelige wezens, rende ik schreeuwend weg. Mijn brein stond in brand, mijn ogen schrijnden en het bloed sijpelde uit talloze plekken op mijn lichaam.

Zwaaiend met mijn armen, verdwaasd en wild om me heen slaand, rende ik blindelings door die verstikkende atmosfeer van transformaties. Ik bleef doorrennen tot ik niets meer kon zien. Mijn razernij en afgrijzen hadden mijn ogen verschroeid.

IV

Boek 7

I

Wild met mijn armen zwaaiend baande ik me een weg naar een koel domein

Rennend en wild met mijn armen zwaaiend baande ik me een weg naar een nieuw domein, waar het koel was. Vriendelijke geesten zweefden kalmpjes rond en bemoeiden zich met hun eigen zaken. Meisjes in witte hemdjurken, met kaolien op hun voeten en antimoon op hun gezichten, gleden voort met het grootste gemak, alsof het dromen waren.

Ik rende door een schaduwwereld, bevolkt met schaduwwezens. Alles was bezield. De voorwerpen in dat domein schitterden van de ogen. Het wonderschone kruis had een oog in het midden. De aarde had ogen, de bomen hadden ogen, en ook de rivier had ogen. Het krioelde er van de aantrekkelijke jonge meisjes. Ze hadden drie ogen, ringen door hun neuzen en kunstig gevlochten haar. De meisjes maakten een gelukkiger en vrediger indruk dan ik bij mensen ooit had meegemaakt. Ze zagen me niet en merkten verder ook niets van mijn aanwezigheid. Ik rende tussen ze door zonder hun schaduwen te verstoren.

Ik was in een wereld van spiegels en dromen terechtgekomen. De aarde was een bruine spiegel waarin ik niet werd gereflecteerd. Ik had geen schaduw temidden van de schaduwen van die wereld. In mijn innerlijk was het woelig. Om me heen heerste een grote sereniteit.

Er vlogen geen vlinders in de lucht. Er waren geen rellen en opstandjes. Er waren geen kunstlichten, maar er was ook geen duister. Alles in die wereld bezat in zijn middelpunt een zon. De bomen. De beelden van een onvoorstelbare god. De grote rivier met zijn vele zijarmen. De jonge meisjes met hun kalme schoonheid. De zuigelingen die konden vliegen. De dieren met hun intelligente ogen. Allemaal hadden ze een zon. Alles verblindde mij. Ik zag niet met mijn ogen, maar met mijn hele lichaam. Het leek wel alsof ik was overdekt met ogen, zoals ik overdekt was geweest met vlinders.

Het was ook een wereld waar alles in bloei stond. Een bloeiende wereld. De bomen, de planten, de mensen en zelfs de lichten droegen allemaal witte en goudkleurige bloesems. Ik werd ontroerd door de lieflijke schoonheid van die plek.

Overal klonken stemmen in de lucht. Stemmen zonder lichaam. Ik leek al die stemmen te kunnen horen, al die talen van verscheidene werelden. De stroom van stemmen volgde me waar ik ook ging.

2

Ik betreed het rijk waar gedachten stemmen zijn

Had ik het rijk betreden waar de dromen van mensen echt zijn, waar hun gedachten stemmen zijn? Luisterde ik naar de gefluisterde gedachten van de wereld, naar de innerlijke monoloog van de aarde, naar de alleenspraken van de weg? Was ik het dubbelzinnige onderaardse rijk van de weg binnengegaan, het schimmenrijk van onze dromen? Ik wist niet waar ik was, en ik wist evenmin hoe ik er vandaan moest komen. Ik wist niet of ik me in mijn lichaam bevond of verdwaald was in een universum waar al het ongeborene in een eigen, natuurlijk ritme leeft, een rijk waar de doden op doorreis doorheen komen. Evenmin was ik ervan overtuigd dat ik domweg ronddwaalde in de uitgestrekte levende gangen die voorbij de hongerende weg naar een pril begin leiden.

Bevond ik me onder de levenden of onder de ongeborenen? Bevond ik me onder degenen die in deze sfeer een heimelijk leven van vredigheid leidden terwijl ze in de wereld van de mensen sliepen of te kampen hadden met leed en strijd?

Hoeveel levens leiden we tegelijkertijd?

In dat rijk zag ik Helena, het bedelmeisje. Ze was gekleed

als een koningin, omgeven door schaduwen. Ik zag haar langs de rivier wandelen. Toen verdween ze in de grote, heldere spiegel van de lucht. Ma zag ik ook. Ze was met zes vrouwen die ik herkende als haar zusters, hoewel ik wist dat ze er geen had. Ze keek straal langs me heen zonder mijn aanwezigheid of gebaren op te merken. Toen ik haar probeerde aan te raken tastte ik in de lucht. Daarna zag ik Pa. Hij reed op een groot zwart paard. Ik probeerde hem achterna te gaan, maar ik kwam telkens terecht in de mensenwereld, waarna ik weer terugkeerde naar dit bijzondere rijk. Mijn wezen flitste aan en uit, als een menselijk baken.

Opeens dwaalde ik door beelden van arbeiders die in machines werden gemangeld, van mensen die door de nieuwe elektrische stroom werden geëlektrocuteerd, van huizen die als gevolg van goedkope bouwmaterialen neerstortten op arme huurders.

De omgeving veranderde. Ik liep in de verschroeiende nachtelijke wind van vredige dorpen. Pompoenen en vijfvingerige cassaveplanten groeiden op de achtererven. Bejaarde mannen reden op oude fietsen over de kronkelige bospaden. Ik arriveerde bij het schaduwbos. Ik ontmoette een man die hallucineerde over zijn lievelingspalmwijn. Hij was nog steeds op zoek naar een dode tapper. Verderop kwam ik oog in oog te staan met de hakkelende geest van een wrede man. Zijn kapmes was nog bloederig van de moord op een paria. Ik vluchtte weg van zijn grimmige aanwezigheid, naar de flakkerende boslichten. Ik ving glimpen op van vermaarde stamgoden.

Tijdens die nacht kwam ik ook de oude blindeman tegen. Hij dwaalde met uitgestrekte armen door de duisternis.

'Ik ga terug naar mijn dorp!' riep hij.

Hij was overdekt met glimmende gele puisten. Ze zagen er zo afschrikwekkend uit dat ik opnieuw de benen nam.

In dat wonderbare rijk ontmoette ik een eenogige man

die wilde dat ik hem Homerus in het Grieks voorlas. Ik ontmoette vrouwen die wilden dat ik liefdesbrieven voor ze schreef op de bladeren van de apebroodboom. Brieven aan hun gestorven geliefden voor wie ze geen waardering hadden kunnen opbrengen toen ze nog leefden. Ze wilden dat ik hun boodschappen door het bos met me meenam. Ik ontmoette mensen die niets van me wilden, behalve dat ik hun verhalen van vroeger tijden aanhoorde, toen de goden onder de mensen leefden. Toen helden zich buiten de dorpsomheiningen waagden, buiten de zeven wouden, om in verre landen monsters te bevechten. Helden die bij hun dood in zonnevogels veranderden. Of verhalen van vrouwen die acht dorpen in het verderf stortten vanwege hun bovenaardse schoonheid, hun verschaft door schemergoden omdat ze geen enkele man een kind wilden baren. De verhalen maakten me ouder. Ik ontmoette blanke mannen die rondhingen in het onderaardse dromenrijk. Ze wilden weten of het atoom al was gesplitst. Of er een oplossing voor de wereldvrede was gevonden. Of het geheim van het eeuwige leven was ontdekt in de bedrijvige laboratoria. Of de ware schrijver van Shakespeares toneelwerken eindelijk was achterhaald. Ze wilden ook dat ik boodschappen overzee bracht. Naar hun beminden. Ze gaven me de adressen en namen van hun vrouwen, kinderen en minnaressen. De boodschappen werden op raadselachtige wijze uit mijn geheugen gewist op het moment dat ik hen verliet. De adressen verdwenen uit mijn zak.

Verderop hoorde ik stemmen die plannen beraamden om Madame Koto te vermoorden. Ik luisterde naar hun verhitte gesprek.

'Bang?'

'Niet bang.'

'Maak haar dood.'

'Waarom?'

'Ze gelooft nu in de liefde. Dat is een zwakte.'

'Ja, nou?'
'Ze heeft ons verraden.'
'Dat weet ik.'
'Ze heeft te veel bekend.'
'Onze geheimen ontsluierd.'
'Ze wil alle macht.'
'Ze wil een godin worden.'
'Over ons heersen.'
'Ons tot eeuwige bedienden maken.'
'Ons in dieren veranderen.'
'In kippen.'
'In geiten.'
'In ratten.'
'In schapen.'
'In koeien.'
'Om ons te offeren.'
'Om ons onze macht te ontnemen.'
'Om ons hart in haar steen te planten.'
'Om met ons bloed haar leven te verlengen.'
'Om ons in wilde beesten te veranderen.'
'Niet eens in pauwen.'
'Of in zonnevogels.'
'Maar misschien wel in vleermuizen.'
'Maak haar dood.'
'Ja, laten we haar doodmaken.'
'Voor ze een god wordt.'
'Kom, we gaan.'
'We gaan eerst naar de oude man.'
'Bang?'
'Welnee.'

De stemmen stierven weg. De wind nam hun plaats in. Verdwaasd raakte ik verzeild temidden van andere stemmen die door de lucht cirkelden.

'De blanken hebben onze kinderen tot slaven gemaakt.'

'Op klaarlichte dag.'

'En ze hebben ons volk laten zwoegen om hun koffie te zoeten.'

'Zodat zij wegen konden bouwen die nooit hongeren.'

'We hebben ze niet eens met de dood bedreigd.'

'En zij zijn voor geen enkel gerecht gesleept, op aarde noch in de hemel.'

'Om zich tegenover God voor hun misdaden te verantwoorden.'

'Daarom lijden wij nu.'

'Op klaarlichte dag.'

'Onze wegen hongeren wel.'

'En onze geschiedenis weent.'

'En onze toekomst is vol vraagtekens.'

'En ons volk wordt als minderwaardig beschouwd.'

'En onze zaak wordt in geen enkel gerechtshof gehoord.'

'Op aarde noch in de hemel.'

'En de grote ongerechtigheid wordt vergeten.'

'Op aarde én in de hemel.'

'Intussen blijven wij voortploeteren.'

'Met gebonden handen.'

'Met een geketende geschiedenis.'

'Met tranen in onze ziel.'

'En met een lach op ons gezicht.'

'En met liefde in ons hart.'

'Op aarde en in de hemel.'

De woorden bleven hangen. Kruidden de atmosfeer. Na een poosje hoorde ik de stemmen omhoogzweven. Spiraalsgewijs omhoogstijgen. Als vogels die terugkeren naar hun thuishaven in de lucht. De stilte gloeide oranje op. Een briesje blies zacht in mijn gezicht. Ik zat langs de kant van de weg, als een weeskind. Ik voelde me thuis. Hier waren de gedachten en dromen van het mensdom echt. Even echt als de schaduw van een boom in een oase. Toen hoorde ik een lieflijke stem spreken. De vertrouwde lieflijkheid van die stem sneed me door het hart. Het was Ma's stem. Ze sprak tegen de zes zusters die ze niet had.

'Mijn lieve zusters. Gisteravond heb ik een schare gele engelen gezien. Ze weenden, hoog in de hemel. Toen ik ze vroeg waarom ze huilden zeiden ze: "We zijn treurig omdat jullie mensen niet beseffen hoe geweldig jullie zijn. Hoe groots. Hoe prachtig. Hoe gezegend. Jullie zijn geschapen uit liefde. En naar liefde zullen jullie terugkeren. Jullie maken een potje van jullie idealen. Jullie veranderen jullie mooie dromen in levende nachtmerries. Jullie maken van een lusthof een kerkhof. Jullie doen elkaar vreselijke dingen aan. Jullie kunnen jullie leven tot een hemel op aarde maken, maar in plaats daarvan geven jullie de voorkeur aan jullie eigen hel, aan jullie onwetendheid. Jullie gebruiken je licht niet, maar scheppen behagen in het duister. Daarom zijn wij bedroefd. De liefde is jullie moeder, menselijkheid. Het licht is jullie vader. Het leven is jullie onvergankelijke geschenk. En alle drie zijn één. Jullie zijn de oerrivier, de zeven bergen en jullie koninklijke lotsbestemming vergeten. Daarom wenen wij. Jullie zijn geschapen uit een onsterfelijke droom. Sta op, en reik naar jullie kostbare erfenis." Dat zeiden de engelen tegen me.'

Ik luisterde toe terwijl Ma's zes zusters in ontroerende eendracht over de droefenis van de engelen spraken.

Het briesje veranderde in een vinniger wind. Er viel een stilte. Ik wachtte tot Ma's stem weer het woord zou nemen. Ik wachtte tot haar onzichtbare zusters iets zouden zeggen. Maar dat deden ze niet. De koude van de wind dwong me verder te gaan. Ik stond op van mijn plekje langs de weg. Als een pelgrim met een mooie bestemming in zijn hart begaf ik me op het pad waarlangs slechts stemmen reizen.

Ik kwam bij een gebouw gemaakt van spiegels, bekroond met een gouden koepel. Ik belandde op een open plek en luisterde naar andere stemmen die rustig spraken in de nacht.

Ik had geen idee waar ze vandaan kwamen. Ik wist niet of het gedachten waren of gefluisterde woorden, over oceanische watervlakten geblazen door de goden die alle geheime bedoelingen van de mens kenbaar maken.

'Ze zijn niet zoals wij,' zei er een.

'William Blake mag dan wel hebben beweerd dat de ziel van de zwarte jongen blank is, maar als je het mij vraagt zijn ze niet echt zoals wij,' zei een ander.

'Ze eten viezigheid.'

'Slangen.'

'Ze stinken.'

'Wij ook, maar zij stinken anders.'

'Dat verschil bevalt me niet.'

'Ze hebben geen geschiedenis.'

'Geen verleden.'

'Daarom hebben ze ook geen toekomst.'

'Dromen ze eigenlijk?'

'Ze bloeden. Ik heb het niet zo op hun bloed.'

'Je moet ze op hun plaats houden.'

'Je moet ze niet de overhand geven.'

'Ze zijn de benjamin van het menselijke ras.'

'Behoren ze tot het ras?'

'Misschien niet. Misschien hangen ze er ergens tussenin.'

'Tussen stof en brein.'

'Infiltreer ze.'

'Bespioneer ze.'

'Zoek de sterksten onder hen uit en maak ze tot onze gelijken.'

'Niet de sterksten. De sterksten moeten worden omgebracht. Zoek de zwaksten. Maak die tot onze gelijken.'

'Niet tot onze gelijken.'

'Zaai verdeeldheid onder hen.'

'Zet ze tegen elkaar op.'

'Maak ze tot onze eeuwige bedienden.'

'Tot onze verre werkkrachten.'

'Ze hebben geen aanleg voor discipline.'

'Geen gevoel voor verantwoordelijkheid.'

'Voor hun eigen bestwil moeten we ze eronder houden.'

'En erbuiten.'

'Maar hoe kunnen wij onze menselijkheid dan nog bewaren?'

'Dat is het probleem van onze kinderen.'

'Hoe lang gaan we dit doen?'

'Wat?'

'Ze eronder houden.'

'Zo lang als nodig is.'

'Denk je dat God op ons neerkijkt, onze bedoelingen in de gaten houdt?'

'God bestaat niet.'

'Wij zijn nu de goden.'

'En trouwens, als er al een God bestaat, dan zal hij er zeker zijn goedkeuring aan hechten.'

'Maar zullen wij hier niet een verschrikkelijke prijs voor moeten betalen? Zullen onze kinderen ooit de waarheid onder ogen kunnen zien van hetgeen wij hebben gedaan en zullen blijven doen? Kan ons ras leven met dat schuldgevoel?'

'Schuldgevoel is voor de zwakken.'

'Maar kunnen wij leven met de waarheid?'

'Zoals Pilatus al zei: "Wat is waarheid?"'

'Bovendien is het voor hun eigen bestwil. Over duizend jaar zullen ze ons dankbaar zijn dat we ze de toekomst hebben gebracht.'

'Onze toekomst.'

'Maar hoe moet het met onze slaap? Hoe zullen wij de komende eeuwen vredig kunnen slapen?'

'We zullen ronddwalen tussen de geesten van slavenmoeders.'

'We zullen tussen ze gevangenzitten.'

'We zullen ronddwalen in het inferno van de geschiedenis.'

'Waar niets wordt vergeten.'

'Waar niets ooit wordt vergeten.'

'Ik weet het niet.'

'Ik weet het ook niet.'

De woorden stierven weg. De stemmen zweefden omhoog. Er kwam geen wind om de lucht van hun woorden te zuiveren.

3

De moord op een Regenkoningin

Ik dwaalde lange tijd rond in dat rijk van talloze gedachten en dromen. Keer op keer probeerde ik de weg terug te vinden naar de harde wereld die ik tot mijn thuis had gemaakt. Toen kwam ik op een plek waar iemand een verhaal vertelde over een gedode olifant. Of eigenlijk werd het verhaal meer nagespeeld dan verteld. Ik hoorde hoe de olifant was verschenen. Hoe hij in het kreupelhout had rondgeraasd, in zijn woede bomen had geveld, lemen hutten had vertrapt, mensen had vermorzeld, ijzingwekkend had getrompetterd. Ik hoorde hoe de olifant in een kuil was gevallen en hoe de mensen hem hadden afgemaakt met primitieve geweren en speren. Toen slaakte de verhalenverteller, die de dood van de olifant uitbeeldde, een krachtige kreet die me naar een andere plek blies waar mijn vader een zwart paard bereed.

Ik volgde Pa. Algauw kon ik tussen de stoffelijke dingen van dat schemergebied niets meer zien. Toen het waas voor mijn ogen wegtrok bleek ik me in mijn vertrouwde wereld te bevinden. Ik was terug bij de uit de hand gelopen bijeenkomst.

Overal waren partijaanhangers met elkaar aan het vechten. Alles brandde en het gejammer was niet van de lucht. Smartelijke stemmen. Kinderen die onder de voet werden gelopen. Mannen die werden afgeranseld. Soldaten die op de maan schoten. Iemand maande door een megafoon tot kalmte. Hij werd besprongen door misdadigers die hem sloegen met het apparaat. Elke klap ging vergezeld van een akelig geluid.

Gegil doorkliefde de lucht. Auto's stonden in lichterlaaie. Partijvlaggen werden in brand gestoken. Er heerste paniek. Vrouwen werden schreeuwend naar straathoeken getrokken. Er was een man wiens gezicht was opengehaald met een gebroken fles. Het bloed gutste van zijn lippen. Ik zag zelfs de Fotograaf temidden van al die waanzin. Hij was in een boom geklommen en nam op zijn dooie akkertje foto's. Ik riep naar hem maar hij hoorde me niet, en ik kon hem in die afschuwelijke heksenketel niet bereiken.

Daarom rende ik mee met de mensenmassa. Ik verdwaalde weer in een ander rijk waar een tafel droomde dat hij een boom was. Hij had twijgjes en groene knoppen laten ontspruiten. De tafel joeg me angst aan. Ik rende verder, opduikend in twee tijdstromen tegelijk. In de ene zag ik beelden van de toekomstige moeilijkheden van het land. Oliebronnen droogden op. Kostbare gassen vervluchtigden in de stadslucht. Ik zag een tijdperk van grote nationale verkwisting waarin de vermaarde rijkdommen opgingen in rook. Ik zag staatsgrepen en oorlogen en beesten die zich te goed deden aan mensenlijken. In de andere tijdstroom wandelde ik over in wegen veranderde zijrivieren. Mensen zaten zich voor hun huizen koelte toe te wuiven, zich niet bewust van de chaos.

Ik liep maar door, urenlang zo leek het. Het was inmiddels pikdonker. Ik zag dat Madame Koto werd achtervolgd door twee bedelaars. Ik raakte erdoor van slag. Ik zag dat Madame

Koto zich naar huis repte. Toen gingen de vrouwen van haar godsdienst haar te lijf. Ze staken haar met messen die glinsterden in het maanlicht, ze staken herhaaldelijk op haar in en schreeuwden dat ze te machtig werd. De oude blindeman stak haar ook. Hij vermoordde haar. Vanwege haar publieke bekentenissen. Vanwege de verandering in haar hart, vanwege haar liefde voor de armen en verschoppelingen. Toen veranderde alles. Mensen die ik niet kon onderscheiden vielen haar van achteren aan. Madame Koto had zichzelf wellicht kunnen redden als ze bij machte was geweest haar hoofd om te draaien, want dan zouden haar moordenaars zijn verlamd door de kracht van haar ogen. Maar dat kon ze niet. En zij sneden haar open met lange messen. Ik hoorde een van hen zeggen: 'Dus jij wilt een god worden? Dus jij houdt nu van het volk?'

Hij zei het telkens opnieuw terwijl ze haar afslachtten. Ze viel niet. Ze staken keer op keer op Madame Koto in, maar nog steeds viel ze niet. Ze vermoordden de geestenkinderen die in haar groeiden en zij stond daar en spuwde alles uit wat ze die dag gegeten en gedronken had. Bloed, stolsels, braaksel, kraakbeen en het gezucht van ongeboren kinderen spatten uit haar op haar moordenaars, op de modder en op haar kostbare kledij.

En ja, op dat moment loeide de wind. In een flits, in een zilveren spleet tussen de sferen, zag ik de oude vrouw uit het bos, starend naar haar weefsel van de uit de hand gelopen bijeenkomst en de brute moord op een Regenkoningin. Ik zag dat ze werd omringd door de geheimzinnige vogels van de nacht. In de gierende wind klapwiekten ze met verwaaide veren omhoog, de oude vrouw achterlatend in een verblufte ruimte.

En ja, op dat moment braken leverkleurige regenwolken aan de hemel open en stortte de regen in dikke druppels naar beneden. In het inktachtige water krioelde het van de wormen en sardienen. De regen spoelde de maan en de zeven nieuwe sterren weg. Gemaskerden te paard slaakten cultische kreten. Ik hoorde een grote steen opensplijten. Krachtige bezweringen gutsten uit Madame Koto's wanstaltige lichaam. Ik hoorde het geknetter van toverspreuken en de afbrokkeling van de magie. De stortbui doordrenkte de vlinders. Ik zag ze kronkelend op de weg liggen. Ik zag overal misvormingen. Bezweringen en animistische krachten van Madame Koto's geest ontlaadden zich in de lucht en ontketenden nachtmerries die als waanzinnigen onder ons tekeergingen. Bomen braken doormidden en geheimzinnige vogels floten spookachtige wijsjes. Ik hoorde oude machten uiteenspatten en zag de geesten van Madame Koto's ongeboren kinderen over straat dwalen, onthutst door hun vrijlating in deze rauwe ruimten. Madame Koto's geest zweefde boven haar en veranderde in de schaduw van een groot beest dat gepijnigde klanken uitstiet.

En ja, vanuit de leegte klonk jengelende muziek op. Pauwen schreeuwden. De gemaskerde met de jakhalzenkop barstte uiteen in gele vlammen. Hoeveel werkelijkheden stonden er die nacht in brand? Ik werd in de rondte geslingerd door de krachten die vrijkwamen uit Madame Koto's spuwende lichaam. En al die tijd viel ze nog steeds niet.

Ze stond kaarsrecht als een onvermoeibare strijder. Haar moordenaars waren als versteend door haar snel stollende bloed op hun gezichten. Toen zag ik iets wat me de haren te berge deed rijzen. Ik zag Madame Koto veranderen in een jong meisje, en daarna in een oude Keltische krijger met een grote viriliteit. Vervolgens werd ze een priester met een krokodillenkop uit het faraonische Egypte, en toen een oude, tweehonderddriejarige vrouw. Op het moment dat haar transformaties stopten voelde ik een stalen greep rond mijn polsen. Even werd het donker voor mijn ogen.

Ik was vastgegrepen door benige handen, een levend skelet, overhuifd met schaduwen, voorzien van scherpe kaken en lange tanden. Op zijn hele gezicht gloeiden gele karbonkels. Ik slaakte een kreet van afgrijzen toen ik de gedaante van de oude blindeman herkende. Hij ging als een bezetene boven me tekeer. Zijn ogen waren geel. Raaskallend bekende hij zich schuldig te hebben gemaakt aan moord. Hij schreeuwde dat hij de dochter van een godin had omgebracht. Terwijl hij mijn pols in een gemene greep hield smeekte hij me om hem naar zijn dorp te brengen. Buiten zinnen van angst voerde ik hem door de chaos en de hevige slagregens.

De oude blindeman was bevangen door een koortsachtige waanzin. Hij struikelde. Deed huiveringwekkende bekentenissen. Loeide alsof er een hels vuur in zijn geest woedde. Sleurde me in het rond. Hij strompelde naar rechts, vloog dan naar links, viel, trok me boven op zich, krabbelde weer overeind. Mijn pols werd nog steeds fijngeknepen in zijn duivelse greep.

Toen werden we onder de voet gelopen door een horde joelende vrouwen die ons bijna vertrappelden. De oude blindeman jankte pathetisch. Terwijl hij viel liet hij me los. Ik vluchtte van hem weg en dwaalde verdwaasd over het slagveld van tot razernij gebrachte lichamen. Later, toen ik de oude blindeman een moeras zag in strompelen met de bedoeling te sterven, brullend dat hij zo graag wilde terugkeren naar zijn vredige hoeve in het dorp, mijn naam uitschreeuwend met de stem van een nachtmerrievogel, toen werd ik opnieuw blind, viel op mijn handen en knieën en kroop door de ontreddering van die onterende nacht.

Terwijl ik voortkroop streek er een grote kat langs mijn gezicht. Zijn staart kietelde mijn neus. Ik nieste, en de nacht werd een tikkeltje helderder. Ik kwam overeind. Met uitgestrekte armen volgde ik het silhouet van de grote kat. Onderweg, temidden van een enorm kabaal, struikelde ik over een kolossaal lichaam dat langs de kant van de weg lag. Het leek wel een gestrande walvis. Ik probeerde eromheen te lopen, maar dat lukte niet. Ik probeerde eroverheen te klimmen, maar voelde telkens als ik het aanraakte kleverig vocht uit het vlees omhoogborrelen. Toen begon het nog harder te regenen, wat een oorverdovend geroffel met zich meebracht. De regen spoelde mijn blindheid weg, waarop ik niet het lichaam van een walvis of een groot paard aanschouwde, maar dat van een vrouw die mij met afgewend hoofd en één geopend oog aanstaarde.

'Sta op!' zei ik.

Het hoofd draaide zich dreigend naar mij toe. De vrouw keek me aan zonder te bewegen, zonder te ademen. Haar gezicht was opgezwollen en doorgroefd. Bloed gutste uit haar buik.

Een flakkerend licht bescheen dit gruwelijke tafereel. De ogen van de vrouw waren wijd opengesperd en ze had verwrongen gelaatstrekken. Witte maanstenen glansden in haar hand. Het snoer was gebroken. In die donkere nacht leken de maanstenen rood. De vrouw reageerde niet toen ik haar porde. Pas toen ik aan haar begon te sjorren in een poging haar in beweging te krijgen, haar overeind te trekken, toen zag ik dat ze in een dikke plas van haar eigen bloed lag. Opeens slaakte de vrouw een vulkanische zucht die mij weer bij mijn positieven bracht. Ze greep mijn hand, stopte er de maanstenen in en viel met een raspende doodsrochel terug op haar rug.

De maanstenen brandden in mijn hand, vandaar dat ik ze liet vallen. Ze sisten in het regenwater. En toen ik me realiseerde dat de vrouw Madame Koto was, toen schreeuwde ik om hulp, maar er was niemand die me hoorde. Ik bleef schreeuwen, want het lichaam van de legendarische Madame Koto dijde steeds verder uit in mijn geest.

Binnen de kortste keren werd ik overweldigd door de furieuze slagregen, door de stank van vochtig brandend rubber en door de afgrijselijke geur van Madame Koto's onstuimige bloed. Achter me hoorde ik iemand mijn naam roepen. Ik draaide me om, maar ik zag niets. Toen hoorde ik opnieuw mijn naam, uitgesproken met een spookachtige cadans. Achteromkijkend ontwaarde ik de geestengedaante van Ade. Hij stond op een stapel bakstenen, met een lichtgevende witte hoed op zijn hoofd. Mijn ogen schrijnden. Ik liep naar hem toe en trof slechts schaduwen aan. Daarna meende ik het gesnuif van een groot beest achter me te horen. Toen ik me omdraaide zag ik tot mijn verbazing een wilde stier met een gouden bel om zijn nek die schrijlings over Madame Koto's lichaam stond, alsof hij het wilde beschermen. De stier was overdekt met knetterende gele vlammetjes. Zijn ogen waren rood.

Ik stond als aan de grond genageld. De stier hief zijn grote beestenkop. Toen snoof hij opnieuw. Hij schopte. Waarna hij op me af kwam stormen. Schreeuwend in het donkere universum vluchtte ik naar het strijdgewoel. In die atmosfeer van een ontladen razernij vluchtte ik langs de doden, langs de geesten en de paarden. Opeens hield het op met regenen. Maar nog steeds woeien er vlagen van een vermoeide wind over de verlatenheid van uitgebrande auto's, ingestorte huizen en stuiptrekkende lichamen.

4

Een verkoelende wind

Ik vluchtte door het tumult, met de hete adem van de wilde stier in mijn nek. Ik rende in een rechte lijn door de koele lucht, langs strompelende vrouwen en gemaskerden op stelten, langs dansers die nog steeds vuur spuwden. Ik rende door het duizelingwekkende domein van de god van de chaos die de bezetenheid van mannen en vrouwen had ontketend, wegen had opgebroken, de bijeenkomst had laten ontaarden en balken en brandende stukken hout in alle windrichtingen had geslingerd.

Ik vluchtte over het her en der liggende afval, door gezwollen goten waarin dode katten dreven, langs kapotte stalletjes en uitgebrande auto's, en langs springerige trommelaars die nog steeds de woeste ritmen van een nieuwe heerschappij roffelden.

De wind was geheimzinnig en verkoelend. Hij zuiverde de lucht van de doden, maakte korte metten met hun opstandige humor en wraakzuchtige verschijning. Hij blies me langs de wegkruisingen, door onze straat, naar huis. De wind herstelde de rust in de wereld. Hij maakte een einde aan de transformaties. Hij liet de dromen ophouden. Hij bracht de razernij tot bedaren. Hij verkoelde onze geesten. En hij voerde me onder zijn hoede naar huis.

De wind beschermde me tegen de gigantische gevelde schaduwen, tegen de reusachtige silhouetten van luisterende bomen, tegen de vlinders met hun leeuwenkoppen, en tegen de stemmen van mijn geestengezellen uit de andere wereld die me het leven zuur hadden gemaakt sinds de dag dat ik was gearriveerd in de uitdijende ruimten van de aarde.

V

Boek 8

I

Het ingraven van het kwaad

Er zijn bepaalde bomen die nutteloos lijken maar zodra ze verdwenen zijn lege plekken achterlaten waar kwade winden doorheen waaien. Er zijn andere bomen die nutteloos lijken maar zodra ze geveld zijn plaats bieden aan de woekering van ergere dingen. Volgens Pa hadden in vroeger tijden wijze mannen een speciale plek voor de beelden van de god die het kwaad in onze tussenruimten ingraaft. Ze werden buiten de dorpsomheiningen neergezet omdat ze te krachtig waren. De beelden waren lelijk. Hun lelijkheid vormde een afweer tegen een nog groter kwaad. Er bestaat een kwaad, een draaglijk en menselijk kwaad, dat de aanwezigheid van een groter kwaad voorkomt.

Er is altijd wel een of ander kwaad op aarde. Giftige kruiden, verdorven mensen, ziekten of aardbevingen. Sommigen menen dat er geen betere broedplaats is voor het kwaad dan wanneer een volk de rede in slaap laat sukkelen, onbekommerd droomt, en er schijnbaar geen vuiltje aan de lucht is.

Pa zegt dat we in onze dromen soms het wakkerst zijn: we

horen wat de geesten fluisteren, we zien wat de goden in onze levens zien, we worden wat we werkelijk zijn.

Toen Madame Koto stierf sliepen we alsof de steenpuist van de tijd was opengebarsten. We sliepen alsof de dammen van de tijd waren doorgebroken. Aanvankelijk langzaam, maar daarna onverhoeds, kwam de toekomst op ons af.

2

De afbrokkeling van de mythe

Madame Koto stierf en de tijd veranderde. Haar dood bracht in onze levens een ommekeer teweeg die we nooit hadden kunnen voorzien. Haar ruimte werd ingenomen door de achterbakse onderkruipsels van deze wereld: ze deden zich te goed aan de mythe van haar grote lichaam. Ze kwamen van heinde en ver. Aanvankelijk herkenden we ze niet. Ze kwamen naar haar begrafenis en gingen niet meer weg. Ze beroofden ons van ons levenssap.

Toen Madame Koto stierf kwam de tijd in een stroomversnelling. Als in een groot weefsel raakten de talloze verhalen van onze levens met elkaar verstrengeld. De tijd werd een stortvloed van brak water. Slechts weinigen van ons overleefden het. De poorten van onze slaap begaven het en een horde van voorheen dommelende demonen sloop onze wereld binnen. Ze werden een realiteit en begonnen ons te overheersen.

Aan de tijd van wonderen, magie en veelvoudige werkelijkheidslagen was een einde gekomen. De tijd waarin geesten in ons midden ronddwaalden, menselijke gedaanten aannamen, onze slaap betraden en ons eten opaten voordat wij dat deden, was voorbij. De tijd van de mythe stierf samen met Madame Koto.

Gedurende zeven dagen lag haar lichaam te rotten in haar geheime paleis. Giftige bloemen met een weeë geur, kruiden die blindheid genezen, uien en salamanders overwoekerden de mythe van haar grote lichaam. Uit haar oksels groeiden taaie rododendronbladeren. Het gele engelenstof dat was ontkiemd in haar geest bracht kleine goudkleurige maden voort. Ze gedijden goed in de hitte van haar rouwkamer.

Dag en nacht, zeven etmalen lang, spanden haar bedienden zich in om haar lichaam te desinfecteren. Ze schrobden het met carbol en het sap van de bananenplant. Ze wasten het met gefermenteerde palmwijn en teerzeep. Ze lieten haar weken in een enorme badkuip met in alcohol gedrenkte kruiden en wreven haar in met palmolie tot ze een prachtig blozende huid had die in haar dood nog glansde alsof ze lag te slapen.

Maar zodra ze klaar waren met de reiniging van haar lichaam ging het ontbindingsproces weer zijn gang. De gele stofkorreltjes veranderden in maden, op haar buik ontkiemden kruidenzaden en haar ogen werden groter doordat ze zoveel hadden gezien.

Naarmate haar ogen groter werden nam het gezichtsvermogen van haar volgelingen af, een vreselijke toestand die een obsessie voor hen werd. Haar ogen werden zo groot dat haar volgelingen ervan overtuigd raakten dat ze in haar dood meer zag dan toen ze nog leefde.

Ik zag haar ogen groter worden in mijn slaap. De rest van haar lichaam werd kleiner. De uitdrukking in haar ogen trof me. Het was de uitdrukking van iemand die niet kan spreken, die te veel ziet zonder het onder woorden te kunnen brengen. Het was een uitdrukking van afgrijzen. En van zelfverachting. Haar ogen zwollen van verbittering. Ze werden eerst pimpelpaars, en daarna werden ze geel. Ten slotte boden ze zo'n weerzinwekkende aanblik dat haar bedienden tegen de dagelijkse reiniging van haar lichaam begonnen op te zien.

Het gezichtsvermogen van haar volgelingen verslechterde dusdanig dat ze op een gegeven moment alleen nog maar het rottingsproces, de afbrokkeling van haar mythe konden zien. Met ogen vervuld van afschuw aanschouwden ze het verval van haar rituele beelden. Haar godinnenbeeld verpulverde binnen een tijdsspanne van enkele dagen tot stof dat haar volgelingen koorts bezorgde. Haar pauwen werden ziek. Uit hun ogen sijpelde groenig vocht, hun veren waren vergeven van de maden en ze stonken alsof ze in verregaande staat van ontbinding waren. Vele gingen er dood. Madame Koto's maanstenen verdwenen samen met het geheim van hun vermogen om licht te geven. Niemand wist wie ze had meegenomen. In haar kamer hing een kwalijk riekende geur. In haar bar rook het hoogst onaangenaam. Al haar kleren, andere bezittingen en rituele voorwerpen waren bedekt met een lillende schimmel waarin de kracht van haar mythe zich voortzette.

Haar domein slonk, haar volgelingen werden ziek, haar kamp raakte verdeeld en het merendeel van de mensen die iets met haar van doen hadden vluchtten weg en verdwenen. Op een nacht spleet de grote zwarte steen in wiens sinistere leven de kracht van haar mythe was samengebald. We hoorden helse kreten ontsnappen in het luchtruim van onze straat. Hoeveel levens, hoeveel geesten, demonen en djinns zouden gevangen hebben gezeten in die steen van de oude machten? Ik had geen idee. Maar de hele nacht hoorden we in onze wijk de helse kreten uit het binnenste van de steen.

3

De gele woekering

Tijdens de hitte en stilte van die zeven dagen werd Madame Koto's lichaam de baarmoeder van wormen en slakken, van kakkerlakken en vliegen. Gekko's paarden op haar voorhoofd. Een gele woekering plantte zich razendsnel voort op haar blozende huid en haar schitterende gewaden.

Toen ze haar op de vierde dag aantroffen had ze een baard, die werd afgeschoren maar gedurende de nacht weer aangroeide. Ze schoren haar baard driemaal af voor de dag van haar begrafenis aanbrak.

4

Nieuwe geruchten veranderen de werkelijkheid

Het gezichtsvermogen van Madame Koto's volgelingen nam zo sterk af dat er niet meer vertrouwd kon worden op de dingen die ze beweerden. Dingen die ons ter ore kwamen in de vorm van griezelige geruchten. De geruchten veranderden het aanzien van de werkelijkheid. Ik kon evenmin worden aangemerkt als een betrouwbare ooggetuige, want ik leed aan hallucinaties nadat ik Madame Koto's lijk had ontdekt. Ik leed het ergst omdat ik als eerste op haar was gestuit. De dagen leken met elkaar te zijn vervloeid als een opeenvolging van dromen. Was het mogelijk dat ik tijdens mijn vlucht van de bijeenkomst naar huis, op de hielen gezeten door de witgloeiende stier, Pa had zien vechten met zes politieke misdadigers, of was dat misschien de dag daarop geweest? Ik wist het niet meer. Ik was niet meer zeker van de dingen waarvan ik getuige was geweest, van de dingen die ik me herinnerde. Maar tijdens een van die dagen, als op een helder moment in een levendige droom, zag ik Pa aan het begin van onze straat vechten met zes mannen. Krijsend als een uit de hel bevrijde krankzinnige sloeg hij er drie tegen de grond met de nieuwe stoot die hij zich via de geest van de revolutie eigen had gemaakt. Keer op keer schreeuwde hij dat mannen als hijzelf Hitler hadden verslagen. Ma was er ook, met haar wikkeldoek strak om haar middel geknoopt. Haar gezicht had een uitdrukking die ik nog nooit eerder had gezien. De grimmige uitdrukking van een genadeloze krijger. Ze sloeg de mannen met wie Pa in gevecht was gewikkeld. Ze sloeg ze met een stamper.

Niet ver vanwaar zij vochten vierden jagers de dood van een solitaire olifant. Hij was in een van de kuilen gevallen die de blanken onze mensen lieten graven voor de aanleg van nieuwe wegen. De jagers waren dronken. Terwijl een van de misdadigers Pa op het achterhoofd sloeg met een stomp kapmes, zongen de jagers een prikkelende klaagzang voor de olifant. Een andere misdadiger verkocht Ma een gemene klap die afschampte op haar wang. Ze brulde en mepte hem met de stamper op zijn hoofd. Pa besprong hem en bewerkte zijn neus tot er slechts een bloederige rode pulp van restte. Waarna de andere misdadigers ervandoor gingen, geschrokken door Pa's teugelloze gewelddadigheid. En toen zij op de vlucht sloegen en er niets meer te vechten viel, toen stortte Pa ter aarde, druipend van het bloed. Ik stond erbij te jammeren. De jagers, die me bij mijn gevelde ouders zagen staan schreeuwen, kwamen aangesneld en droegen Pa op zes schouders naar huis, als een gevallen krijger. Ma strompelde zelf naar huis. Haar gezicht zat onder de blauwe plekken.

5

Pa hoort lieflijke melodieën

Toen het lichaam van Madame Koto begon te stinken, begon mijn vader uit zijn oren te bloeden. En toen van Madame Koto's lichaam de bedwelmende geur van rottende wilde hibiscus opsteeg, hield Pa op met bloeden. Daarna begon hij dingen te horen. Hij hoorde stemmen en de betoverende melodieën van de doden.

De geur die aan het lichaam van Madame Koto ontsnapte bleef dagenlang in onze wijk hangen. De rotting van haar bezittingen, het verpulverende hout van haar beelden en het stof van haar dode schildpadden lekten weg in de lucht en maakten vele mensen ziek.

En het verbaasde slechts enkelen van ons toen we geruchten hoorden dat haar lichaam was verschrompeld en zo klein was geworden dat het wel het lijk van een lelijke oude vrouw leek, want de afbrokkeling van haar mythe had al lang voordat ze vermoord werd een aanvang genomen.

6

De eigenaardige stigma's

Door de blauwe plekken verhardde Ma's gezicht. Pa kon de meeste dingen die we tegen hem zeiden niet horen vanwege de stemmen en de tinkelende belletjes in zijn hoofd.

Ma's gezicht werd gevoelloos. Haar ogen kregen de stekeligheid van bittere kruiden. Woestijnkruiden die hun vocht weten vast te houden in de hitte van het hallucinerende zand. Ze beweerde dat ze het straatventen wilde opgeven om in plaats daarvan kleren te gaan verkopen. Ze klaagde dat Pa niet naar zijn werk ging. Ze verweet mij dat ik te veel at terwijl er niet genoeg eten in huis was. Pa verstond haar niet door al het geweeklaag dat hij in zijn doofheid hoorde.

Hij bleef de hele dag binnen, luisterend naar de belletjes en het gekrijt in zijn echoënde oren, als iemand die bij anderen de luistervink speelt. Als gevolg van zijn doofheid maakte hij een afwezige indruk. Hij luisterde ingespannen naar alle melodieën, en naar de stemmen uit het ons omringende universum. Hij leek te verouderen door de dingen die hij hoorde.

Op Madame Koto's lichaam verschenen bulten, wat het lastig maakte om haar baard af te scheren. Mijn hallucinaties verergerden. De rode vlekken in mijn handpalm, veroorzaakt door de maanstenen van Madame Koto, begonnen groter te worden. Ik was zo bang voor deze eigenaardige stigma's dat ik er met geen mens over praatte. Ik ging door het leven met een gebalde vuist.

7

'Wie huilt daar?'

Op de derde dag na Madame Koto's dood, terwijl de tijd in een stroomversnelling raakte, hoorde Pa geweeklaag lang voordat het zich op straat manifesteerde.

Het geweeklaag bracht hem van zijn stuk. Het verontrustte hem. Dan ging hij opeens rechtop in zijn driepotige stoel zitten en zei: 'Wie huilt daar?'

Wij antwoordden dat er niemand huilde. Maar wij spraken voor dovemansoren. Hij stelde telkens opnieuw dezelfde vraag. Hij maakte ons gek met zijn hardnekkigheid.

Ma's gezicht werd zo hard dat er niet eens een schaduw van een glimlach over haar wangen gleed. Haar aanwezigheid straalde verbittering uit. Met zijn doofheid en haar hardheid van geest verwerd de kamer tot een onverdraaglijke plek. Ik ging buiten spelen en zag de gezichten van de vrouwen: ze waren allemaal hard en benig, met onverzoenlijke ogen. Als gevolg van hun verbittering gaven hun borsten bittere melk waarvan hun kinderen ziek werden. Ze huilden de godganse nacht. De mannen liepen rond alsof ze doofstom en lichtelijk blind waren. Ze spraken nauwelijks, herkenden niemand en reageerden niet op begroetingen.

Er was iets nieuws en infernaals onze levens binnengedrongen. Onze deuropeningen, die Madame Koto met haar aanwezigheid had opgevuld, waren nu leeg. De duivelskinderen van het nieuwe tijdperk slopen onze kamers binnen. Ze nestelden zich in een hoekje en sloegen ons gade met holle ogen.

Intussen vulde de geur van Madame Koto's domein de lucht met opwinding en geruchten. Het stof van haar afbrokkelende mythe voedde de hongerige monden van de geesten. Er liep een tijdperk ten einde. De verzengende hitte van nieuwe realiteiten kwam door de open plekken in het bos onze kant op waaien.

8

De piëteit van de oude blindeman

Op de vierde dag van Madame Koto's dood, toen de olifant in de kuil begon te stinken, toen de hyena's kwamen en met hun scherpe tanden zijn kolossale lijf wegvraten, toen hoorden wij een huiveringwekkend geweeklaag in onze straat. Omdat we niet wisten waar het vandaan kwam stelden we dezelfde vraag als Pa: 'Wie huilt daar?'

Het geweeklaag hield uren aan. Pas 's avonds waren we getuige van de opmerkelijke piëteit van de oude blindeman.

Toen hij zijn opwachting maakte droeg hij een zwart pak met das, een zwarte hoed en witte schoenen. Hij maakte een vrij normale indruk. Van de puisten, veroorzaakt door het gele engelenstof, was geen spoor te bekennen. Het leek wel alsof ik ze slechts had gedroomd, of dat ze vooralsnog onzichtbaar waren. Hij begon luidkeels te rouwklagen, wierp zich op de grond en huilde om de dood van Madame Koto.

Zijn gesnotter stelde ons voor raadsels. Terwijl de doolgangen van Madame Koto's paleis verzadigd raakten van de kwalijke geur van haar lichaam, teisterde de oude blindeman ons met zijn eigenaardige en overweldigende gerouwklaag.

Hij huilde 's nachts, weeklaagde 's middags en 's avonds zong hij treurliederen. En terwijl hij rouwklaagde in het openbaar, zeer luidruchtig rouwklaagde, greep hij de macht, maakte zich meester van Madame Koto's terrein, slokte het op in zijn verschrompelde lichaam, zoog het naar binnen in zijn publiekelijke verdriet.

Hij rouwde op straat. Hij huilde bij de put. 's Nachts schreeuwde hij het uit. En gedurende zijn geweeklaag droeg hij zijn gele bril, zodat wij zijn ogen niet konden zien.

9

Het herschreven oproer

Op de vierde dag na Madame Koto's dood werden we verbannen uit de nacht. Het schijnheilige geweeklaag van de oude blindeman bracht ons in verwarring. Maar wat ons werkelijk met stomheid sloeg was dat de nieuwe machthebbers van het tijdperk onze levens herschreven.

Ver verwijderd van de plekken waar onze werkelijkheden worden gemaakt, duurde het vier dagen voordat ons hoogst merkwaardige geruchten bereikten in de verstikkende atmosfeer van Madame Koto's dood. We lazen de kranten wel, maar dat de woelingen werden herschreven ontging ons, wat waarschijnlijk te wijten was aan de belabberde grammatica van onze taal. Het herschrijven was zo goed gelukt dat het ons niet opviel wát er herschreven was.

Er waren geruchten voor nodig om ons wakker te schudden. En eenmaal wakker geschud begonnen we te twijfelen aan ons collectieve geheugen. We begonnen eveneens te twijfelen aan ons persoonlijke geheugen. Na een poosje wist Ma niet meer precies hoe ze aan de blauwe plekken op haar gezicht was gekomen. Pa's doofheid redde hem van de vernedering vraagtekens bij zijn wonden te moeten zetten.

Na de bijeenkomst, die ontaardde in een oproer, hoorde ik beweren – en het stond geschreven in alle kranten, met foto's als bewijs – dat de bijeenkomst een onverdeeld succes was geweest. We hoorden dat de bijeenkomst vreedzaam was geëindigd, dat de enige beroering was veroorzaakt door een spontane ovatie, door het geweldige enthousiasme van de menigte die daarmee blijk gaf van haar overweldigende steun aan de Partij van de Rijken. We hoorden dat de menigte de leuzen en overwinningsliederen had overgenomen. Dat de mensen rustig uiteen waren gegaan, naar huis, de triomf van de partij bezingend.

We hoorden deze geruchten ongelovig aan. We begonnen ons af te vragen of de kranten verwezen naar een andere bijeenkomst die in dezelfde wijk als de onze had plaatsgevonden – een spookbijeenkomst, een schaduwbijeenkomst of een bijeenkomst van geesten. Toen kwam het bij ons op dat de door ons bijgewoonde bijeenkomst de spookbijeenkomst was. Een bijeenkomst die we met z'n allen hadden verzonnen. We koesterden zelfs het vermoeden dat de daaropvolgende rellen een collectieve fantasie waren, een massahallucinatie.

We begonnen onszelf als hypocrieten te beschouwen. We begonnen ons in te beelden dat we ons inderdaad vreedzaam hadden gedragen tijdens de bijeenkomst, dat we in onze lafheid hadden samengespannen door het alternatieve einde te verzinnen, de ongeregeldheden, de branden, de razernij, het tiental doden. De kranten meldden niets over de doden.

We kregen een interview met het toekomstige Staatshoofd onder ogen. Hij prees ons om ons geweldige blijk van vertrouwen. We zagen foto's als bewijs. Onze gezichten straalden, onze gelaatsuitdrukkingen waren aandachtig en hoopvol. Maar in de mensenmenigte herkenden we niet één van onze eigen gezichten. In de kranten zagen we foto's van politici die met theatrale gebaren een toespraak hielden. We lazen vele dingen, maar van een oproer werd met geen woord gerept.

En voor het eerst begon ik de geschiedenis te zien als een droom die wordt herschreven door degenen die weten hoe ze de informatie van het geheugen kunnen veranderen. Ik begon de geschiedenis te zien als een verzinsel, als een schaduwrealiteit, een realiteit die wij nooit als zodanig hebben ervaren. Wie leidt onze levens voor ons?

De kranten beweerden dat de bijeenkomst zo'n groot succes was geweest dat de interimregering van zonsondergang tot zonsopgang een avondklok had ingesteld, om ervoor te zorgen dat de rust gehandhaafd bleef, en tevens om jaloerse vergeldingsmaatregelen van de tegenpartij te voorkomen. In de stad patrouilleerden soldaten op pantserwagens. Ze stroomden in golven door onze straat, met geweren onder de arm, ons beloerend alsof we een zichtbare bedreiging voor de komende verkiezingen vormden. De soldaten stormden door onze straat, verdwenen en kwamen weer terug. Ze patrouilleerden langs onze grenzen.

Geen enkele krant stelde zich vragen over onze razernij, of over de vernielde huizen, het afgebrande benzinestation, de verkoolde auto's, de opgebroken straten en de tien lijken die nog steeds in de opstandige zon lagen, geterroriseerd door vliegen.

En omdat het oproer niet had plaatsgevonden, omdat onze razernij een collectieve hallucinatie was geweest, stelde niemand vragen over de redenen van het oproer. Niemand stelde vragen over wat dan ook. De vragen die niet werden gesteld stapelden zich op in de nieuwe atmosfeer van de avondklok. Zonder antwoord werden ze steeds groter. De vragen namen de gedaante aan van de onverklaarde doden.

Roofvogels, met allengs zwaarder wordende vleugels, deden zich te goed aan dat uitgelezen nachtvoedsel.

De avondklokvogels roffelden onheilspellende ritmen in onze slaap. En de vragen die niet werden gesteld voegden zich bij de kwalijke geur van Madame Koto's afbrokkelende mythe en produceerden aldus een hevige stank in de atmosfeer van de geboorte van de natie, waardoor wij slaapdronken onnozelaars leken, traag en lichtelijk doof.

We begonnen ons af te vragen of onze razernij van invloed was op ook maar één enkele schaduw in de harde wereld die als de geschiedenis herschreven werd.

10

Leven in een paradox

We begonnen wantrouwig te worden. Toen de oude blindeman huilde om de voortijdige dood van Madame Koto beschouwden we hem als een droom waarover we van mening verschilden. We sloegen zijn demonische gerouwklaag gade met eenzame ogen. De eenzame ogen van mensen die anderen niet kunnen vertrouwen op grond van hun waarnemingen. We sloegen hem gade in groepjes, maar zagen hem ieder voor zich in ons eigen isolement. Indien hij een feit was, dan spraken we daar niet over. Indien hij een droom was, dan deelden we die niet.

Maar toen het publiekelijke gerouwklaag van de oude blindeman op de zesde dag een hoogtepunt bereikte, toen hij de honden en katten de stuipen op het lijf joeg met zijn hyena-achtige geluiden, toen hij met zijn gestreepte hoed en gele zonnebril als een kever op zijn rug op de grond lag te trappelen, toen begonnen we ons af te vragen of we hem niet verkeerd hadden beoordeeld. De hevigheid van zijn verdriet boezemde ons enige angst in.

Toen zijn gerouwklaag een hoogtepunt bereikte, begon

Madame Koto's lichaam te verschrompelen. Haar vlees slonk onder haar met gouddraad bestikte gewaden. Haar ogen waren nog nooit zo opgezwollen geweest. Wij hadden geen idee dat het laatste hoofdstuk van haar mythische leven werd afgesloten. Toen vernamen we dat haar gezwollen ogen waren opengebarsten en er geel vocht over haar verschrompelde gezicht druppelde, dat haar kussensloop besmeurd raakte door haar smartelijk geschrei om de dromen na de dood.

Op de zevende dag van haar dood, toen wij de slaap niet konden vatten doordat de avondklok onze levens in een ijzeren greep hield, verscheen Madame Koto's lijk in onze straat.

We zagen haar voor in haar kleine, met partijspandoeken behangen Volkswagen zitten. Ze droeg een zonnebril en leek even hooghartig als we altijd van haar gewend waren geweest. Ze werd rondgereden door onze wijk. Ze was zo ongevoelig voor onze blikken, zo onverschillig jegens de wereld en zo onaantastbaar in haar houding, dat het ons niet aan te rekenen viel dat we meenden dat wij dood waren en dat zij leefde. Bij ons rees eveneens het vermoeden dat we nooit echt waren geweest, en dat hetgeen wij als de feiten van onze tijd hadden aangemerkt slechts de krachtige dromen van onze geesten waren. Bij ons rees het vermoeden dat we in een paradox hadden geleefd. Dat we hadden geleefd en geleden in een schaduwuniversum, ofwel het domein van de doden. Dat we hadden geleefd in een schimmenrijk in een mythische tijd waar alle mislukkingen en dromen van onze levens concrete dingen waren.

We hadden geleefd in de dood, wachtend tot we geboren zouden worden, en in onze dood hadden we dromen per abuis voor werkelijkheden aangezien. Ik begon onze uitbarstingen te begrijpen, en waarom we zo weinig invloed hadden op de solide wereld van de geschiedenis. Ik begreep dat geduld een voorwaarde voor een goede geboorte is. Maar zij die onze levens herschreven beroofden ons van de keuze voor geduld. Ze hadden onze mogelijkheden beperkt met hun corruptie en hun leugens. Alles liep in het honderd vanwege de wezenlijke vragen die door niemand werden gesteld. En ik begreep hoe we in een korte tijdsspanne de volledige geschiedenis van anderen konden doorleven, gezegend met overvloed, om onszelf niettemin als bedelaars terug te vinden in de grote wereld.

En dit alles alvorens een boom voor de eerste keer vrucht droeg.

11

De dood transformeren in macht

Op de zevende dag drong het tot ons door wat het einde van die grote mythe inhield. En het was nota bene Pa, die niets kon horen, die ons met de neus op de feiten drukte. De begrafenis had ons eindelijk gevonden, na zeven dagen in alle domeinen van de werkelijkheid naar ons te hebben gezocht.

De avondklok beknotte onze levens. Alleen Madame Koto, volgens de geruchten inmiddels een oud vrouwenlijk met een verwrongen glimlach en gele tanden, vond vrijheid in de nacht. De avondklok was haar bevrijding. Onder de mantel van de avondklok werden de rituelen georganiseerd die haar macht onder controle moesten brengen. Onder de mantel van de avondklok vonden er huiveringwekkende offeringen plaats, bedoeld om haar dood te transformeren in macht, haar mythe in overheersing, haar afbrokkeling in eenheid, het stof van haar vlees in het goud van een levende kracht.

In de dromen van de dood, terwijl ze met een inmiddels duivelse glimlach in haar Volkswagen door onze straat reed, werd Madame Koto de negatieve wilskracht die ons verlamde.

12

De mysterieuze begrafenis (1)

Op die zevende dag stuurde de oude blindeman een boodschap dat we allemaal waren uitgenodigd voor Madame Koto's begrafenis. Wij wantrouwden de uitnodiging en stuurden geen boodschap terug dat we aanwezig zouden zijn.

De begrafenismuziek van trommels, trompetten en treurzangen weerklonk in de lucht. Ons kwam ter ore dat er verscheidene begrafenisdiensten tegelijk zouden plaatsvinden voor Madame Koto, in verschillende delen van het land. Er waren begrafenissen in diepe rivierbeddingen, in verafgelegen dorpen, op heuveltoppen en op de oorspronkelijke vindplaats van de grote zwarte steen. De grootste begrafenis vond plaats in haar geheime paleis. Niemand wist waar haar lichaam was en op alle plekken van haar diverse begrafenissen werden doodskisten begraven die zogenaamd haar stoffelijk overschot bevatten.

Diezelfde dag werd er in het centrum van de stad, in de Kathedraal van de Heilige Maagd Maria, een dodenmis opgedragen voor Madame Koto. Ze werd ten grave gedragen onder een haperende uitvoering van Mozarts onvoltooide

Requiem in c mineur. De dienst bracht tal van kerkgangers op de been, onder wie kloosternonnen, gepruikte rechters, gebrilde soldaten, bisschoppen met glinsterende bisschopsstaven, cassaveverkopers, rijke zakenlui, beroemde muzikanten, plaatselijke bestuurders, een keur van ouderlingen, marktvrouwen, vakbondsleden, de Gouverneur-Generaal met zijn twee trouwe plaatsvervangers en het toekomstige Staatshoofd met zijn voorlopige kabinet. De bedelaars waren er ook. Zij schuilden in de kerk voor de motregen, die vergezeld ging van een vage regenboog. En allerlei mensen die nog nooit van haar hadden gehoord – fietsers en straatventers, dichters en dieven en kwajongens – waren louter door de enormiteit van de gebeurtenis op de kathedraal afgekomen.

Mensen van diverse pluimage raakten in de ban van het direct al legendarische evenement, en van de kathedraal met zijn zonderlinge koepel, gebrandschilderde ramen, syncretische heiligenbeelden en gewelfde plafond. En iedereen was onder de indruk van de machtige klanken van de cantates en fuga's die uit de cilindrische orgelpijpen stroomden en kringen nieuwsgierigen voor de kathedraaldeuren lieten samendrommen. In de omringende straten wemelde het van de toeschouwers en stadslui die zich verbaasden over de geparkeerde auto's, de gewapende bewakers, de soldaten met geweren en de mysterieuze persoon aan wie op zo'n ongeëvenaarde wijze eer werd bewezen. Het leek wel alsof er een oermoeder uitgeleide werd gedaan op haar reis naar het land van de eeuwige legenden.

De begrafenisdienst was zo'n geweldig succes, met toespraken van zo veel lichtende voorbeelden, dat de kerk zich mocht verheugen in talloze bekeringen.

13

De mysterieuze begrafenis (2)

En gedurende de dienst in de kathedraal begon de andere begrafenis in Madame Koto's bar. Er werd uitbundig gefeest en gemusiceerd, maar Madame Koto's volgelingen schitterden door afwezigheid. Ze waren allemaal weggevlucht in een schaduwwereld, veroordeeld om te worden achtervolgd door alle dingen die Madame Koto's ogen hadden gezien toen ze lag opgebaard.

De begrafenis werd echter wel bijgewoond door een groot aantal muzikanten die wedijverden om haar mythe te voeden. Allerlei mensen maakten hun opwachting. Dwergen met paarsgevlekte oren. Een blanke man die Madame Koto had helpen vluchten van de Goudkust. Excentriek ogende vrouwen met gouden armbanden, die offergeiten, bijzondere yammen, wilde vogels en manden met palmpitten meebrachten. Er waren mannen in witte gewaden, soldaten met geweren, politieagenten met wapenstokken en mensen die lange afstanden hadden afgelegd en het zich makkelijk maakten op matten op de vloer. Niet een van de geestverschijningen kwam terug. De begrafenisgangers waren mensen die we nog nooit hadden gezien. We verwonderden ons over de vele dimensies van Madame Koto's leven.

In de loop van de dag, terwijl het feest in volle gang was, zagen we afgezanten van koningen, allen in vol ornaat, die offergaven bij zich hadden. We zagen diplomaten van onaanzienlijke en aanzienlijke naties. Er was een delegatie van het toekomstige Staatshoofd. Er waren delegaties van alle grote en kleine politieke partijen. Er waren journalisten en fotografen, ministers van financiën, kooienmakers, papegaaientrainers, bewaarders van geheime sleutels. Het had er alle schijn van dat wij slechts één klein aspect van de vele levens van Madame Koto hadden gekend, die nu ze dood was in aanzien leek te stijgen.

Onder de vele vreemdelingen die de voorbereidingen voor de begrafenis bijwoonden was er één in het bijzonder die een sterke aantrekkingskracht uitoefende op mijn geestenkindverbeelding. Hij was de kalmste, de geheimzinnigste. Hij kwam me vaag bekend voor hoewel ik hem nooit eerder had gezien. Hij had een vrij klein hoofd, rustige ogen en slechts drie vingers aan zijn rechterhand. Hij was gekleed als een jager en sprak met niemand. Zijn pezige gestalte straalde een stille kracht uit. En ik, het geestenkind dat weet heeft van het wondere, buitenaardse lot van de mensen, was niet bij machte door te dringen in de beschermende sereniteit van zijn aura. Ik kon me geen toegang tot zijn gedachten verschaffen. Zijn domein viel buiten mijn bereik. Toen hij me aankeek met zijn diepliggende ogen gleed er een zweem van een mysterieuze glimlach over zijn gezicht, alsof hij wist wie ik was en mijn lot al op voorhand had doorschouwd. Ik verloor hem uit het oog tijdens alle drukte van de begrafenis. Ik verloor hem uit het oog temidden van de vreemden die in onze wijk waren komen wonen en nu uit hun huizen stroomden om Madame Koto de laatste eer te bewijzen. Zij waren de enigen uit onze gemeenschap die gehoor gaven aan de oproep van de oude blindeman.

Terwijl de bar weergalmde van de begrafenismuziek, de bedrijvigheid en de twistgesprekken over de verschillende gebieden – zowel aardse als bovenaardse – van Madame Koto's domein, hingen wij met een heel stel buiten rond en sloegen de gebeurtenissen gade.

We zagen echter niet de heimelijke handelingen die er met Madame Koto's lichaam, of een van haar vele lichamen, werden verricht. We waren er geen getuige van toen haar baard voor de laatste keer werd afgeschoren met het oog op de begrafenisplechtigheid. We waren er geen getuige van toen haar haren in kunstige vlechten werden gevlochten. En we hadden geen benul van de opschudding die de constructie van haar doodskist teweegbracht.

14

De macht van de doden

Hoewel het gerucht wilde dat Madame Koto was verschrompeld tot een oud besje, bleef ze in werkelijkheid uitdijen tot haar laatste dag. Ons ontging de woede van de oude blindeman die zich genoodzaakt zag de speciaal ingehuurde timmerlui telkens opnieuw te instrueren. Ze moesten haar doodskist driemaal aanpassen teneinde ruimte te bieden aan haar borsten, die ongemeen groot waren geworden. Vervolgens moesten ze de doodskist langer maken omdat ze, nogal laat, ontdekten dat ook haar benen groeiden.

Ten slotte bestelde de oude blindeman, beducht voor Madame Koto's onverklaarbare groei, een doodskist van het hardste staal. En toen gaf hij zulke buitensporige afmetingen op dat de werklui tot op de dag van vandaag geloven dat ze een doodskist maakten voor de begrafenis van een gigantische stier.

15

'Ze hebben haar hart gepakt!'

Er was een enorme opschudding toen de doodskist arriveerde. Acht potige mannen, met opgezwollen halsaderen van de inspanning, droegen de kist op hun hoofd. En toen ze hem neerzetten trilde het huis op zijn grondvesten. De doodskist was zo allemachtig groot dat hij makkelijk als kamertje voor een gezin van vier had kunnen dienen. De muzikanten, die hierin een cruciaal detail voor de verfraaiing van Madame Koto's mythe herkenden, hielden zich opmerkelijk stil. De vrouwen slaakten kreten van ontzag die door de oude blindeman met een vermanend gebaar van zijn vliegenmepper werden weggewuifd.

Er viel een stilte. De oude blindeman gelastte iedereen de kamer te verlaten. Toen trok hij een ondoordringbaar gordijn van bezweringen rond de kring van intimi op, die aan de laatste rituelen begonnen teneinde Madame Koto's lichaam van alle krachten te ontdoen.

Ik hoorde Madame Koto's stem het uitschreeuwen tijdens deze laatste riten. Niemand anders hoorde haar schreeuwen. Niemand bespeurde enige angst. Ik hoorde de kreet opnieuw, hyena-achtig, snerpend, als de kreet van geofferden wier hart onder hun eigen ogen en met aloude toverkunsten uit hun lichaam wordt gerukt.

'Ze hebben haar hart gepakt!' riep ik, waarna iemand me zo'n harde klap in mijn gezicht gaf dat ik de gedachten van de begrafenisgangers binnen wankelde.

16

De dood is cultureel bepaald

Ik dwaalde door de schemerig verlichte gangen van de geest van de blanke man. Hij dacht: de doodservaring van mensen is cultureel bepaald. Waarna hij inwendig glimlachte. Aan weerszijden van de gangen van zijn geest, achter de transparante muren, bevonden zich kamertjes vol rituele en andersoortige beelden, hoofdstukken van onvoltooide boeken en aantekeningen voor een verhandeling over het ongetemde hart van Afrika die nooit geschreven zou worden. Er waren ook verlichte plekken met een iriserende warmte en ik merkte dat de zachte randen van zijn geweten me bevielen.

Door een tweede klap belandde ik onverhoeds in een andere geest. Donker en verhit en vol krachtige geluiden. Grimmige rivieren. Ondiepten van herinneringen. Beelden van Madame Koto als jong meisje. Ze was mooi en had dat bijzondere groene licht in haar heldere ogen dat een vroege aanduiding van haar ongewone geboorte en lotsbestemming was geweest. Ze zweefde in een geur van sandelhoutwierook. Beenderen van zeldzame dieren hingen aan een snoer rond haar nek. Ik zag haar naakt. Ik zag de wilde rode bloem van haar vagina. Haar zwoegende borsten. Ik zag haar opengesperde mond en rollende ogen. En ik hoorde haar orgastische schreeuw diep in het rivierbezinksel van die duistere geest. Ik zag twee vingers in een kom van email. Ik zag Madame Koto en de man door het struikgewas vluchten. Ik zag ze in het bos wonen. Vaag onderscheidde ik haar inwijding in de aloude culten. Toen sloot de duisternis van die geest me in.

Ik opende mijn ogen en bleek omringd door vrouwen. Gezichten zo hard als bitterhout. Ogen in emoties verzonken, en daarom emotieloos. Gezichten als de welwillende maskers van de vruchtbaarheidsriten. Ma bevond zich in hun midden en wiegde me zwijgend. Toen ze me neerzette bleek alles op en neer te golven. Mijn hoofd tolde. Zwijgend keken we toe toen de vreemdelingen zich voor de bar verzamelden in die atmosfeer van afbrokkelende mythen.

17

Men moet geen oude bomen verplanten

De muzikanten speelden, en de oude blindeman hield toezicht op de bouw van de drie tijdelijke hutten voor de begrafenisplechtigheid. Er werden gaten voor de stokken gegraven en algauw verrezen er hutten van raffia en bamboe. De daken werden gemaakt van verse palmbladeren.

Vrouwen weeklaagden. Muzikanten ontlokten klaaglijke klanken aan ivoren trompetten, zevensnarige harplieren en citers van rijshout. Ze roffelden huiveringwekkende syncopen op gigantische spantrommels. Bij tijd en wijle barstten ze uit in gevoelvolle lijkzangen.

De duurste rouwklagers van het land waren bijeengebracht. Zij namen het geweeklaag van de oude blindeman over. Ze jammerden en snikten en wierpen zich op cruciale momenten theatraal op de grond. Toen ze een poosje hadden gesnotterd en rollend over de grond wat met zichzelf hadden gesold, kwamen ze overeind, klopten hun kleren af en deden zich te goed aan enorme porties gebraden parelhoen, gestoomde rijst, gebakken banaan en bier. Ze aten en dronken met grote gulzigheid.

Madame Koto's volgelingen waren gevlucht, maar haar eerste vrouwen, van wie velen prostituees, keerden terug. Het waren allemaal vooraanstaande personen in de samenleving geworden. Sommigen waren met rechters, politici of generaals getrouwd. Velen van hen hadden op eigen kracht succes geboekt.

Alle oorspronkelijke vrouwen, getuigen van het prille begin van Madame Koto's mythe, waren teruggekomen, als verloren dochters. Ze hadden hun mannen en kinderen achtergelaten voor de duur van de begrafenis, evenals hun bloeiende bedrijven, fameuze restaurants en eersteklas salons waar handelaren uit Beiroet, juweliers uit Antwerpen, Indiase magnaten en beeldschone vrouwen samenkwamen, schandalige feesten hielden en uitstekende zaken deden. Deze oorspronkelijke vrouwen van Madame Koto's bar hadden hun plantages, boerderijen, ververijen, winkels en kiosken verlaten om deel te nemen aan de begrafenisplechtigheid van de fantastische vrouw die wegen voor hen had geopend. Het was hen allemaal voor de wind gegaan. En onder hun onberispelijke make-up verborgen ze allemaal de schaduw van geheime levens en fetisjen.

Alle oorspronkelijke vrouwen waren aanwezig. De onschuldige maagden, gevlucht voor tirannieke vaders of uit achterlijke dorpen waar mensen in brakke kreken werden gegooid om te zien of ze heksen waren. Jonge vrouwen, gevlucht voor de verkrachtingen door hun ooms of vrienden van hun vader. Meisjes, ontsnapt aan het verstikkende provincialisme, de oeroude bijgeloven, de verpletterende negativiteit van geïsoleerde dorpen. Anderen, gevlucht uit kloosters en in een ommezien volleerd in de kneepjes van de verleidingskunst. Al die vrouwen, gevlucht voor primitieve religies, gevlucht uit een eentonig leven naar een leven van stadsdromen. De trouwe volgelingen van de allereerste tijd. Ze waren allemaal teruggekomen. En zij bereidden het begrafenismaal, maakten Madame Koto's kamers schoon, organiseerden de ordelijke ontmanteling van haar domein en zorgden voor een eervolle begrafenis, want zij wisten dat men grote oude bomen niet moet verplanten.

18

Het opdirken

De vrouwen wierpen zich op het opdirken van Madame Koto. Haar lichaam werd vanaf de hals in een rode doek gewikkeld. Zorgvuldig maakten ze haar gezicht op. Ze zwartten haar wenkbrauwen, gaven haar klamme wangen een blosje, poederden haar voorhoofd, stiftten haar lippen met rozerode lippenstift, vlochten haar haren in lange vlechten en vlochten de vlechten in de vorm van een piramide. Ze maakten haar zo mooi dat het wel leek alsof ze haar optooiden voor de grote bruiloft die ze na de verkiezingsoverwinning van haar partij had willen houden.

19

De begrafenisstoet

Nadat er toverdrankjes en plengoffers over de doodskist waren uitgegoten werd de begrafenisstoet opgesteld, onder begeleiding van muziek en zang. De kist werd boven op de Volkswagen gezet maar was zo zwaar dat er nauwelijks beweging in de auto te krijgen was. Hoe meer pogingen de chauffeur ondernam, des te dieper de auto wegzonk in de door het regenwater zompig geworden aarde. Uiteindelijk droegen tien sterke mannen, voor het merendeel vreemden, de lijkbaar op hun hoofd en voerden de plechtige stoet door onze straat.

Aan weerszijden van de baar jammerden ingehuurde rouwklagers met verontrustende stemmen. Muzikanten speelden begeleidende treurmuziek. De vrouwen huilden. De oude blindeman, geleid door een meisje van een onthutsende schoonheid, wrong zich nog steeds in allerlei bochten van verdriet.

De begrafenisstoet, met zijn griezelige aantrekkingskracht, lokte een groot aantal mensen aan die nooit eerder in een stoet hadden meegelopen. Ma wilde aanvankelijk niet mee. Pa bleef thuis, gezeten op zijn legendarische stoel, doof voor alle rumoer, totaal in beslag genomen door de stemmen en lieflijke klaagzangen die hij uit andere sferen opving. Ma voegde zich ten slotte bij de achterhoede van rouwklagers, nieuwsgierigen, armoedzaaiers en sensatiezoekers.

De stoet zette koers naar een van Madame Koto's geheime paleizen. We verzamelden ons allemaal op de achterplaats, terwijl de muzikanten hun mythologiserende muziek speelden. We verzamelden ons onder de duisterende lucht, terwijl de avond viel. Overal werden lampen en bamboetoortsen aangestoken.

Aan bamboepalen hing een dichtgeweven sluier. Daarachter was de grond in gereedheid gebracht. Ingehuurde rouwklagers overtroffen zichzelf in piëteit. Maar wat er achter de sluier gebeurde, waar de doodskist was neergezet, als een klein huisje, konden wij niet zien. De vrouwen waren druk in de weer. Koeien, rammen, geiten en schapen waren vastgebonden aan bomen en paaltjes. Pauwen slaakten verwaande kreten. Kippen kakelden. Kinderen holden in hun blootje rond. In donkere hoeken werden stormlantaarns aangestoken. Grote partijspandoeken wapperden in de avondwind.

Ik kon me niet achter de sluier begeven. Potige kerels in rode wikkeldoeken, met kapmessen in de hand en rituele inkervingen op hun borst, hielden de wacht teneinde te voorkomen dat oningewijden getuige waren van de laatste riten.

20

Achter de sluier

Toch zag ik alles. Ik, het geestenkind, dat weet heeft van heldere hemelsferen, van oppervlakkige en mythische heerlijkheden, ik zag alles. Ik, die in staat ben door gedachtegangen te reizen, in de tussenruimten te spelen, te dansen op het verlokkelijke geestengefluister, door het oog van een offernaald te kruipen en grote steden te vinden in de kleinheid van palmpitten, ik zag de bedienden toen ze Madame Koto's bezittingen inlaadden en die samen met haar in de doodskist begroeven: haar schildpadden, haar kostbare gewaden, haar juwelen en haar goud, haar zeldzame kralen, haar vliegenmepper en haar stamhoofdwaaier, haar snuisterijen en gebrocheerde kant.

Haar overgebleven pauwen werden geslacht, haar schildpadden verbrijzeld, haar papegaaien onthoofd, haar apen gedood, en hun bloed werd in Madame Koto's gewijde aarde uitgegoten. Hun ontzielde lichamen waren haar reisgezellen op de tocht naar de andere wereld, zij hielden haar gezelschap in de grote opgloeiende duisternis van het graf. Ook muziekinstrumenten werden in de doodskist gelegd. Xylofoons en trompetten. Een spantrommel en een ijzeren bel. Zelfs de trekharmonica van de oude blindeman vond een plaatsje in de kist, opdat Madame Koto in de voorvertrekken van de eeuwigheid niet verstoken zou zijn van vermaak.

Ze vergaten evenmin samen met haar een prachtige nieuwe lamp te begraven, alsmede een grammofoon, een telefoon (zodat ze bereikbaar was in de andere wereld), haar favoriete kookgerei, een nieuwe bezem, yammen en vruchten, peperzaden, een gladrandige kalebas, cassaveplanten, kolanoten om aan de voorouders te geven, poppen en speeltjes voor de geestenkinderen die ze aan gene zijde zou ontmoeten, geschenken voor haar voorvaderen, giften voor de oudere geesten, pennen voor de geestenschrijvers, armbanden en lokken kinderhaar voor de oermoeders van de geestenrijken, kaolien en lendedoeken voor de zwijgende vaders, zakken gemengde aarde uit het hele land voor de goden en godinnen van prille naties, een rode zonnebril voor het schelle nieuwe zonlicht van de eerste berg in het grote onbekende, zaden van zeldzame planten voor de bovennatuurlijke wezens die moesten worden omgekocht voordat haar geest de schaduwrijke tussenrijken mocht doorkruisen, botten voor de honden van de aarde, bezweringen, fetisjen, toverdrankjes en achterstevoren geschreven magische woorden op papyrusbladeren om de onberekenbare geesten van de onbekende grenzen te betoveren ofwel te verslaan, boeken om te lezen, kranten om de voorouders in te lichten over enkele gebeurtenissen die zich bij ons hadden afgespeeld, alsook om aan te tonen hoe weinig vooruitgang er was geboekt sinds zij ons hadden verlaten, foto's en landkaarten, staatsdocumenten en liefdesbrieven, alle parafernalia van haar cultische krachten, en een kalebas met geparfumeerde palmwijn, om haar te herinneren aan een van haar levens op aarde.

Er werden nog meer dingen in de doodskist gelegd: een bronzen krukje, geschonken door een koning; gouden armbanden, geschonken door de marktvrouwen; balen stof met afbeeldingen van haar levensverhaal, geschonken door de oorspronkelijke vrouwen uit de allereerste tijd. Terwijl het donkerder werd en het geweeklaag van de cultusaanhangers opklonk uit de bomen en de aarde, uit verre windstreken en uit nabije en verafgelegen huizen, legden de bedienden het jakhalsmasker met zijn asgrijze trekken bij haar in de kist, alsmede de glinsterende brokstukken van de zwarte steen van haar mythe.

Maar alvorens de doodskist werd afgedekt, verzegeld en afgesloten met zeven hangsloten – nadat de inhoud ervan keurig was gerangschikt alsof het ging om een angstaanjagende schatkist die werd begraven voor toekomstige generaties, stevig dichtgemaakt zodat alleen de rechtmatige erfgenamen toegang hadden tot de begraven kostbaarheden en nachtmerries – alvorens dit alles plaatshad werden de oorspronkelijke vrouwen, de bedienden en de intimi ontboden. Ze dansten achter de sluier en bewezen de laatste eer. De muzikanten sloegen op hun trommels, hun koperen bellen maakten ons hoorndol. De ingehuurde rouwklagers schreeuwden zich schor.

De vrouwen en cultusaanhangers, met roodontstoken ogen van het vele huilen, met benige gezichten van de hitte en de zorgen, schuifelden achter de sluier en aanschouwden Madame Koto, die een rode zonnebril droeg en gewikkeld in een rode doek op een gouden kruk zat. De rouge, de rozerode lippenstift en de lekkende balsem maakten haar gezicht tot een gruwel. Ze zat daar met een spookachtige en gezaghebbende kalmte, alsof ze bereid was hun laatste smeekbeden, hun verklaringen van eeuwige trouw en liefde, hun spijtbetuigingen en bekentenissen, hun verwachtingen en dromen aan te horen; en om hen, na kennis te hebben genomen van hun diepste geestesroerselen, te ontheffen van alle ongerustheid en angst.

21

Een voorteken

De maan kwam op en bedwong het duister met zijn naargeestige gloed. Het dansen stopte. Op aanwijzingen van de oude blindeman werd het lijk in gebrocheerde kant en in een geprepareerde, roodgeverfde mat gewikkeld, waarna het door enkele uitverkoren vrouwen naar de rand van het graf werd gedragen. De huilende vrouwen legden hun talrijke geschenken naast het lijk. Er volgde weer een ritueel. Ik zag twee lijken en wist niet welk van beide echt was.

De oude blindeman gaf opdracht de doodskist naar het graf te brengen en Madame Koto's lichaam voorzichtig op de geprepareerde matras in de kist te leggen, met haar gezicht naar boven en haar zonnebril op, alsof ze – omringd door aardse geneugten en metgezellen – voor eeuwig haar gedachten over het onontkoombare mysterie van de hemellichamen liet gaan. Toen werd de doodskist dichtgemaakt. Maar bij de eerste pogingen om hem in de aarde te laten zakken knapte er iets en vluchtte iedereen schreeuwend weg.

Men ontdekte dat twee van de zeven hangsloten waren opengesprongen. De bedienden probeerden vaart te zetten achter de teraardebestelling, want dit merkwaardige voorval werd geduid als een onheilspellend voorteken.

De oude blindeman gaf er echter een andere uitleg aan. Hij meende dat Madame Koto nog niet klaar was om te vertrekken, dat er nog meer rituelen dienden te worden uitgevoerd en dat zijzelf nog enige taken had te volbrengen. Hij beval Madame Koto uit de doodskist te halen en haar op een troon te zetten, opdat zij haar laatste belangrijke plichten als een van de moeders der aarde kon vervullen.

22

Een halve ton beton

Toen volgde de ene smeekbede na de andere. Zich richtend tot de vorstelijk gezeten Madame Koto verzochten de vrouwen en cultusaanhangers haar boodschappen door te geven aan hun voorouders en een goed woordje voor hen te doen in de geestenwereld. Kinderloze vrouwen baden om een zwangerschap. Mannen met wier zaken het slecht ging vroegen om succes. Geknield in vurig gebed deden de smekelingen een beroep op hun voorouders om hun voorspoed en gezondheid, een lang leven en geluk te schenken. Ze vroegen of ze hen wilden behoeden voor het kwaad. Ze baden dat hun voeten nooit verdwaald mochten raken op de levensweg. Ze verzochten om bescherming bij voorziene en onvoorziene gebeurtenissen. En ze smeekten dat hun leven rijk aan zegeningen mocht zijn. Ze richtten zich met al hun verzoeken en problemen, hun verwachtingen en hun angsten tot Madame Koto, die ze beschouwden als hun beste pleitbezorger in het machtige dodenrijk.

Madame Koto hoorde de smeekbeden aan met alle ernst van haar roerloze grootheid. Ze absorbeerde hun zorgen in haar dood. De luister van haar mythe verschafte de smekelingen de zekerheid dat ze al hun boodschappen zou doorgeven en namens hen een goed woordje zou doen bij het machtige opperwezen. Ze bestookten haar met hun verlangens, hun wensen, hun ruzies, hun problemen, hun ziekten en de vervloekingen die hen heimelijk hadden achtervolgd sinds de dag dat ze in alle onschuld het van ellende vergeven schouwtoneel van de wereld hadden betreden.

Hun verzoeken aan de voorouders en verre goden namen zoveel tijd in beslag dat het merendeel van de rituelen moest worden uitgesteld. Het geweeklaag, het ontroostbare huilen en de eindeloze smeekbeden duurden zo lang dat de oude blindeman, ongeduldig en geërgerd, gebood dat de teraardebestelling een aanvang moest nemen. Er werd haast gemaakt met de rituelen. De vrouwen gingen nog harder jammeren. Met barse stem gaf de oude blindeman opdracht om hen af te voeren. De vrouwen moesten worden weggesleurd bij de rand van het diepe graf.

Daarna werd Madame Koto naar haar reuzendoodskist gedragen en eindelijk te ruste gelegd. In haar hand stopten ze een heel grote ammonshoorn. Nadat de kist was dichtgemaakt en de zeven hangsloten waren bevestigd en gecontroleerd, lieten ze hem zakken terwijl er werd gebeden en gedanst en riten zich voltrokken. Machtige kruidendokters verrichtten hun kunsten in de schaduw, op de trillingen van de lucht. Mysterieuze heksen- en tovenaarsgedaanten vlogen rusteloos in het rond en infecteerden de atmosfeer met een gemoedsstemming van angst, hallucinaties en ontzag.

De mannen hadden de grote doodskist al een heel eind in de aarde laten zakken, als in een diepe put, toen we de touwen hoorden knappen. Kort daarop volgde de klap van metaal op de harde bodem van het graf. Opnieuw vluchtten er mensen weg. Ze waren bang dat het voorteken bewaarheid werd en verbeeldden zich dat Madame Koto, zelfs in de dood onoverwinnelijk, zich uit haar doodskist bevrijdde.

Ze begroeven haar diep in de aarde en vulden het graf met een halve ton beton. Bij de zeven hoeken van het graf werden krachtige toverformules in de grond gestopt. Van de toestand met de dode timmerman hadden ze geleerd dat sommige mensen in de dood angstaanjagender zijn dan tijdens hun leven, dat ze vanuit het graf in de lucht kunnen ontsnappen, dat ze deel kunnen gaan uitmaken van de mythe om zo een tweede en vrijer leven te leiden. Een leven van een schrikwekkende vitaliteit, waarin ze hun dromen van de dood uitstorten over ons die verblijven in het schaduwrijk van de werkelijkheid.

23

Saluutschoten

Nadat het graf was dichtgemaakt werd er een groot speksteNen standbeeld op geplaatst. Het torende boven de andere beelden en gedenktekens op de achterplaats uit en stak de sinaasappelboom in hoogte naar de kroon. Madame Koto stond in een onverschrokken houding, één arm geheven, de pose van een krijger.

We bleven daar de hele nacht, waarvan de duur werd verlengd door een onbekende godin. Het was een lange wake. We raakten bedwelmd door de hitte. Overal kropen rode mieren rond, bevrijd uit hun verblijfplaatsen in de aarde. In de bladstille lucht krioelde het van de muskieten. We werden geteisterd door vuurvliegjes, muggen en andere geniepige gevleugelde insectjes. We stikten bijkans in die merkwaardige hitte van de maan.

Sommige vrouwen vielen flauw van vermoeidheid, uitdroging en gerouwklaag. De muziek hield ons min of meer op de been. We kochten voedsel bij de aanwezige groepjes venters, want van het feestbanket durfden we niet te eten. We aten gebakken hondsvis, yammen, lamsspiesjes en jollofrijst en we dronken frisdrank. In het gedempte duister gloeiden overal waspitten.

Net toen we weer een beetje begonnen op te leven in de verstilde atmosfeer, werden we opgeschrikt door het oorverdovende geknal van de zeven saluutschoten ter ere van de grote dode vrouw. Het saluut werd vanuit zeven verre plaatsen beantwoord. De hele wijk werd wakker. Honden blaften. Kinderen huilden. Het saluut duurde slechts een minuut maar hield ons wakker voor de rest van de nacht, tot ver in de vroege ochtenduren.

24

Wij huilden niet

De gezichten van onze buren waren hard gedurende de plechtigheden. Ze bleven hard tijdens de ontroerendste momenten. De gezichten van de vrouwen waren onbewogen. De mannen maakten nog steeds een min of meer doofstomme indruk. Zelfs toen Madame Koto's oorspronkelijke volgelingen huilden, zelfs toen mensen die nauwelijks iets van Madame Koto af wisten zich overgaven aan gerouwklaag louter en alleen omdat ze werden meegesleept door de plechtigheid van de rituelen, bleven de gezichten van onze buren steenhard en gaven hun gelaatsuitdrukkingen niets prijs.

Niemand van ons vergoot een traan. Onze ogen waren even droog als het hart van een koude steen. Niets haalde onze gezichten uit de plooi.

De ingehuurde rouwklagers gaven zich over aan nieuwe uitbarstingen van verdriet. De eenzame blanke man stond zich op een afstandje koelte toe te wuiven. We ervoeren het allemaal als een schok om hem opeens te zien huilen. Hij werd het huis binnengeleid en getroost door weeklagende vrouwen.

Het raadselachtigste was echter het buitenissige gedrag van de als jager geklede man met drie vingers. Hij behield gedurende alle gebeurtenissen een bijna hooghartige waardigheid. Maar zodra er aanstalten werden gemaakt om ons allemaal terug te voeren naar de bar, waar het echte feest zou plaatsvinden, stortte hij in en lag in een onbeheersbare huilbui stuiptrekkend in het zand te kronkelen. Op dat moment rees bij mij het vermoeden dat hij wellicht Madame Koto's echtgenoot was geweest. Ik herinnerde me hem van een foto in haar kamer. Ik herinnerde me de twee vingers op sterkwater. De vrouwen liepen vlug naar hem toe toen hij huilde. Ze sloegen een rode doek om hem heen en leidden hem het huis binnen. Al die tijd jammerde hij als een angstig kind. We hebben hem nooit meer gezien.

Niets van dit alles lichtte de zware steen van onze wrevel op. We huilden niet en onze gezichten waren zo hard dat we er onmenselijk, maskerachtig begonnen uit te zien in de bittere hitte van die nacht. Onze gelaatsuitdrukkingen waren zo hard dat al het verdriet ons niet raakte, en mijn ogen schrijnden bij de aanblik van de onbewogen gezichten van onze buren die zwaar waren getraumatiseerd door Madame Koto's meedogenloze heerschappij, door haar bijna mythische tirannie, door de wijze waarop ze onze slaap had verstoord met haar helse krachten, door de wijze waarop ze de energie uit ons had gezogen, onze dagen had vergiftigd en onze nachten had gevuld met onnaspeurlijke verschrikkingen.

De hardheid in de ogen van onze buren, de verbittering in hun blik, wekte de indruk dat ze alleen maar naar de begrafenis waren gekomen om zich ervan te vergewissen dat Madame Koto inderdaad eindelijk dood was.

Ze bleven om er getuige van te zijn hoe haar graf werd dichtgemaakt. Ze staarden naar haar standbeeld met dodelijk verontwaardigde ogen.

25

Feest ter ere van een legende

Na de teraardebestelling en de saluutschoten keerden de begrafenisgangers terug naar onze straat teneinde het feest ter ere van de continuïteit van het leven en het voortbestaan van Madame Koto's mythe bij te wonen.

Wij mengden ons niet in het feestgewoel. Wij keken toe toen er zeven koeien en twaalf geiten werden geslacht om Madame Koto's dood te celebreren, terwijl die eigenlijk waren bedoeld om op voorhand de overwinning van haar partij te vieren.

Wij bleven in de schaduw en keken naar de dansende en huilende rouwklagers. Wij aanschouwden het daaropvolgende bacchanaal. Bezoekers en feestgenoten aten zich ongans, werden stomdronken en lagen uitgeteld op de grond, bedwelmd door de rituele viering van de dood. Wij zagen de ontelbare kratten bier, de talloze flessen whisky en de eindeloze hoeveelheid kalebassen met palmwijn die door de feestvierders werden genuttigd toen ze rouwden en verhaalden van Madame Koto's onwaarschijnlijke wapenfeiten en van haar buitengewone edelmoedigheid.

De oude blindeman liet ons grote porties gebraden geitenvlees, gestoomde rijst en bonenkoekjes brengen, maar geen van ons at van het vlees van Madame Koto's mythe. Geen van ons liet zich de rijst en palmwijn van haar legende smaken.

Terwijl wij toekeken, rondhangend in de schaduw, getuigen van het einde van een tijdperk, viel het ons op dat alleen de vrouwen oprecht om Madame Koto rouwden, het spookachtige gejammer van de oude blindeman daargelaten.

26

Rondhangen in de schaduw

Wij werden lelijk in de schaduw door de hardheid van onze gezichten. Onze ogen stonden dof. We hadden de lusteloosheid van mensen wier nachtrust keer op keer wordt verstoord.

In de schaduw keken we naar de jonge meisjes, van wie velen vanaf hun middel naakt waren. We staarden naar hun stevige, glanzende borsten. We keken naar de meisjes, cultische priesteressen in opleiding, toen ze rondgingen met witte schalen waarop 'Koto' geschreven stond. De schalen waren hoog opgetast met voedsel, bereid in onbekende animistische kloosters. De meisjes hadden kaolien op hun gezichten en een afwezige blik in hun ogen. Hun jeugdige lichamen straalden een diepe zinnelijkheid uit en toen ze begonnen te dansen brachten ze de mannen in verrukking. De mannen raakten opgewonden, en hun verlangen werd des te heviger omdat intieme contacten met de meisjes hun verboden waren. Terwijl de muzikanten ijle tonen aan hun instrumenten ontlokten dansten de meisjes zo uitzinnig dat ik vreesde voor nog meer transformaties. Maar toen ze zich lieten meeslepen in hun vervoering veranderde hun dans in een slaapdronken trance.

Op een gegeven moment kwamen drie van de meisjes, totaal buiten zinnen, op ons in de schaduw afgerend. Ze wezen naar ons, hun dijen schudden, hun borsten trilden. Ze sisten als slangen. Ze jammerden. Ze wezen beschuldigend naar ons. Bij ons rees het vermoeden dat ons de dood van Madame Koto werd aangerekend.

Een van de meisjes stapte naar voren. Ze bezat een ongeëvenaarde schoonheid en had vriendelijke ogen. Haar tere, puntige borsten waren geolied en zagen eruit als gepolijst mahonie. Ze knielde voor ons neer, terwijl wij gepikeerd in de schaduw stonden. Toen stak ze van wal met een verwarrend verhaal en richtte een smeekbede tot ons zonder duidelijk te maken wat ze precies wilde. Ze zat daar geknield met een treurige uitdrukking op haar gezicht en wreef zich in de handen, smekend vanuit het diepst van haar hart. De tranen stonden haar in de ogen. Ze bleef ons smeken, zonder dat duidelijk werd wat haar smeekbede behelsde. Toen ging er een rilling door haar heen. Een geest nam bezit van haar. Ze schreeuwde en soebatte tot de mannen, die ons boze blikken toewierpen, kwamen aanlopen om haar als de gezwinde wind weg te voeren. Ze smeekte nog steeds toen ze werd weggeleid.

Wij, die in de schaduw hadden rondgehangen, met gezichten harder dan dood hout, trokken ons terug van het begrafenisfeest. We gingen allemaal naar onze eigen kamers. Onze gezichten deden pijn van verbetenheid. We bleven min of meer doofstom, van slag door de onverklaarbare versnelling van de tijd.

27

Toen ik het uitschreeuwde verminderde de pijn

We troffen Pa aan staande op zijn hoofd, ondersteboven, tegen het houten raam.

'Wie roept daar om vergiffenis?' vroeg hij toen we binnenkwamen.

We zeiden niets. We zaten zwijgend op het bed.

'Iemand roept om vergiffenis,' herhaalde Pa.

We begrepen hem niet. Overal klonk het geweeklaag van Madame Koto's vrouwen, we hoorden ze tekeergaan in het ochtendgloren, alsof ze de geheimzinnige deuren van de aarde trachtten open te breken, de deuren die de levenden scheiden van de doden.

De kamer was donker. Er brandden geen kaarsen. Pa bleef op zijn hoofd staan. Zijn ogen lichtten vreemd op van de grond, alsof hij een boosaardige kat was of een kwaadwillende geest die in het zachte duister onze levens bespiedde.

Een weerbarstige wind rammelde aan ons dak. Na een poosje werd het stil. We wachtten tot we het gejammer van Madame Koto's vrouwen weer zouden horen, dat zo spookachtig klonk in die merkwaardige nacht. Het duister in de kamer was het duister van de aarde. Ik zag boomgeesten in onze woonruimte, met etherisch groene bladeren. Ze gedijden goed in hun onzichtbaarheid. Ik zag ze voor het eerst sinds lange tijd. Alle dingen, zowel levende als dode, volharden in hun dromen. Alle levende dingen blijven zelfs als ze dood zijn bestaan. Hun schaduwwezen, hun geestenentiteit blijft groeien alsof er niets is veranderd. De wereld is vol van over elkaar heen schuivende beelden.

'Ik hoor een kindje huilen,' zei Pa.

Wij hoorden niets. De stilte was dieper dan de nacht. We bevonden ons in de zeebedding van de stilte. Zilverige vissen zwommen over de hardheid van onze gezichten. De stilte was zo diep dat de tijd erdoor werd uitgewist. Slechts Pa's ademhaling kluisterde ons aan de wereld der duisternis.

Terwijl we daar zwijgend zaten begonnen de stigma's in mijn handpalm opeens te tintelen van pijn. Ze brandden alsof ik net gewond was geraakt. Door die onverhoedse snijdende pijn schreeuwde ik het uit en reet daarmee de stilte aan flarden. Toen ik het uitschreeuwde verminderde de pijn. Toen ik ophield met schreeuwen kwam de pijn weer terug.

'Ik hoor iemand huilen,' zei Pa vanaf de vloer.

Ma haalde een kaars, stak hem aan en vroeg wat er scheelde. Ik liet haar de stigma's zien. De pijn was inmiddels zo fel dat het wel leek alsof er een glasscherf in mijn hand was rondgedraaid. Of dat iemand er een gloeiend hete waspit in had gedrukt en die daar had laten zitten. Ma viel flauw bij de gruwelijke aanblik en liet de kaars vallen. Pa krabbelde overeind uit zijn omgekeerde houding, stak de kaars weer aan en bracht Ma bij. Ze waren beiden met stomheid geslagen. Ze zeiden niets. Ze bekeken me met argwanende ogen, alsof ik getransformeerd was.

De wind blies de kaars uit. Pa bleef geknield voor me zitten. Ma hurkte naast me. De stilte verdiepte zich.

'Het doet geen pijn meer,' zei ik.

Ze volhardden in hun stilzwijgen. Toen hoorden we opnieuw geweeklaag. Het zweefde naar binnen uit aangrenzende kamers, de kamers van onze buren. Alle vrouwen uit onze wijk begonnen in hun afzonderlijke kamers gelijktijdig te weeklagen. Het was bepaald angstaanjagend. Het was net een koor dat rondcirkelde in de lucht, dat wervelend omhoogsteeg in het verdriet. Ma's gezicht was in het donker nog harder geworden. In mijn ogen leek het op een masker om kwade geesten mee af te weren.

28

Alsof ze allemaal net hun moeders hadden verloren

'Ze huilen allemaal,' zei Pa met verwondering in zijn stem. Toen, als petroleum die vlam vat, stortte Ma ook in. Ze kromp ineen op het bed, stuiptrekkend en schoppend. Ze huilde hysterisch en was niet tot bedaren te brengen.

'Waarom huilt ze?' vroeg Pa stomverbaasd.

Die vraag deed mij versteld staan. Ik stond versteld omdat Pa kon horen.

'Je kunt horen, Pa!' zei ik.

'Dat weet ik. Maar waarom huilt je moeder?'

In het donker kon ik Pa's gezicht niet onderscheiden. Was hij net teruggekeerd van een lange reis? Had hij rondgezworven in een wereld van echo's en stemmen die hij als werkelijkheid had ervaren?

'Ik denk vanwege Madame Koto.'

'Wat heeft ze nu weer uitgespookt?'

'Ze is dood. Ze hebben haar vandaag begraven.'

Pa reageerde niet. Hij ondernam een andere lange reis, dwalend tussen de herinneringen.

Zwijgend luisterden we naar het geweeklaag. Zelfs de

mensen die Madame Koto vanuit de grond van hun hart hadden gehaat jammerden de godganse nacht. Ze jammerden ontroostbaar, alsof ze allemaal net hun moeders hadden verloren.

29

Een flard nachtmuziek

Terwijl ik in de kamer zat verscheen er een prachtige gloed om me heen. Uit die omhullende gloed klonk een flard wonderschone muziek. Ik luisterde naar de puurheid van de muziek en zei heel zachtjes: 'Ade, ben jij dat?'

De geest van mijn dode vriend dook naast me op. Zijn glanzende witte hoed was het enige herkenningsteken en lichtpunt in die treurige duisternis.

'Waarom breng je zulke lieflijke muziek mee terwijl er hier op aarde zoveel ellende heerst?' vroeg ik fluisterend.

'Wees dankbaar voor de muziek,' antwoordde hij.

Ik dacht na over zijn woorden. Ik hoorde een verkoelende wind over het land waaien. Ade zweeg. Zijn stilzwijgen maakte me opmerkzamer op de muziek.

'Waarom verliezen we de hoogtepunten in ons leven?' vroeg ik.

'Om hoger of lager te kunnen gaan.'

'Waarom verliezen we de mooiste dromen van ons leven?'

'Omdat we vergeetachtig zijn.'

'Hoe kunnen we die vergeetachtigheid tegengaan?'

'Door onszelf te vernieuwen.'
'Hoe dan?'
'Door om de zeven jaar weer kind te worden.'
'Zijn we gedoemd onze mooiste dromen te verliezen?'
'Ja.'
'Waarom?'
'Om ze opnieuw te vinden.'
'Hoe dan?'
'Door te luisteren.'
'Waarnaar?'
'Naar de zielensmart of het gelach van de engelen.'
'Waar?'
'In onszelf.'

De muziek klonk nu zwakker. Hoe zwakker ze klonk, hoe mooier ze werd. Het was haast onverdraaglijk. De aanwezigheid van mijn vriend vervaagde. De gloed temperde. Hij liet me weer achter, op deze donkere plek, temidden van alle hardheden van de wereld.

Toen glimlachte hij en was verdwenen. Maar de muziek, waarvan de teerheid in de stilte bleef hangen, liet hij me behouden.

30

Zachtere gezichten

Ma werd ziek. Het merendeel van de vrouwen in onze wijk kreeg te kampen met een mysterieuze koorts. Pa was een week lang overstuur. Madame Koto verscheen telkens opnieuw aan mij. Ze smeekte me keer op keer om vergiffenis, die ik haar trachtte te geven, maar ik wist niet hoe.

Een nieuw tijdperk sloop onze levens binnen. Toen ik op de ochtend na Madame Koto's begrafenis wakker werd had ik het gevoel dat ik ten prooi was gevallen aan een vreemde ziekte zonder waarneembare symptomen. De pijn van de stigma's was verminderd. Alleen ikzelf was me bewust van mijn ziekte. In de ogen van mijn ouders was er niets met me aan de hand. Toen ze me om boodschappen stuurden gehoorzaamde ik maar al te graag. De ziekte openbaarde zich als een eigenaardige weidsheid in mijn geest. Ik voelde me lichter, alsof een deel van mij was weggezweefd.

Iedereen merkte op dat ik er zo goed uitzag. Ik voelde me kalm. Maar ik wist dat weldra die andere wereld bij me zou binnendringen. Ik werd waakzaam. Ik dacht vaak aan de zevenkoppige geest die me wilde pakken. Ik verwachtte steeds de stemmen van mijn geestengezellen te horen, die nog altijd kwaad op me waren omdat ik me niet had gehouden aan de afspraak naar hen in de geestenwereld terug te keren. Ik wachtte tot Ade weer zou verschijnen. Ik had een onverwacht verlangen naar het ijle gezang en de prachtige melodieën die alleen ik kon horen en die me in mijn kindertijd hadden achtervolgd. Maar er gebeurde niets. De lichtheid, de weidsheid bleef.

Ik voelde me ontvankelijk voor verscheidene visioenen tegelijk. Ik voelde me als iemand die elk moment een aanval of een beroerte kan krijgen. Nog steeds gebeurde er niets. Ik had te lijden onder het aanhoudende gevoel dat er iets ophanden was, iets onheilspellends dat telkens werd opgeschort.

Er liep één mooie draad door het weefsel van die periode. Na het geweeklaag en de koorts voltrok zich een prettige verandering. Het verblijdde mijn hart toen ik zag dat de gezichten van de vrouwen waren opgeklaard, dat hun ogen glansden. Het ontroerde me eveneens toen ik merkte dat de mannen hun ietwat verdwaasde gelaatsuitdrukking kwijt waren. Een onverklaarbare pestilentie was uit onze levenssfeer verdwenen.

Ik zag ook dat Ma, nadat ze de hele nacht had gehuild, een zachter gezicht had gekregen en dat haar schoonheid was teruggekeerd.

Er waren geen maskers in ons midden in de verademing na Madame Koto's begrafenis.

31

De tijd raakt in een stroomversnelling

De verademing was van korte duur, en de tijd raakte in een stroomversnelling. Op een ochtend werden we wakker en merkten dat de uren van de avondklok waren verlengd. Op een andere ochtend werden we wakker en merkten dat alle kranten bol stonden van de overlijdensberichten van Madame Koto. Van elke krant in het land namen ze drie volle pagina's in beslag. We zagen grote foto's van haar waarop ze op een rieten stoel zat. De overlijdensberichten verschenen gedurende een hele week en getuigden van deelneming en diepe rouw om haar heengaan. Vreemd genoeg genoot ze in haar dood meer roem en bekendheid dan toen ze nog leefde.

We waren nauwelijks bekomen van de schrik toen we op weer een andere ochtend bij het ontwaken merkten dat de eindeloos opgeschorte verkiezingen ophanden waren.

De verkiezingen zouden het lot van de ongeboren natie bezegelen.

32

Het karmische engelenstof is overal.
Het verborgene kent voor ons geen geheimen.
De tijd van onschuld is voorbij.
Het tijdperk van dromen aangebroken.

Oude bestaanswijzen sterven uit.
Levend in woelige mysteries
Weten wij niet dat een bestaan geheel vergaat.
Weten wij niet wat komen gaat.

Als was het verleden een droom gaan wij voort.
Het is een wonder dat wij voortgaan
Naar beste kunnen te leven en lief te hebben,
In dit raadsel van de werkelijkheid.

1989-1998
Londen